奥威尔作品全集

George Orwell

奥 威 尔 小 说 全 集

上来透口气

Coming Up for Air

[英] 乔治 · 奥威尔 著 陈超 译

上海译文出版社

第一部

第一章

直到那天我去弄新假牙时，脑海里才萌生了这样一个念头。

我还清楚地记得那天早上。七点三刻我就钻出被窝，跑进厕所，刚好把孩子们拒之门外。那是个糟糕透顶的一月的早晨，天空脏兮兮又黄不拉叽的。在天空下面，透过那扇小小的、四方形的厕所窗户，我看到十码长五码宽的草地，周围是一道水蜡树篱笆，中间是一块光秃秃的荒地，我们管这片草地叫后花园。埃尔斯米尔路上的每户房子都有这么一个后花园，有的围着水蜡树篱笆，种的是一样的草。唯一的不同之处是，如果哪一户人家没有孩子，后花园的中间就不会秃了一块。

我拿着一块钝刀片想趁厕所里有水的时候刮刮胡子。镜子里的我回视着我自己。镜子下面，水槽上方的小架子上摆着一个玻璃水杯，里面盛了水，放着我的假牙。这是一副临时的假牙，我的牙医华纳让我在新假牙的制作期间暂时戴着。我长得还不算太丑，真的。脸膛像砖头一样是赤红色的，搭配着黄油色的头发和一双淡蓝色的眼睛。我的脸色还不至于发灰，也不至于秃顶，感谢上帝。当我装上假牙时，或许我看上去要比真实的年纪轻一些——我已经四十五岁了。

我在心里提醒自己要去买刀片，然后走进浴缸，开始往身上擦肥皂。我往胳膊上擦肥皂（我的双臂又粗又短，雀斑一直延伸到胳膊肘那里），然后拿起后背刷往肩胛骨上也擦了肥皂，不用刷子的话这个部位我可碰不到。如今身上有好几处部位我碰不到了，真是令人心烦。事实上，我开始有点发福了。我不是说我像那种马戏团里吸引视线的大胖子。我的体重是十四英石多一点。上一次量腰围时数字是四十八或四十九英寸，具体数字我忘记了。而且我不是人们所说的那种"痴肥"。我可没有长出那种下垂到膝盖的肚腩，只是体格有点横向发展，而且有水桶形身材的趋势。你知道那种活跃热情又好动的胖子吗？人们会给他们起个绰号叫"胖仔"或"胖墩"。他们总是社交派对的灵魂人物。我就是那种类型的人。他们总是叫我"胖仔"。"胖仔"博林。我的真名是乔治·博林。

但这个时候我并不觉得自己像是派对里的灵魂人物。我发现最近早上起来的时候总是觉得郁郁寡欢，虽然我睡得很香，消化也很好。我当然知道是怎么回事——都是那副该死的假牙惹的祸。那副假牙泡在水杯里，看上去变大了一些，就像骷髅头的牙齿一样对我狞笑。当你的牙龈碰在一块时，感觉糟糕透了，就像当你咬到一个酸苹果时那种整张嘴都缩了起来的感觉。而且，怎么说好呢，假牙就像是里程碑。当你失去了天生的牙齿时，你就再也不能自恋地以为自己是个风流倜傥的好莱坞帅哥了。我是个四十五岁的发福男人。当我站起身往胯部擦肥皂时，我看了看自己的身材。有人说胖子看不见自己的脚，那纯粹是在胡说八道。但事实上，当我笔直地站立时，我只能看见自己双脚的前脚掌。我往自己的肚腩上擦肥皂时心里想，没有哪个女人会多看我一眼吧，除非我给她钱。这个时候我可不想让自己被女人多看一眼。

但是，我想起今天早上我有理由感到高兴。首先，今天我不用上班。我那辆用来穿街走巷招揽生意的旧车（我得告诉你，我在"飞龙保险公司"上班。人寿险、火灾险、入室抢劫险、双胞胎险、船运险——什么业务都做）拿去修了，虽然我得到伦敦办公室交接一些文件，但我决定今天放个假，去取我的新假牙。而且，这几天来我的脑海里一直有一个让我忐忑不安的念头。我有别人不知道的十七英镑——我是说，家里没有人知道这十七英镑。事情是这样的：我们公司有个家伙叫梅洛斯，找到了一本名为《赛马占星术》的书，按照书里所说，赌马这回事完全取决于骑师穿的衣服颜色与值令星辰是否吻合。在某一场马赛里，有一匹名叫"海盗新娘"的母马是个大冷门，但她的骑师穿着绿色的衣服，正好与值令星辰同色。梅洛斯笃信这套占星术，往那匹马身上投了好几英镑，还恳求我一同下注。虽然我平常不赌钱，但为了让他闭嘴，我横下心下了十先令的注码。结果，"海盗新娘"轻松得胜，具体的赔率我忘了，但我那记注码变成了十七英镑。出于某种本能——奇怪的本能，或许标志着我的人生进入了新的阶段——我悄悄地把钱存进银行，对任何人都守口如瓶。以前我可从来没干过这种事情。身为一位好丈夫好父亲，我本来应该给希尔达（她是我的妻子）买一条裙子，给孩子们买几双鞋子。但我当一个好丈夫好父亲已经十五年了，我开始觉得受够了。

　　给全身上下擦完肥皂后，我的心情好了一些，躺在浴缸里思索着我那十七英镑用来买什么好。我觉得要么就在周末找个女人，要么就悄悄地花在一些小玩意儿上，诸如雪茄和双份威士忌之类的东西。正当我添了些热水，脑海里想着女人和雪茄时，外面通往厕所的那两级楼梯响起了声音，像一群野牛闯了过来。这当然是孩子们弄出来的声响。在我们家这样的房子里有两个小孩，就像把一夸脱啤酒倒进容量只有一品脱的酒杯里。①门外传来了敲打声和恼怒的尖叫。

"爹地！我要进去！"

"噢，你不能进来。走开！"

"但爹地！我要出门了！"

"那就去啊。走开啦。我在洗澡。"

"爹地！我要出—门—了！"

没辙了！我知道这是危险的信号。厕所和浴室是在一起的——在我们这么一户人家，当然只能是这样。我把浴缸的塞子拔了出来，快速把自己的身子弄个半干，然后打开门，小比利——我的小儿子，今年七岁——从我身边跑了过去，我原本想敲一下他的头，却被他躲开了。等到我几乎穿好了衣服，正在找领带时，我才发现脖子上面还尽是肥皂泡。

脖子上尽是肥皂泡是件糟糕透顶的事情。那种感觉黏糊糊的，非常恶心。而奇怪的是，无论你多么仔细地将肥皂泡擦掉，接下来一整天你还是会觉得脖子上黏糊糊的。我气冲冲地下楼去，准备好了发作一通。

和埃尔斯米尔路上其它房子的饭厅一样，我们的饭厅空间很狭小，十四英尺长，十二英尺宽，或者只是十二英尺长，十英尺宽，摆了一个日本橡木餐具柜和两个空斟酒瓶，还有一个希尔达的母亲在我们结婚时送的银质蛋架，摆了这些东西后就没有多少空间了。老希尔达神情忧郁地端着茶壶，总是处于惊慌沮丧的情绪中，因为《新闻纪事报》刊登了黄油或其它什么东西又涨价了。她还没有点着煤气炉，虽然窗户都关着，屋里还是很冷。我弯下腰，用一根火柴把火点着，鼻子里喘着粗气

_____

① 一夸脱等于两品脱。

（弯腰总是让我累得气喘吁吁），作为给希尔达的一点暗示。她也斜着眼睛瞪了我一眼，当她觉得我很奢侈的时候总会这样看着我。

希尔达三十九岁，我刚和她认识的时候她长得像只兔子，现在还是很像，但枯瘦了许多，眼睛里总是带着忧郁和沉思的神情。当她心烦意乱的时候，她会耸起肩膀，双手抱胸，就像一个坐在火堆旁的吉卜赛老妇人。她是那种有能力预见到灾难的奇人之一，当然，只是预见到一些小的灾难。至于战争、地震、瘟疫、饥荒和革命，她根本不在乎。黄油涨价了，煤气费太贵了，孩子们的靴子穿破了，收音机的分期付款账单又来了——希尔达烦恼的是这些事情。她总是双手抱胸，身子晃来晃去，神情忧郁地对我说："但是，乔治，这可是非常严重的问题！我不知道我们该怎么办！我不知道钱从哪儿来！你似乎没有意识到问题有多严重！"等等等等。到最后我觉得其实这就是她的乐子。她一心认定我们终将沦落到进收容所的地步。而有趣的是，如果我们真的进了收容所，希尔达可不会像我那么在意——事实上，她会很享受那种有安全感的日子。

孩子们已经在楼下了，以闪电般的速度洗好了澡，穿好了衣服。一旦丧失了把别人关在厕所外面的机会，他们的动作总是这么快。我走到早餐的桌子边上时，他们正在争吵着，说着什么："就是你干的！""不，我没干！""就是你干的！""不，我没干！"似乎整个早上都可以这么争吵下去，直到我对他们说够了。家里其实只有两个孩子——七岁的比利和十一岁的洛娜。我对孩子们的感觉很奇怪。大部分时间里我根本不想看见他们。而他们说起话来根本让人受不了。他们正处于顶烦人的发育期，这个年纪的小孩一心只想着尺子、铅笔盒和法语考试谁最高分。别的时候，特别是当他们睡着的时候，我的感觉又很不一样。有时，在夏季明亮的傍晚，我会站在他们的小床前面，看着他们熟睡中的圆脸和比我的发色淡一些的亚麻色的头发，让我体会到了《圣经》中所描述的"你的心中充满怜爱"那种感觉。这个时候我总是觉得自己像个一文不值的枯萎的豆荚，我最重要的任务就是将这两个小家伙带到世上，将他们养育成人。但那只是偶尔发生的事情。大部分时间我希望独处。我觉得我这条老狗还有着旺盛的生命力，大把好日子还在后头呢，但想到自己就像一头温顺的奶牛那样被一群女人和孩子到处追着跑，我可高兴不起来。

吃早饭的时候我们没怎么说话。希尔达还沉浸在"不知如何是好"的心情中，一部分原因是黄油涨价了，另一部分原因则是圣诞假期快结束了，我们还拖欠上学期的学费五英镑。我吃了水煮蛋，往一片面包上抹了些金皇冠牌橘子酱。希尔达执意要买这东西，一磅只要五个半便士。标签上以最小的字体告诉你里面含有"一定比例的中性果汁"。这可把我惹毛了。我以平时那种阴阳怪气的语气说起了中性的果树，还问起它们长什么样子，在哪些国家生长。最后希尔达生气了。她并不介意我和她开玩笑，但她觉得对她节俭的持家之道冷嘲热讽实在是太过了。

我看了一眼报纸，没有什么新闻。和往常一样，南边的西班牙和遥远的中国的内战仍在持续；在一间火车站的候车室里发现了一条女人的腿；佐格王①的婚礼因为预算超支可能要取

---

① 佐格王（King Zog），阿尔巴尼亚的君主，1928—1939 年在位，1941—1946 年流亡英国。

消。最后，比我预计的要早一些，十点钟的时候我就出发去镇里。孩子们去了公共花园里玩耍。这天早上冷得要命。我一走出前门，一股恼人的轻风就吹到了我脖子上那处有过肥皂泡的地方，让我顿时意识到我的衣服根本不合身，而且觉得全身上下黏糊糊的。

第二章

你知道我住的那条路——西布勒切利的埃尔斯米尔路吗？就算你不知道这条路，你也知道五十条和这一模一样的马路。

你知道这些马路就像不远不近的郊区的溃疡，情况总是差不多。一长排一长排半独立的房屋——埃尔斯米尔路有二百一十二座，而我们那座房子是 191 号——很像市政局的公屋，只是更丑陋一些。涂着灰泥的前庭、用木馏油处理过的大门、水蜡树的树篱、绿色的前门，种着月桂树、桃金娘树、山楂树，这就是我的家，我的栖身之所，"良宅美景"。大概五十间房屋里才有一户人家比较标新立异，将蓝色的前屋涂成了绿色，我想他们最后或许会沦落到进收容所的地步吧。

脖子周围那种黏糊糊的感觉让我心情十分低落。脖子黏糊糊的时候你总会觉得心情低落，真是奇怪。似乎你全部活力都被抽干了，又似乎是来到大庭广众之处，突然间发现自己的一只鞋子的鞋底脱落了。这天早上我对自己不抱任何幻想。我似乎就站在远处，看着自己从马路走过来，看着我那张丰满红润的脸庞、我那副假牙和我那身粗俗的衣服。像我这样的人根本谈不上有什么绅士风度。就算你在二百码外看到我，你也猜得出我在干保险这一行；就算你猜不出，你也知道我是某个行业兜售生意的推销员。我身上这身衣服几乎称得上是这个行业的制服：略显破旧的人字纹灰西装、价值五十先令的蓝色外套、圆顶礼帽，没有手套。我看上去一副推销员的模样，粗俗而厚脸皮。在我混得最风光的时候，我穿一身新西装，或抽着一支雪茄，看上去或许像个赌注经纪人或酒吧经理；而当我混得不好的时候，我看上去就像兜售吸尘器的推销员，但大部分时间里你还是能准确地猜出我的身份。你一看见我就知道我"一周挣五到十英镑"。在埃尔斯米尔路这里，无论是经济地位或是社会地位，我虽比上不足，但比下有余。

整条街上就只有我一个人。男人们已经赶去搭八点二十一分的地铁了，女人们在捣鼓着煤气炉。当你有时间四处张望，而刚好心情还不错时，走在郊区的这些街道上，想象着这里的生活，你会打心眼里觉得好笑，因为，说到底，埃尔斯米尔路是条什么样的街道呢？就像一座牢房排成一列的监狱。这里一排排半独立屋就像拷问室，住着一帮瑟瑟发抖、一周挣五到十英镑的可怜虫。每个人都被老板逼得够呛，而老婆则像噩梦一样老是在折磨他，孩子们像水蛭一样在吸他的血。作为工薪阶层，就是有这么多的烦恼。我本人并不同情那些无产者。你认识一个挖土工人会因为担心被解雇而失眠吗？无产者们干的是粗体力活，但当他们不用工作的时候可以畅享自由。而每一座灰泥房子里总是住着一个可怜虫，只有在熟睡的时候梦见自己把老板推到井里面，还往上面堆满煤炭，心里才感觉获得了自由。

当然，我对自己说，像我们这种人，最苦恼的就是我们都以为自己有什么东西可以失去。首先，埃尔斯米尔路有九成的人都以为房子是自己的财产。埃尔斯米尔路以及周边直到商业街的那一大片地段是繁华热闹的"金苹果家园"，"快活信托营建委员会"的产业。营建委员会或许是当代最狡猾的骗局了。我承认我所从事的保险业是一场骗局，但那是公开的骗局。而营建委员会的美丽谎言让受骗上当的人还把他们当成了恩人。你狠狠地揍他们一顿，他们还会舔你的手。有时候我想给"金苹果家园"竖立一座巨大的、象征营建委员会的神祇塑像。那将会是一尊奇特的神祇，其最突出的特征就是雌雄同体：上半身是一位经理，下半身是一位家庭主妇。雕像的一只手拿着一把巨大的钥匙——当然是进收容所的钥匙，另一只手拿着——他们管那种法国式的、从里面涌出礼物的羊角叫什么来着？——"丰饶之角"，从里面源源不断地涌出便携式收音机、人寿保单、假牙、阿司匹林、法文字母和园圃压平器。

事实上，我们这些住在埃尔斯米尔路的人并没有房子的产权，就算我们还清了房屋贷款，这些房子也不归我们所有，我们只是享有租赁权。这些房子的定价是五百五十英镑，分十六年还清，房子都是一样的，如果你一次性付现金的话，价格会是三百八十英镑。也就是说，"快活信托"的利润是一百七十英镑，但毋庸置言，"快活信托"挣的钱远远不止这些。三百八十英镑包括了建筑商的利润，但"快活信托"以"威尔逊与布鲁姆公司"为名，自己建造房屋，把建筑商的利润也挣了。它只需要支付建筑材料的成本，但就连建筑材料的利润它也不放过，因为它以"布鲁克斯与斯卡特比公司"的名义卖给自己砖头、瓦片、大门、窗框、沙子、水泥和玻璃。要是我知道它以另一个公司的名义卖给自己用来造大门和窗框的木材，我也不会觉得奇怪。此外——这件事我们本来应该预见得到，但当我们发觉时还是觉得很震惊——"快活信托"没有遵守其诺言。埃尔斯米尔路建造房屋时留下了一些空地——风景其实并不漂亮，但孩子们可以到那里玩耍——名字叫普拉特草坪。虽然没有白纸黑字的规定，但大家都认为普拉特草坪不会被转为建筑用地。然而，西布勒切利是一片发展中的郊区，罗斯维尔果酱厂于1928年开业，英美资源集团的全钢车身自行车厂于1933年开始投产，人口逐渐增加，房租越来越贵。我从未见过赫伯特·克伦姆爵士本人或"快活信托基金"的高层人物，但我想象得出他们垂涎欲滴的样子。突然间，建筑商来了，普拉特草坪上开始建造房屋了。"金苹果家园"发出不满的呼声，业主们成立了委员会进行抵制，但根本没有用！克伦姆的律师团五分钟内就瓦解了我们的抵抗。普拉特草坪被密密麻麻的建筑物覆盖了。但真正巧妙的骗局，让我觉得老克伦姆确实配得上其从男爵爵位身份的骗局，是精神上的欺诈。仅仅出于拥有自己的产业，"在这个国度占有一席之地"的幻觉，我们这些住在"金苹果家园"以及其它类似地方的可怜虫就永远变成了克伦姆忠实的奴隶。我们都是可敬的户主——也就是说，我们都是托利党人①，唯唯诺诺奴颜婢膝的人。不敢杀掉那只会下金蛋的鹅！但事实上我们根本不是户主，而我们一辈子都得为了还清房子的款项而努力，总是生活在恐惧当中，担心在偿还完最后一笔钱之前会有事情发生，这一切使得奴役的铁链更牢固了。我们都被收买了，而且收买我们的人用的还是我们自己的钱。每一个饱受蹂躏的可怜虫挥汗如雨地工作，为了一间玩具一样的小砖屋付出双倍的价钱，还美其名曰"良宅美景"，但景色既不美，宅子也不靓——每一个可怜虫都愿意死在战场上，将他的国家从布尔什维克主义中拯救出来。

我转到沃波尔路，进入商业街。十点十四分有一趟列车开

---

① 托利党（Tory），英国保守党的前身，代表贵族、地主及英国国教信徒的利益。

往伦敦。经过六便士廉价商店时，我想起早上提醒过自己要买一盒刮胡刀的刀片。走到肥皂柜台时，那个店面经理（或其它什么头衔）正在责骂负责柜台销售的女店员。早上这个时候六便士廉价商店没有多少顾客，有时候如果你在开店不久的时候走进去的话，会看到女店员们站成一排被人训话，为的是让她们能打起精神干好这天的工作。他们说这些大型连锁商店雇了一帮特别会挖苦辱骂人的家伙，把他们派到各个分店激励这些女店员。那个店面经理是个相貌丑陋的矮子，肩膀很平，蓄着挺翘的灰八字胡。他为了某件事正在训斥她，应该是找钱的时候出错了。他的声音就像圆锯一样刺耳：

"噢，不会！你当然不会算数了！你怎么可能会呢。实在是太麻烦了，噢，不要！"

不经意间我与那个女孩四目相投。当她被训斥的时候，一个红脸膛的中年胖子在旁边看热闹可不太好。我立刻转过身，假装对旁边柜台里的窗帘吊环或别的什么东西感兴趣。那个人又在训斥她。他是那种明明已经转过身，突然间又朝你冲回来继续训话的人，活像一只蜻蜓。

"你当然不会算数！就算我们亏了两先令，对你来说也算不了什么，根本不算什么。两先令对你来说算得了什么呢？怎么能劳烦你把数目给算对呢？噢，不行！无论出了什么事情都不能劳你大驾。你是不会理会别人的，对吧？"

这一幕持续了将近五分钟，半个商店都听得见。他总是转过身，让她以为他训斥完了，然后又冲回来继续训斥一通。我在远离他们一些时偷偷望了一眼。那个女孩大概才十八岁，长得胖乎乎的，面如满月，是那种从来不会把零钱算对的人。她的脸涨成了潮红色，很不自在地扭动着身躯，真的是在痛苦地扭动着身躯，似乎他正在拿着鞭子狠狠地抽她。其它柜台的女店员都假装没有听见。他是个形如僵尸的丑八怪，明明个头矮小得像只麻雀一样，还要挺胸腆肚，把双手背在上衣的燕尾上——这种人适合在军队里当军曹，可惜长得不够高。你发现了吗？他们总是找这些小个子男人做这种欺负人的事。他把脸凑到她的脸跟前，八字胡和五官几乎就要贴上去了，这样训斥她更带劲。那个女孩的脸涨得通红，身躯扭个不停。

最后，他觉得骂够了，像海军上将大摇大摆地走在甲板上一样走开了。于是我走到那个柜台买刀片。他知道每个字我都听见了，她也知道，他们俩都知道我知道他知道。最可怜的是，为了招呼我，她不得不假装什么事情也没有发生，摆出一副爱理不理的态度，女店员就应该这样和男性顾客保持距离。我刚刚目睹了她像个女仆一样受人训斥，这会儿还得摆出大家闺秀的谱儿！她的脸还红通通的，双手颤个不停。我问她有没有一便士的刀片，而她开始在三便士的托架里翻找。然后那个小个子店面经理走了过来，我们俩都以为他又要开始训人了。那个女孩像小狗见到鞭子一样畏缩着，从眼角瞪着我。我知道因为我目睹了她挨训，她对我恨之入骨。真是奇怪！

我买到了刀片，走出店外。为什么她们愿意忍受这种遭遇呢？我一直在想这个问题。当然纯粹是出于畏惧。只要你顶一句嘴，你就会被解雇。到处都一样。我想起了经常去光顾的那家连锁杂货店里那位有时招呼过我的男店员。他二十岁左右，块头很大，脸膛红如玫瑰，前臂非常壮实，应该在铁匠铺里工作。他穿着白色的外套，站在柜台边点头哈腰，揉搓着双手，说着："是的，先生！说得很对，先生！今天天气真好啊，先生！今天我能为您效劳吗，先生？"你忍不住想踢他的屁股一脚。当然，这么做是必须的。顾客总是对的。在他的脸上你可以看到他很害怕你会去投诉他态度不够恭敬，让他被炒鱿鱼。而且，他怎么知道你不是公司派过来的眼线？恐惧！我们就生活在恐惧中。恐惧渗进了我们的骨子里。每个人不是在害怕失业，就是在害怕战争、法西斯主义、共产主义或其它什么。一想到希特勒，犹太人就会直冒冷汗。我突然想到，那个蓄着挺翘的八字胡的小个子混蛋或许比那个店员更担心自己能不能保住饭碗。或许他需要养家糊口。谁知道呢，或许在家里他是个温顺和气的人，在后园种种黄瓜，由得他的妻子在他头上作威作福，他的孩子们拉扯他的胡须。同样的，许多西班牙宗教裁判所的法官或俄国格伯乌的高官其实私底下是非常善良的人，堪称最温柔的丈夫与最慈祥的父亲，对笼养的金丝雀精心呵护无微不至，等等等等。

　　走出门口的时候那个肥皂柜台的女店员在瞪着我。如果可以的话，她已经把我杀了。因为我目睹了她受辱的情形，她恨透了我！甚至比痛恨那个店面经理还要深恶痛绝。

第三章

一架轰炸机在我头顶上方的低空飞过。有那么一两分钟，它似乎追着火车在飞。我对面坐着两个穿着破烂风衣的家伙，显然都是底层的旅行推销员，可能是兜售报纸的。其中一个人正读着《每日邮报》，另一个在读《每日快报》。我看得出他们认为我和他们是一类人。在车厢的另一头，两个带着黑色皮包的律师行的文员正在用一堆法律的行话高谈阔论，很明显就是想告诉我们，他们和我们这些平民百姓不是一类人。

我看着飞驰而过的一排排房屋的后庭。从西布勒切利出发，沿线大部分路段横穿贫民窟。但眼前的一幕很宁静，你看到一座座小小的后院，花盆里种着小花，女人们把换洗的衣服晾在平坦的屋顶上，墙上还挂着鸟笼。那架庞大的黑色轰炸机在空中偏转了一下，消失在前方视野之外。我背对着火车行驶的方向而坐。一个旅行推销员举目望了飞机一眼。我知道他在想什么。在这件事情上大家都有同样的想法。如今你不需要成为一名知识分子才会产生这样的想法。再过两年，或者一年，看到这么一架飞机时，我们会怎么做？往防空洞里跑，吓出一身冷汗，把全身衣服都浸湿了。

那个旅行推销员放下《每日邮报》。

"滕普盖①的胜利者出炉了。"他说道。

那两个律师行的文员正在说着文绉绉的名词，什么"简单性所有权"和"象征性房租"。另一个旅行推销员往马甲口袋里摸了摸，掏出一包忍冬牌香烟，伸手往另一个口袋里摸了摸，然后朝我倾着身子。

"有火柴吗，胖墩？"

我伸手去拿火柴。你注意到他叫我"胖墩"。真是有趣。有那么几分钟，我不再去想那架轰炸机，脑海里浮现出早上在厕所镜子里审视的那番尊容。

确实，我是个胖墩。事实上，我的上半身看上去就像水桶一样。但我觉得有趣的是，就因为你长得有点胖，几乎任何人，连完全陌生的人，都认为给你起个绰号、侮辱你的样貌是天经地义的事情。想象一下，一个人有驼背，或眼睛斜视，或天生兔唇——你会不会给他起一个绰号，让他想起自己的残疾呢？但每个肥胖的人都会被直呼为胖子。人们总是会拍拍我的背，朝我的肋骨揍上几拳，几乎所有的人都以为我喜欢这样。每次去帕德利的皇冠雅座酒吧(每星期我会去那里一趟，为了拉业务)，那个混蛋沃特斯(他是海泡石肥皂公司的推销员，经常在皇冠雅座酒吧流连)总是会朝我的肋骨揍上几拳，高声说道："在一艘巨大的沉船里，躺着可怜的汤姆·博林！"[2]酒吧里那帮该死的傻瓜对这个玩笑总是乐此不疲。沃特斯的拳头重得很，他们都以为胖子不会有感觉。

那个旅行推销员又拿了我一根火柴，拿去剔牙，然后把火柴盒丢了回来。火车呼啸着驶上一座铁路桥。我看到下方有一辆面包店的小货车，还有长长一队卡车，上面载满了水泥。我

---

① 滕普盖(Templegate)，英国伦敦赛马场所在地。

② 这是一首英国名曲的歌词，为英国作曲家查尔斯·迪布丁(Charles Dibdin)所著，纪念其死于船难的哥哥。英文中的"沉船"(hulk)又有体形雍肿之人的含义，所以这是一个双关的玩笑。

在心里想，奇怪的是，在某种程度上，他们对于胖子的观感是对的。确实，一个胖人，尤其是一个从出生就是胖子的人——从童年开始就是胖子的人——和其他人不太一样。胖子的生平和别人不同，他们就像是轻喜剧演员；至于那些在马戏团穿插表演的大胖子，或者说那些体重超过二十石的人，他们表演的就不是轻喜剧，而是低俗闹剧了。我这辈子胖过，也瘦过，我知道长胖确实会影响你的世界观。肥胖让你不至于太在乎事情。我猜想，一个从未瘦过的人，一个从出生走路就被称为"胖子"的人，也许从未体验过任何深刻的情感。他怎么能有所体验呢？在这方面他完全没有经验。他从未经历过悲剧性的一幕，因为有了胖子出现，任何一幕情景都不会是悲剧，而是变成了一出喜剧。想象一下，哈姆雷特变成了胖子！或让奥利弗·哈迪①去演罗密欧。我想起了前几天在博姿书店里买的一本小说，里面的内容很有趣，书名叫做《浓情不再》。书中的主人翁发现他心爱的女孩与另一个男人私奔了。他是言情小说里典型的男主角，长着一张苍白而多愁善感的脸和黑色的头发，有自己的产业收入。我依稀记得那一章节是这么写的：

> "戴维在房间里徘徊着，双手捧着额头。这个消息令他彻底惊呆了。他久久不能相信这件事是真的。谢拉背叛了他！这不是真的！突然间他意识到事情终究发生了，惊愕地看清了事实。太过分了。他跪倒在地，失声痛哭。"

---

① 奥利弗·哈迪（Oliver Hardy，1892—1957），美国著名喜剧演员，身材肥胖臃肿。

里面的描写就是这样。即使在这个时候，它也会令我心有所感。你可以看到，有的人就可以这么做。但像我这样一个人呢？想象一下希尔达和别的男人共度周末去了——我可不会在乎，事实上，这个半老徐娘还能风韵犹存会让我觉得很高兴——但假如我真的在乎呢，我会不会跪倒在地失声痛哭呢？有人会希望我这么做吗？你不会希望一个像我这种身材的人这么做。那可真是大煞风景。

火车沿着路堤高速前进。在我们下方你可以看到房子小小的红色屋顶不断地向前延伸，炸弹就会落在上面。因为阳光就照在上面，这个时候屋顶看上去有点刺眼。我们老是在担心炸弹，真是有趣。当然，战争就要爆发了，这是毋庸置疑的事情，从报纸上那些安慰人心的报道就可以了解一二。前几天在《新闻纪事报》上我读过一篇报道，说如今轰炸机不会造成任何破坏。防空大炮的性能已经非常出色，轰炸机必须停留在两万英尺的高空。你会发现人们以为轰炸机飞得够高的话炸弹就落不到地面。或者，他们想说的是，那些轰炸机不会炸中伍尔维奇兵工厂，而是炸到像埃尔斯米尔路这样的地方。

但大体上讲，我觉得当个胖子也不算太糟糕。胖子总是很受欢迎。胖子和任何人，从赌注经纪人到主教，都能合得来，相处甚欢。至于女人，胖子要比人们所想象的更有女人缘。有些人以为女人会把胖子当笑话看待，但事实上，如果一个男人能让女人感觉到他真心爱着她，她决不会将他当笑话看待。

我得告诉你，我可不是一直都是胖子。我是从八九年前才变胖的，而且，我觉得我已经具备了胖子几乎所有的特征。但在内在精神上，我可不是胖子。根本不是！请不要误会我。我不是说自己是一朵娇嫩的花，在微笑的脸庞底下藏着一颗滴血的心之类的话。要是你真是这种人的话，你是不可能从事保险行业的。我是个没心没肺的粗人，向来左右逢源。只要这个世界上还有靠厚着脸皮装疯卖傻卖东西挣佣金的行当，像我这样的人就会继续干下去。无论发生什么情况我都能混口饭吃——只能混口饭吃，发不了大财——就算是遇到战争、革命、瘟疫、饥荒，我也能比大部分人活得久一些。我不是那种多愁善感的人。但在我的内心深处还有另一个自我，保留着过去的回忆。关于这个我待会儿再告诉你。我是个胖子，但我的内心是个瘦子。你有没有想过，每个胖子内心深处都是瘦子？就像他们所说的，每一块石头里都隐藏着一座雕塑。

那个和我要火柴的家伙正读着《每日快报》，舒舒服服地剔着牙。

"断腿案似乎没有什么进展。"他说道。

"警察找不到凶手的。"另一个人说道，"就一双断腿，能怎么追查？腿都是一样的，不是吗？"

"或许可以追踪包着那双断腿的报纸找到他。"第一个人说道。

你可以看到窗口下方一座座房子的屋顶延绵不断，随着街道的走向不停地扭曲着，但总是延绵不断，就像一片你可以肆意奔驰的广袤平原。无论你从哪个方向穿过伦敦，你总会看到延绵二十英里毫无间隙的房子。上帝啊！炸弹掉下来的时候怎么会炸不中？我们就是一个巨大的靶子。或许不会有空袭警报，因为现在谁还会傻傻地去宣战呢？如果我是希特勒，我会在进行削减军备的会议上派出轰炸机。在某个静谧的早晨，当小职员们鱼贯穿过伦敦桥，金丝雀在歌唱，老妇人在缝补灯笼裤时——嗡嗡嗡嗡，嗖，砰！房子被炸到半空中，灯笼裤浸透了鲜血，金丝雀栖息在尸体上高声歌唱。

　　我觉得这一幕挺令人伤感的。我看着像海平面一样延绵不断的屋顶。长达数十英里的街道上有炸鱼店、小礼拜堂、画店、小巷子里的印刷店、工厂、公寓楼、海螺店、奶品店、发电厂——延绵不断，多么广袤！而且一派宁静祥和！这里就像没有野兽的荒原。没有枪炮声，没有人扔出手榴弹，没有人用橡胶警棍殴打别人。现在英国还没有一间卧室会有人拿着机关枪开火。

　　但五年后会怎么样呢？或者说，两年后呢？一年后呢？

第四章

我到办公室放下了文件。华纳是一个收费低廉的美国牙医，他把诊所——或"营业所"，他喜欢这么叫——设在了一座办公大楼的中部，左右分别是一间摄影师的工作室和一间橡胶批发公司的办公室。我比预定的时间早到了，不过现在可以去吃点东西。神差鬼使的，我居然走进了一间奶吧。我一向不去这种地方的。像我们这种一星期才挣五到十英镑的人，在伦敦吃饭的地方甭想得到什么好的招待。如果你吃顿饭只想花一先令三便士，你就只能去里昂餐厅、奶品快餐店或 ABC 餐厅，或者，你可以去雅座酒吧，要一份葬礼餐那样的小吃：一品脱苦啤外加一片冷冰冰的馅饼，比啤酒还要冷。在奶吧外面，一群孩子正在吆喝叫卖刚刚发行的晚报。

鲜红色的吧台后面，一个戴着白色高帽的年轻女郎正在摆弄一个冰盒，在后面某个地方，收音机正在播放着清脆的、叮叮咚咚的声音。我怎么会进这里来呢？走进奶吧的时候我在心里问自己。这种地方的氛围让我情绪很低落。每样东西都亮闪闪的，呈流线型设计。无论你往哪个方向望去都可以看到镜子、珐琅器皿、镀铬的盘碟。钱都花在装修上而不是花在食物上。那些根本算不上是真正的食物。只是一些起了美国名字的东西，一些虚无缥缈的东西，你尝不出味道，不敢相信它们真的存在。每样东西都是从纸盒或罐头里取出来的，要么就是从冰柜里拖出来的，或是从水管里喷出来的，或是从管子里挤出来的。这里很不舒服，也没有私密空间。你坐的是高脚凳，在窄窄的壁架上用餐，周围全是镜子。周围的一切，连同收音机里发出的噪音，都在向你灌输一种想法，那就是食物本身不重要，地方舒不舒服不重要，只要装修亮闪闪呈流线型就好了。如今每样东西都流线化了，连希特勒为你造的子弹也是。我要了一杯大号的咖啡和两份法兰克福香肠。那个戴着白帽子的女郎将东西丢给我，态度就像你喂金鱼吃蚂蚁蛋一样。

门外，一个报童吆喝着："《星报》！《标准报》！"我看到那张海报在他的膝盖上扑腾着，上面写着"断腿——最新发现"。你会注意到，上面只写着"断腿"。两天前他们在火车站候车室里发现了一个女人的双腿，包在牛皮纸包裹里。接着报纸进行了长篇累牍的报道，整个英国对这两条断腿表现出浓厚的兴趣，只需要刊登"断腿"这两个字就知道在讲哪件事。现在只有这双断腿是新闻。吃着面包卷的时候，我心想还真是有趣，现在的谋杀案真是无聊，他们就这么把人给肢解掉，弃尸别处，根本比不上以前的毒杀案、克里彭案[1]、塞登案[2]、梅布里克太太谋杀案[3]。我猜想真相是，除非你相信自己将会在地狱里受尽煎熬之苦，否则你根本干不出一票精彩的谋杀案。

这时我咬了一根法兰克福香肠——上帝啊！

---

[1] 克里彭案，指 1910 年美国人霍里·哈维·克里彭（Hawley Harvey Crippen）医生谋杀妻子贝拉·埃尔莫（Belle Elmore），埋尸于地下室的悬案。

[2] 塞登案，指 1911 年英国人弗雷德里克·塞登（Frederick Seddon）为谋财毒杀邻居伊莉莎·玛丽·巴罗（Eliza Mary Barrow）的案件。

[3] 梅布里克太太谋杀案，指 1889 年美国女子弗洛伦丝·伊丽莎白·梅布里克（Florence Elizabeth Maybrick）毒杀英国丈夫詹姆斯·梅布里克（James Maybrick）的案件。由于詹姆斯生前有服用砒霜为药的习惯，案件存在疑点，1904 年梅布里克太太获释返回美国。

说老实话，我并不指望这东西好吃，我以为这东西会像面包一样没什么味道。但是——真是让我大跌眼镜。让我尝试一下向你形容它的味道吧。

　　当然，这根法兰克福香肠的皮是橡胶的，我那口假牙根本咬不进去，只能像锯东西一样来回磨了几下才把那层皮给磨破。突然间——噗的一声！那东西在我的嘴里像一个烂梨一样炸开了。一种软软的、可怕的东西渗透了整个舌头。但那股味道！有那么一会儿，我不敢相信会有这种味道。然后我卷起舌头舔了那东西一下，是鱼的味道！一根香肠，一根自称是法兰克福香肠的东西，竟然有鱼的味道！我站起身，径直走出店外，那杯咖啡碰都不敢碰。天知道那会是什么味道。

　　外面那个报童将那份《标准报》塞到我的面前，大声叫嚷着："断腿！可怕的真相！赛马冠军！断腿！断腿！"我的舌头还在舔着那团东西，不知道去哪儿把它给吐出来。我想起了在某份报纸上读过一篇报道，说在德国那些工厂，每样东西都是用一种叫做人造肉的东西做成的。我还记得他们用鱼肉做香肠，而鱼肉肯定又是用别的什么东西做出来的。这让我萌生一个念头，我把这个现代世界一口咬开了，发现它到底是用什么做的。这就是现在我们这个世界前进的方向。每样东西都是亮闪闪的流线型设计，每样东西都是用别的东西做的。到处都是赛璐珞、橡胶、镀铬钢，整晚都有弧光灯闪耀，头顶是玻璃天花板，收音机一直播放着同样的旋律。没有植被，每样东西都是水泥盖成的，假乌龟在中性水果树下漫步。但当你接触到事情的真相，当你的牙齿咬到某样真切的东西，比方说一根香肠时，你得出的真相就是，橡胶皮下包着腐烂的鱼肉，脏兮兮的东西在你的嘴里炸开。

装好新的假牙后，我感觉好多了。牙齿装得很牢靠，而且不会磨到牙龈，虽然装假牙会让你看上去年轻一些的说法似乎很荒唐，但这的确是事实。我朝一扇商店橱窗的玻璃笑了一下，那些假牙看上去很不错嘛。华纳医生虽然收费低廉，但手艺还是蛮不错的，不会把你弄得看上去像牙膏广告里的人物。他有好几大柜的假牙——他向我展示过一次——全都按尺寸和颜色分门别类。他挑选牙齿的时候就像珠宝商在给一条项链挑选宝石。十个人中有九个会选中我这副假牙。

经过另一扇橱窗时我好整以暇地打量了一下自己。我觉得其实自己的身材并不是那么糟糕。说老实话，我有点胖，但胖得不难看，用裁缝的话说，是"身材壮硕"，而且有的女人就喜欢男人长着一张赤红的脸膛。我觉得我这条老狗生命力还旺盛着呢。我想起了那十七英镑，决定去找个女人。趁酒吧还没关门我还有时间喝一品脱啤酒，为这副新假牙洗礼祝福——有了这十七英镑，我觉得自己很有钱。我进了一间香烟店，买了一支我特别喜欢的六便士雪茄。这种雪茄有八英寸长，说是保证用的全是古巴哈瓦那的烟草。我猜想和别的地方一样，哈瓦那也种了卷心菜。

当我走出酒吧时，我的感觉很不一样了。

我喝了好几品脱啤酒，身体暖洋洋的。那根雪茄的烟雾在我的新假牙四周缭绕，让我觉得心里很宁静。突然间我觉得自己心田一片清明，如同一个哲学家那么深思熟虑，一部分原因是我无所事事。我的思绪回到了早些时候那架轰炸机从火车头顶掠过时勾起的那些关于战争的想法。我似乎变成了先知，能够预见到世界的结局，并且很享受这种感觉。

我沿着斯特朗大街朝西边走去。虽然天气很冷，但我走得很慢，享受着抽雪茄的乐趣。和以往一样，路上行人鱼贯而行，你很难冲破这些人群。这些人脸上都露出麻木不仁的表情，伦敦街头的行人都是这副德性。路上车水马龙，红色的大巴在小汽车之间穿插前进，发动机轰鸣不断，喇叭响个不停。我觉得这些噪音足以把死人吵醒，却唤不醒这里的活人。我觉得自己似乎是这座行尸走肉的城市里唯一清醒的人。当然，这只是一种幻觉。当你走在一群陌生人中，你很难不把他们想象成蜡像，但或许他们对你也心有同感。最近我老是觉得自己像个先知，我觉得战争就迫在眉睫，即将摧毁一切，这种感觉对我来说并不奇怪。我们或多或少都会有这种感觉。我猜想，从我身边经过的那些人里，肯定有人也在脑海里勾勒出炮弹横飞泥土四溅的画面。无论你在想什么事情，在同一时间总会有上百万人在想着同样的事情。但那就是我当时的感觉。我们就站在烈火熊熊的甲板上，但除了我之外没人知情。看着那些神情呆滞的面容穿梭而过，我觉得他们就像十一月的火鸡①，对即将发生在他们身上的事情一无所知。我的眼睛似乎能发出 X 光，可以看到一具具行走的骷髅。

我想象着几年后的情形。我看着这条街，想象着五年后或三年后（大家都说 1941 年战争肯定就会爆发）战斗开始后的情景。

并不是所有的一切都会被炸毁，只是会有一些改变而已，变得破败一些，肮脏一些。商店的橱窗会几乎空荡荡的，而且

---

① 英国在圣诞节时盛行吃火鸡，所以"十一月的火鸡"用以比喻那些大难临头的人。

布满了灰尘，你根本看不到店里面的样子。在一条小巷那头有一个巨大的弹坑，一个街区的建筑物都被铝热剂烧毁了，看上去就像一颗空心的龋齿。到处都静得出奇，每个人都瘦骨伶仃。一个野战排的士兵列队在街上走过，个个瘦得像竹竿一样，拖着军靴在走路。领队的军士长着挺翘的八字胡，一看就是个死倔头。但他也很瘦，而且在撕心裂肺地咳嗽着。咳嗽的间歇他总是以旧阅兵礼式的风格朝他们喝骂。"别那么走路，琼斯！抬起头来！你干吗老盯着地面？烟头几年前就都被人捡走了。"突然间他又是一阵猛咳，努力想让自己停下来，但根本无法抑止，像把折尺一样弓下腰，差点没把肺给咳出来。他的脸色先是一片绯红，然后变成了紫红色，他的胡子垂了下来，泪水夺眶而出。

我可以听到空袭警报和高音喇叭大声宣传我们光荣的部队抓到了十万名战俘。我看到在伯明翰有一间阁楼的后屋，一个五岁的孩子不停地哭喊着要吃面包。突然他的妈妈再也受不了了，冲着孩子吼道："闭嘴，你这个小畜生！"接着她撩起他的衣服，用力地搂了他的屁股几下，因为现在没有面包，以后也不会有面包。一切我都看在眼里。我看到海报、购买食物的长队、蓖麻油、橡胶警棍和卧室窗户里探出的机关枪。

这一幕情形会发生吗？我不知道。有时候我不相信会发生，有时候我对自己说这只是新闻报道引起的恐慌，有时候我打心眼里知道这是根本逃避不了的事情。

我沿着查林十字街走着，报童们正在吆喝叫卖最新发行的晚报。那宗谋杀案又有胡诌的新报道了。"断腿，知名外科医生的断言。"然后我注意到另外一张海报：佐格王的婚礼推迟举行。佐格王！他的名字可真够奇怪的！能起这么一个名字的人一定是个乌黑发亮的黑人。

就在这时，一件怪事发生了。佐格王这个名字——这个名字今天我已经看见了好几次，与车辆的声音或马粪什么的味道掺杂在一起——勾起了我的回忆。

过去是一件很奇怪的事情。过去一直与你同在。我想你无时无刻不在回想着发生在十年前或二十年前的事情，但大部分时间这些回忆并没有真实性可言。那些只是你所知道的事实，就像历史书里所记载的史实。然后，机缘巧合之下，你所看到的、听到的、闻到的，尤其是闻到的气味，触动了你的心灵，不只是勾起回忆这么简单，而是你回到了过去，就像此时此刻一样。

我回到了下宾菲尔德的教区，那是三十八年前。我知道外表上我仍是一个在斯特朗大街上走着的四十五岁的胖子，装着假牙，戴着圆礼帽，但在内心世界，我变成了七岁的乔治·博林，谷物和种子商人萨缪尔·博林的小儿子，住在下宾菲尔德的高街57号。那是一个星期天的早上，我可以闻到教堂的味道。那种味道非常真切！你知道教堂有股什么味道，一股潮湿腐烂又略带甜腻的尘土味，有烛蜡和熏香的味道，而且还似乎有老鼠的味道。而到了星期天早上又多了一股洗衣肥皂和哗叽布法袍的味道，但最主要的还是那股潮湿腐烂又略带甜腻的尘土味，就像生与死交织在一起时的味道。那其实是化为灰烬的尸体的味道。

那时候我约莫只有四英尺高，得站在跪垫上才能看得见前排。我能够感受到妈妈那件黑色哗叽布法袍摸在手里的感觉，还有穿着长裤拉过膝盖的感觉——那时候我们总是这样穿长袜——星期天的早上他们还总是给我套上一条锯齿状的伊顿公学式的领子。我可以听到管风琴的声音，有两个人在大声吟唱着赞美诗。在我们教堂有两个人领唱，事实上，大部分时候就只有他们两个在唱，其他人没有机会插嘴。一个名叫舒特，是个鱼贩子，另一个是老威瑟罗尔，是个细木工和殡葬者。他们总是相对着站在教堂中殿两边离讲道坛最近的座位旁边。舒特个头矮胖，长着红润光滑的脸庞、硕大的鼻子和下垂的八字胡，下巴似乎从嘴巴下边掉下来了。威瑟罗尔的样貌很不一样。他大概六十岁，是个身材高大筋骨强健的老恶棍，那张脸就像死人一样，长着一头半英寸长的硬挺的灰发。我从未见过一个活人能看上去这么像一具骷髅。在他的脸上你可以看到骷髅头的每一根线条。他的皮肤看上去就像羊皮纸一样，而瘦长的下巴里尽是黄澄澄的大板牙，一上一下地张合着，就像解剖学博物馆里的一具骷髅。虽然这么枯瘦，但他看上去就像铁打的一样精壮，似乎可以活到一百岁，将教堂里的每个人都送进棺材后才会死掉。他们的歌声也有很大的区别。舒特的歌声听起来声嘶力竭，让人觉得很不舒服，似乎有人正拿着刀子指着他的喉咙，他正用最后一口气在尖叫求救。但威瑟罗尔的声音像打雷一样洪亮低沉，是从丹田里发出来的，就像地底下有巨大的木桶在来回滚动一样。无论他的歌声有多洪亮，你知道他还储存着充足的气量。孩子们给他起了个绰号，叫"雷公肚"。

他们总是轮流一唱一和，特别是在唱赞美诗的时候。唱最后一句的总是威瑟罗尔。我猜想私底下他们俩是好朋友，但我总是幼稚地想象他们俩是死敌，竭力想把对方给压下去。舒特会高声唱"主是我的牧人"，接着威瑟罗尔会唱"因此我一无所缺"，彻底盖过了对方。你总是知道这两个人哪个会是赢家。以前我总是很期待唱赞美诗这个环节，里面会唱起亚摩利人的王西宏和巴珊王噩①（佐格王的名字让我想起了这些）。舒特会引唱"亚摩利人的王西宏"，然后大约半秒钟的时间，你可以听到其他信徒和着"又有"，然后威瑟罗尔的男低音唱腔像潮汐一样袭来，那句"巴珊王噩"盖过了众人的声音。我希望能让你听到当他唱到"噩"这个字时那洪亮低沉、气达丹田的唱腔。他甚至带了个儿化音，那时候我还是个小孩子，以为他唱的是"巴珊王饿了"。但后来我把名字弄清楚了，在脑海中想象着西宏和噩的样子。我看到他们俩似乎像一对古埃及的雕像，就像在一便士百科全书里面见过的那些图片一样，三十英尺高的巨大石像，面对面端坐在王座上，双手摆在膝盖上，脸上挂着神秘的微笑。

旧梦重温！那种奇特的感觉——那只是一种感觉，你不能将其描述为一种活动——我们称之为"做礼拜"。那种甜腻腻的、腐烂的味道，星期天大家穿法袍摩擦的沙沙声，管风琴呼呼呼的风声和吵吵闹闹的声音，从窗口透进来的光斑缓慢地在教堂的中殿移动。那些大人都骗你说这种聚会是必须参加的。你认为这是天经地义的事情，就像你认为《圣经》里讲述了天经地义的道理一样，那时候你对《圣经》非常迷信。每面墙上都挂着经文，整部《旧约》都烂熟于胸。即使到了现在，我仍记得许多《圣经》里的章节片段。那些以色列的孩子又在主的面前为非作歹。有穿着马裤的亚设，跟随着但一直来到贝尔谢

---

① 亚摩利人的王西宏和巴珊王噩都是出自《圣经·旧约·约书亚记》的古代人物。

巴，打了他的第五根肋骨，把他给打死了。①你从来不明白《圣经》到底在说些什么，你也不想去弄明白。那就像是一种药，味道很奇怪，而你又不得不喝下去，因为你知道药是必须得喝的。里面有很多人名字都很怪，什么"示每"、"尼布甲尼撒"、"亚希多弗"、"哈什巴达达"。那些人穿着呆板的长袍，蓄着亚述式的络腮胡子，骑着骆驼在神庙和雪松间穿梭，做的都是一些稀奇古怪的事情：献上烤熟的祭品、在炽热的火炉上行走、被钉在十字架上、被鲸鱼吞食。所有这些都与那股甜腻腻的坟墓的味道、哗叽布法袍和管风琴呼呼呼的声音交织在一起。

看到佐格王的海报时，我回到了那个世界。我不仅记起了从前的事情，我甚至回到了从前。当然，这些想法持续的时间不过几秒钟。过了一会儿，我似乎又睁开了眼，我变回了四十五岁的我，回到了斯特朗大街的人流中。但回忆留下了影响。有时候，当你从思绪中醒来时，你感觉自己似乎从一潭深水中走了出来，但这一次恰好相反，当我回到 1900 年的时候，感觉似乎更为真实。即使到了现在，我的眼睛睁开着，那些该死的傻瓜匆匆忙忙地走来走去，街上的海报、汽油的味道和汽车引擎的噪音对我来说似乎都比不上三十八年前下宾菲尔德星期天早晨的情景来得真切。

我丢掉那支雪茄，慢悠悠地走着。我可以闻到那股死气沉沉的味道。我真的可以闻到。我回到了下宾菲尔德，那一年是 1900 年。在集市的马槽旁边，送信人的马正在吃着马粮袋里的饲料。在街角的那家糖果店，威勒太太正在称出半便士的酒

---

① 亚设和但都是《圣经·旧约·创世记》中的人物。

味糖球。拉姆普林小姐的马车驶了过来，马夫穿着土黄色的马裤，双手抱在胸前。以西结伯伯正在咒骂乔伊·张伯伦①。募兵官穿着一身猩红色的军装和一条蓝色紧身裤，戴着平顶军帽，昂首阔步地走来走去，捻着挺翘的八字胡。喝得醉醺醺的酒鬼跑到乔治酒店后面的院子里呕吐。维多利亚女皇在温莎城堡中，上帝在天堂里，基督在十字架上，约拿在鲸鱼肚子里②，沙得拉、米煞和亚伯尼歌在炽热的火窑里③，亚摩利人的王西宏和巴珊王噩坐在自己的王位上互相打量着对方——什么事情也没有做，只是坐在那儿，保持着彼此之间的距离，就像两只消防犬一样，又像是水火不容的狮子与独角兽④。

这一幕已经永远成为过去了吗？我不知道。但我可以告诉你，那是一个美妙的世界。我属于那个世界，你也是。

---

① 指约瑟夫·张伯伦（Joseph Chamberlain，1836—1914），英国政治家，自由党人，英国首相亚瑟·内维尔·张伯伦（Arthur Neville Chamberlain）之父。约瑟夫·张伯伦在第二次布尔战争中是主战派，但战事一开始对英军不利，死伤惨重。

② 约拿的故事可参阅《圣经·旧约·约拿书》，耶和华安排一条大鱼将约拿吞入肚子内，将他困了三天三夜，约拿向上帝祈祷恳求，大鱼将约拿吐出。

③ 沙得拉、米煞和亚伯尼歌的故事可参阅《圣经·旧约·但以理书》，古巴比伦王尼布甲尼撒将这三人投入火窑中，但三人得到上帝庇佑，安然无恙。

④ 据英国古老传说，狮子与独角兽曾为争夺森林之王的头衔而展开搏斗，因此这两只动物象征权力，其中狮子代表英国，独角兽代表苏格兰，出现在英国皇室的徽章上。

第二部

第一章

看到佐格王这个名字让我暂时回想起来的世界与我现在所生活的世界是两个完全不同的世界，或许你不会相信我曾经在那个世界生活过。

我猜想现在你能在脑海里勾勒出我的形象了——胖乎乎的中年男子，戴着假牙，长着一张赤红的脸膛——在潜意识里，你想象着我在摇篮里的时候，长得就是这么一副尊容。但四十五年是一段很漫长的时间，虽然有些人的样貌不怎么变，但有些人的样貌变化很大。我就改变了许多。这辈子我有过起起落落，大部分日子还是混得不错。这似乎听起来很奇怪，但假如父亲现在能看到我的话，他会感到很自豪。他会觉得自己的儿子竟然能有一辆汽车，住在带浴室的房子里，实在是太了不起了。即使是现在，我也混得比我的出身要好一些。在我风光的时候，我过着战争之前我们从未想象过的好日子。

战争之前！我不知道我们还会把这四个字挂在嘴边多久？什么时候我们会问："哪场战争呢？"在我那偏远的家乡，人们说起战争之前，他们所想到的是布尔战争①之前的情形。我生于1893年，我还记得布尔战争爆发时的情形，因为父亲和以西结伯伯大吵了一架。而其它的零星回忆可以追溯到吵架之前大约一年左右。

我所记得的最早一样东西是红豆草的味道。你走上那道从厨房通往店面的石阶，一路走上去，红豆草的味道越来越浓。

妈妈在门道里装了一扇木门，不让乔伊（他是我哥哥）和我进商店里去。我还记得自己站在那里，紧紧地握着栏杆，闻着红豆草夹杂着石阶湿灰泥的味道。过了几年我才有力气把木门撞开，趁没人的时候闯进店里。有只老鼠想溜到餐具柜里偷吃东西，突然间跑了出来，从我的双脚之间穿过，那是一只白老鼠。这件事发生的时候我大约只有六岁。

当你很小的时候，你似乎只看到那些鼻子底下的事物。周围的事物游入你的脑海里，每次一样东西，就像当你从睡梦中醒来时一样。比方说，快到四岁的时候我才发现我们养了一只狗。它叫内勒，是一只白色的英国老狻犬，现在已经绝种了。我在厨房的桌子底下遇到了它，直到那时我才知道它是我们家的狗，名字叫内勒。同样地，稍早之前我发现在过道尽头的大门那边，红豆草的味道就是从那里飘来的。店里摆着许多大天平、木尺和马口铁铲子，窗户上贴着白色的字母，鸟笼里养着一只红腹灰雀——不过就算你站在人行道上也无法看得很清楚，因为窗户总是蒙着一层灰——这些东西一样一样地出现在我的脑海中，就像一幅拼图的碎片。

日子一天天过去，你的双脚越来越强壮有力，你渐渐地熟悉起周边的地理环境。我想那时下宾菲尔德和其它只有两千人口的市镇没什么两样。那时它位于牛津郡——你会发现我老是在说"那时"，虽然这个地方如今还在——离泰晤士河大概五英里。小镇坐落于一片山谷里，到泰晤士河要经过一片延绵的

---

① 布尔战争（the Boer War）指的是英国与南非好望角的荷兰殖民者（自称为布尔人，意即农民）为争夺殖民地而展开的战争。第一次布尔战争发生于1880年至1881年，第二次布尔战争发生于1899年至1902年，本书所指的布尔战争应该是第二次布尔战争。

山脉，后面是高一些的山丘。山上长着一片树林，看上去呈现黯淡的蓝色，里面隐隐约约可以看到一座带柱廊的白色的大房子。那是宾菲尔德馆（大家都叫它"大厅"），山上就是上宾菲尔德，但上面没有人烟，这种情况已经持续了上百年。直到七岁的时候我才注意到宾菲尔德馆的存在。太小的时候你看不到远方的情形。不过那个时候我已经熟知镇里的每寸地方。小镇就像一个十字架，集市位于中间。我家的小店在商业街那里，离集市很近，街角那头是威勒太太的糖果店，当我有一便士时就会跑到那儿花半个便士。威勒太太是个脏兮兮的老太婆，人们总是怀疑她会先舔一舔那些牛眼糖，然后再摆进瓶子里，但这件事从未得到证实。再远一些是理发店，飘散出浓郁的月桂香油和土耳其烟草的味道，挂着阿卜杜拉牌香烟的广告——上面画着几个埃及士兵。奇怪的是，时至今日他们还在沿用同样的广告。在房子的后面你可以看到酿酒厂的烟囱。在集市中间有一个石制的马槽，里面的水面上总是漂着一层灰尘和谷糠。

在战争之前，尤其是在布尔战争之前，一整年都像夏天一样热。我知道那其实是我的幻觉。我只是想让你知道回忆中的事情是怎么样的。如果我闭上眼睛，想象着我八岁以前下宾菲尔德的情景，我的回忆总是夏天。要不就是午饭时间的市集，每样东西都落满了灰尘，似乎昏昏欲睡，拉车的那匹马把嘴巴伸进马粮袋里，嚼着草料慢慢走了开去；要不就是一个炎热的下午，小镇周围的草坪长满了绿油油的青草；要不就是黄昏，烟斗的烟味和夜来香的香气从田野后面的小路飘过树篱迎面而来。不过我确实记得四季的情形，因为我的回忆总是和吃的东西联系在一起，而一年不同的时候有不同的食物，特别是在树篱那里，你总是能找到好吃的东西。七月份的时候有露莓——但数量很稀少——还有黑莓，红通通的一摘下来就可以吃。九月份的时候有黑刺李和榛子，但最好的榛子总是长在摘不到的地方。再迟一些有山毛榉的果实和山楂果，没有更美味的果实吃的时候也总会有一些小野果可以享用。有野山楂——这些其实不是很好吃——和蔷薇果，你得把刺清理干净，味道有点辣，但很好吃。初夏的白芷味道不错，特别是当你口渴的时候，很多草类的茎梗味道也不错。然后还有酢浆果，配黄油面包非常好吃。还有山胡桃和一种木属苜蓿，味道酸酸的。当你离家里还有一大段路要走，而肚子又很饿的时候，有车前子吃也比什么都没得吃来得强。

乔伊比我大两岁，我们很小的时候妈妈总是一周花十八便士雇凯蒂·西蒙斯在下午带我们出去散步。凯蒂的父亲在酿酒厂上班，有十四个孩子，因此一家人总得打一些零工。那时候凯蒂才十二岁，乔伊七岁，我五岁，她其实和我们一样天真无知。她总是拽着我的胳膊，叫我"宝宝"，她的权威只局限于让我们不要到处乱跑，以免被两轮马车撞到或被牛群追逐，我们仨聊天时几乎是平等相待。我们总是漫无目的地散步到很远的地方——当然，一路上会边摘边吃各种东西——沿着田间的小路穿过罗珀家的草坪，走到米尔农场，那里有一个小池塘，长着蝾螈和小鲤鱼（乔伊和我大一点之后老是去那里钓鱼）。回去的时候我们会走上宾菲尔德路，这样就可以经过小镇边上那间糖果店。这间店的位置实在是糟糕，任何接手做生意的人都会倒闭关门。据我所知，它曾经开过三次糖果店、一次杂货店和一次单车修理店，但这个地方对孩子们有莫大的吸引力。就算我们身上没钱，我们也会跑到那里去，把鼻子贴在橱窗上徘徊流连。凯蒂总是不肯掏一法新①买糖果，老是斤斤计较自己分得多了还是少了。那时候花一法新就可以买到东西。大部分糖果一便士可以买四盎司，甚至有种糖果叫"天堂大杂烩"，大部分是别的瓶子里掉下来的零碎的糖果，一便士可以买六盎司。有一种糖叫做"一法新吃不完"，大概有一码长，半个小时你是吃不完的。糖捏的老鼠或猪一便士可以买八只。还有甘草糖做的小手枪。半便士就可以买一大包爆米花。还有什锦糖果包，装着好几种糖果、一个金戒指，有时还有一个哨子作为礼品，只要一便士。现在你见不到这种什锦糖果包了。我们那时候吃的糖果许多都绝迹了。有一种扁扁的白白的糖片，上面刻着名言，还有一种黏糊糊的、粉红色的糖，装在椭圆形的盒子里，配一根小汤勺可以舀着吃，都只要半个便士。这两种糖果都找不到了。藏茴香果蜜饯也没有了，巧克力管和糖火柴也没有了，连什色糖珠也很少见了。当你只有一法新时，什色糖珠不失为好的选择。还有"一便士巨无霸"哪儿去了？现在还有谁见过"一便士巨无霸"吗？那是一个大瓶子，里面装着一夸脱柠檬汽水，只要一便士。战争之后这东西就销声匿迹了。

回想起过去，那时似乎总是夏天。我可以感觉到周围和我几乎一样高的草丛和地里散发出来的热气。小路上布满了灰尘，阳光从榛子树的枝条间照射下来，绿油油的很是暖和。我可以看到我们仨游荡着，吃着从树篱上摘下来的果实。凯蒂拽着我的胳膊，说道："走快点，宝宝。"有时冲前面的乔伊叫嚷着："乔伊！快给我回来！你会被撞到的！"乔伊块头很壮实，长着一个大头，腿脖子很粗，是那种整天惹是生非的野孩

---

① 法新（farthing），英国旧货币单位，相当于四分之一便士。

子。虽然才七岁，他已经穿着短裤，厚厚的黑色长袜拉到膝盖上面，穿着一双那时候男孩子们都会穿的笨重的靴子。我还穿着套衫——妈妈总是给我织这些荷兰式的套衫。凯蒂经常穿着一套破破烂烂的、仿成人款式缝制的长裙。在她家里，这条裙子姐姐穿完就传给妹妹。她戴着一顶滑稽的大帽子，辫子垂在后面，裙子拖在地上，穿一双带纽扣的靴子，脚跟部位都磨平了。她长得小巧玲珑，比乔伊高不了多少，却挺会照看小孩的。在她那样的家庭，一个孩子一断奶就得照顾其他孩子。她总是装出一副大人的样子，让自己看上去像个淑女。当她回答不了你所说的话时，总是会冒出一句格言或谚语堵住你的嘴。如果你说"我不在乎"，她会立刻回应一句：

"不在乎还是得在乎，吊起来，下油锅，煮到一命呜了呼。"

如果你骂她，她会说："笑骂皆由人。"如果你自吹自擂，她会说："骄傲的人会摔跟头。"这句话一语成谶，我正假扮成士兵，昂首阔步地走在路上，一跤栽进了牛粪堆里。她家在酿酒厂后面贫民街一座脏兮兮的小房子里。那个地方尽是小孩子，就像是害虫一样。一家人老是躲着藏着不把孩子送去学校，那时候逃学是很容易的事情，孩子们才会走路就被使唤跑腿或打零工。她的一个哥哥因为偷芜菁被判刑坐牢一个月。一年后，乔伊八岁了，女孩子再也管不住他，凯蒂就不再带我们出去散步了。乔伊发现凯蒂家里五口人睡一张床，总是以此嘲笑她。

可怜的凯蒂！十五岁的时候她就生了第一胎。没有人知道父亲是谁，或许连凯蒂本人也搞不清楚。大部分人相信是她的某个兄弟干的。收容所的人收留了那个孩子，凯蒂去了沃尔顿打工。后来她嫁给了一个补锅匠，即使是她这样的家世，这门亲事也算是跌份的事情。我最后一次见到她是在 1913 年。我骑着单车经过沃尔顿，经过铁路旁边一座破破烂烂的木棚区，四周围着用木桶的木板做成的篱笆。在一年的某些时候，吉卜赛人会到这儿露营，警察不会赶他们走。一个皱巴巴的老女人从其中一间小屋走了出来，披散着头发，脸被烟熏得发黑，看上去至少有五十岁了，正抖着一张毯子。那就是凯蒂，那时她才二十七岁。

第二章

星期四是赶集的日子。大清早农民们就拿着长长的榛树枝做的鞭子赶着牲畜来到集市，他们一个个长着南瓜一样红通通的圆脸，穿着脏兮兮的罩服和大大的靴子，上面沾着干牛粪。一连好几个小时，集市里十分喧闹：狗在叫，猪在哼，驾着货车想过路的农民挥舞着鞭子发出噼噼啪啪的声音，嘴里骂骂咧咧的，买卖牲畜的人大声嚷嚷着，挥舞着木棍。当他们牵着一头公牛来到集市时，总会引起一阵喧哗。虽然那时候我还很小，但我惊讶地发现大部分公牛其实都是温顺无害的牲畜，只想安安静静地走进畜栏里，但要是半个小镇的人没跑出来追着它撵的话，公牛也就不能称为公牛了。有时候，某一头被吓坏的牛，通常是一只半大的母牛，会挣脱缰绳，冲进一条巷子里。如果刚好有人在巷子里，他就会站在中间，朝后面挥舞着双臂，就像风车的扇片，嘴里喊着："喔！喔！"据说这对动物有催眠的作用，而动物们确实很害怕这个声音。

到了晌午的时候，几个农夫会走进我家的小店里，伸手摸摸当样品的种子，让谷粒从指尖滑落。事实上，父亲很少与这些农民做生意，因为他没有送货的货车，也不能让他们赊账。他只能做些小打小闹的生意，卖点喂家禽的饲料或是卖点马粮给那些商人的马匹什么的。米尔农场的老布鲁尔是个吝啬鬼，下巴长着灰白的胡须，老是站在店里一呆就是半个小时，伸手去摸那些喂鸡的谷粒，装出一副毫不在意的样子，让谷粒掉进自己的口袋里，然后什么也没买就走了。到了晚上，酒吧里坐满了喝得醉醺醺的人。那时候啤酒一品脱才两便士，而且不像现在的啤酒，那时的酒烈得很。在布尔战争期间，募兵官每个星期四和星期六晚上都会到乔治家开的劣质啤酒吧，盛装出席，出手非常阔绰。有时候，第二天早上你会看到他领着某个块头壮硕、脸膛赤红、温顺如绵羊的农场帮工走了。那个帮工喝得醉醺醺的时候拿了一先令的征兵安家费，到了早上发现要想反悔得倒贴二十英镑。镇里的人总是站在门口，看着他们俩经过，摇晃着脑袋，似乎在目送葬礼。"看看，居然去当兵了！想想吧！一个大好青年竟然去当兵！"他们觉得十分惊讶。在他们眼里，男人去当兵就像女人沦落风尘一样。他们对待战争和军队的态度很奇怪。他们抱有一种古老的英国式观念，认为那些身穿红色军装的人都是些人渣，全都会死于酗酒，直接下地狱。但另一方面，他们都很爱国，在窗户上挂着英国的米字旗，坚信英国从未打过败仗，以后也不会打败仗。那时候每个人，连那些非国教徒在内，总是唱着关于"细细的红线"①以及那些年轻的士兵战死遥远沙场的伤感歌谣。我记得这些年幼的士兵"在子弹和炮弹横飞的时候"总是难逃战死的命运。那时候我是个不懂事的小孩子，我知道子弹是什么东西，但我的脑海中总是会闪现出扇贝的壳在空中飞舞的奇怪情

---

① "细细的红线"指 1854 年克里米亚战争苏格兰高地兵团（着红色军服）在巴拉克拉伐战役（the Battle of Balaclava）中的一次战斗。在此次战斗中，高地兵团的士兵排成两行横队的狭长阵线，抵御俄国骑兵的冲击，没有临阵逃脱，而阵线也未被打乱，迫使俄国骑兵退走。"细细的红线"成为一则军事典故，颂扬英军士兵沉着坚韧的意志品质。

景。①当马弗京围城之急②得以解除时，大家的欢呼声简直要把屋顶掀翻。那时候他们相信布尔人会把婴儿扔到空中，然后用刺刀将他们捅死的传闻。当孩子们在老布鲁尔身后骂他是"南非佬"的时候，他就会气急败坏，战争快结束的时候他把自己的胡须剃得干干净净。大家对政府都抱着同样的态度。他们都是赤胆忠心的英国人，坚信维多利亚女皇是历来最英明的君主，而外国人都是渣滓。但他们都不想纳税，如果可以赖掉的话，连上狗牌都不肯。

战争前和战争后下宾菲尔德一直是自由党的票仓。但在战争期间进行过一次补选，结果是保守党获胜了。那时候我还太小，不知道这到底是怎么一回事。我只知道自己是个保守党人，因为比起红色的彩带，我更喜欢蓝色的。我记得这个主要是因为一个醉汉在乔治酒吧外面的人行道上摔了一跤，碰伤了鼻子。大家都太兴奋了，没有人去注意他，他就在太阳底下躺了好几个小时，身边的血都干了，变成了紫红色。到了1906年大选时，我已经长大了，多多少少知道政治是怎么一回事，这一次我支持自由党，因为大家都支持自由党。我们追着保守党候选人跑了半英里，把他扔进一口长满了浮萍的池塘里。那时候的人对待政治可严肃了，大选前几周就开始储备臭鸡蛋。

我还很小的时候，布尔战争爆发了。我记得父亲和以西结

---

① 在英语中，炮弹和贝壳是同一个单词"shell"。

② 马弗京是当时南非英军扼守的一座城镇，从1899年10月到1900年5月以1 500名士兵对抗8 000名布尔人士兵长达七个月的围困，英军伤亡人数达800多人，布尔军队伤亡达2 000多人。最后英国援军赶到，围城之急得以解除。

伯伯大吵了一架。以西结伯伯在高街旁边的一条街上开了一间小小的鞋店，兼营织染。生意很萧条，而且每况愈下，但问题并不大，因为以西结伯伯没有结婚。他是父亲的半个哥哥，年纪大了很多，起码得大了二十岁。在我认识他的那十五年里，他的样貌几乎没怎么变过。他是个相貌堂堂身材高大的老人，长着一头白发和我所见过的最白的髯须——就像蓟花的冠毛那么白。他总是习惯拍打着身上那件皮围裙，站得笔挺——我猜这是弯腰太久了的反应——然后冲着你劈头盖面地大吼着他的想法，最后以可怕的呵呵呵的笑声结束。他是那种十九世纪自由党的忠实拥趸，老是问你格莱斯顿①在1878年说过些什么，然后就把答案告诉你。而且他是下宾菲尔德少有的几个在这场战争中想法始终没有改变过的人之一。他总是公然斥责乔伊·张伯伦和一些他认为是"帕克街②无赖"的人。现在我似乎还能听见他和父亲吵架时所说的话。"那帮人和他们所谓的辽阔帝国！对我来说辽阔个毛！呵呵呵呵！"然后是父亲的声音，他的声音平静、忧虑而谨慎，回击他说白人肩负着责任，我们要解救那些被布尔人③虐待的可怜的黑人。以西结伯伯声称自己支持布尔人，坚决抵制大英帝国的扩张，于是两人大约有一个星期没有说话。当布尔人暴行的传闻传开时，他们又吵了一架。父亲对这些传闻感到非常忧虑，和以西结伯伯讲起了这

---

① 威廉·伊华特·格莱斯顿(William Ewart Gladstone, 1809—1898)，英国自由党政治家，曾四度担任英国首相(1868—1874、1880—1885、1886、1892—1894)，是英国历史上年纪最大的首相。

② 帕克街(Park Lane)，英国伦敦主要街道，是许多保守党政要居住的地方。

③ 从这里开始，本段的布尔人(Boer)被写成了发音相似的"Boar"(意思是野猪)，但由于中文没有相对应的发音相近的词语，故译者仍沿用布尔人这个译法。

些。不管他赞不赞同大英帝国的扩张，难道他认为这些布尔人将小婴儿扔到空中再用刺刀捅死是正义之举吗？就算那只是黑人的小婴儿。但以西结伯伯只是当着他的面大笑一通。父亲完全搞错了！把小婴儿扔到空中的不是那些布尔人，而是英国士兵！他一直拽着我——那时候我只有五岁——比划着说："告诉你吧，就这么把他们扔到空中，像串青蛙那样把他们捅死！就像我这样把这个小家伙给扔上去！"然后他把我甩了起来，几乎松开了手。我真切地看到自己飞了起来，落下来时插在一把刺刀上。

父亲和以西结伯伯很不一样。我对祖父和祖母所知不多，我还没出生他们就去世了。我只知道祖父是个补鞋匠，后半辈子娶了一个种子商的遗孀，这也就是我们这间小店的来历。虽然父亲谙熟生意，而且工作勤奋努力，但这份工作实在是不适合他。除了星期天和偶尔几个晚上外，我总是记得他手背上、脸上的皱纹和头上稀疏的头发里嵌着的谷粒。他结婚的时候已经三十好几了，而我对他最早产生印象时他已经快四十岁了。他个头矮小，头发灰白，性情沉静，总是只穿着衬衫和白围裙，因为和谷物打交道的缘故，总是灰头土脸的。他的头很圆，鼻子很扁，胡须很茂密，戴着眼镜，长着黄油一般颜色的头发，我的头发也是这种颜色，不过他就快谢顶了，而且头上总是沾着粉末。娶了那个种子商的遗孀后，祖父的日子改善了不少。父亲到沃尔顿文法学校上过学，这里的农民和境况好一些的贸易商都把儿子们送去那里，而以西结伯伯则喜欢吹嘘说他从未上过学，是在下班后秉烛夜读自学成才的。不过，比起父亲，他确实脑筋要灵活一些，他能和任何人进行辩论，喜欢长篇大论地引用卡莱尔①和斯宾塞②。父亲的脑袋瓜不是很灵光。正如他所说，他从未好好"读过书"，语文也不是很好。只有在星期天下午不用忙碌时，他才会好整以暇地坐在客厅的壁炉边，用他的话说，"好好读一读"星期天的周报。他最喜欢的报纸是《人民报》——而妈妈喜欢读《世界新闻报》，因为她觉得里面谋杀案报道多一些。现在我看到了那幕情形：一个星期天下午——当然是夏天，那时总是夏天——空气中飘荡着烤肉和蔬菜的味道。妈妈坐在壁炉的一边，开始阅读最新的谋杀案报道，但读着读着就睡着了，嘴巴张得大大的。父亲坐在壁炉的另一边，穿着拖鞋，戴着眼镜，慢悠悠地读着印得脏兮兮的报纸。你的周围洋溢着夏天的柔和气息，窗户上有天竺葵，某个地方有一只燕八哥在咕咕咕地叫唤着，我自己则拿着《少年杂志》躲在桌子底下，幻想着桌布其实是一个帐篷。吃茶点的时候，父亲一边咀嚼着萝卜和大葱，一边若有所思地说着刚刚读到的内容：火灾、船难、上流社会的丑闻、如今这些新型的飞行器、有个家伙（我发现时至今日，每隔三年星期天的周报就会将他的事迹再报道一回）在红海被鲸鱼给吞了，过了三天才被救出来，全身被鲸鱼的胃酸泡得发白。父亲总是对这则故事和那些新型的飞行器抱以怀疑，除了这些之外，他相信报纸里说的每件事。直到1909年，在下宾菲尔德没有人相信人类发明了飞行的技术。大家信奉的思想是，如果上帝要让我们飞，他会给我们造出一双翅膀。以西结伯伯会反

---

① 托马斯·卡莱尔（Thomas Carlyle，1795—1881），苏格兰作家、历史学家，代表作有《法国大革命》、《论英雄与英雄崇拜》等。
② 应指赫伯特·斯宾塞（Herbert Spencer，1820—1903），英国哲学家，社会达尔文主义之父，代表作有《社会静态论》、《心理学原理》、《社会学原理》等。

驳说如果上帝要让我们跑得快,那是不是他得给我们造出一对轮子呢?但就连他也不相信那些新型飞行器是真的。

只有在星期天下午,或者每星期的某一天晚上,父亲才会到乔治酒吧坐坐,喝上半品脱啤酒。其它时候父亲一心想的就只有生意的事情。虽然其实没什么事情可以做,但他似乎总是很忙碌,不是在院子后面的阁楼搬麻袋和包裹,就是躲在店里柜台后面布满灰尘的小房间里用一根短短的铅笔在笔记本里加减数字。父亲为人诚实,很有责任感,希望卖的东西都是好货色,不会坑人,而就算在当时,这样的经商之道也是挣不到钱的。他适合当个芝麻绿豆小官,比方说邮政局长或驿站站长什么的。但他既拉不下脸皮,也没有雄心壮志去筹款扩展生意,也不会去想办法扩展新的销售渠道。他唯一展现出想象力的经历就是发明了一种喂鸟的混合饲料(取名叫"博林杂料",方圆五里内蛮有名气的),而这还得感谢以西结伯伯。以西结伯伯很喜欢养鸟,在他那间阴暗的小店里养了很多只金翅雀。他认为笼养的鸟羽毛变得黯淡无光是因为饲料太单一了。父亲在小店后面的院子里耕了一小块地,种了大概有二十种用铁丝网隔开的谷物,他把这些种子晒干,和普通的鸟粮谷粒掺在一起。商店的橱窗里挂着那只红腹灰雀杰奇当作博林杂料的活招牌。当然,和其它笼养的红腹灰雀不一样,杰奇的羽毛从不会变暗。

打从我记事开始,妈妈就是个胖女人。显然,我一定是继承了母亲的脑垂体分泌失调或别的什么病症,才会变得这么胖的。

她块头很大,比父亲还高一些,头发金黄一些,经常穿着黑色的长裙。除了星期天之外,我记得她总是穿着围裙。如果我说她老是在做饭，或许会有点夸张，但也不至于完全与事实不符。当你回顾很久以前的往事时，你似乎看到人们总是以他们特有的姿态固定在一个特别的地方。你似乎觉得他们总是在做同一件事情。当我想起父亲时，我总是想起他站在柜台后面，头发上沾满了粉末，拿着铅笔头加减数字，把笔尖放在双唇之间浸湿。而当我想起以西结伯伯时，就会想起他那可怕的白胡子和笔挺的身躯，还有他拍打着皮围裙的模样。而当我想起妈妈时，我记得她站在厨房的桌旁，前臂沾满了面粉，正在搓面团。

你知道那时候人们家里的厨房是什么样子的。面积很大，而且很低矮阴暗，天花板上横着一道大梁，地板用石头砌成，下面有地窖。我小的时候每样东西看起来都特别大。一个大石头水槽，没有水龙头，但有一个铁水泵，一面墙上有柜子，一直连到天花板，还有一个黑得像石墨一样的大灶台，一个月要烧半吨煤。妈妈站在桌旁搓着一大团面团。我就在旁边爬来爬去，摆弄着柴火捆、煤炭块和锡做的捕甲虫的圈套（家里所有阴暗的角落都长了甲虫，用啤酒就可以引出来），时不时爬上桌子想讨一点吃的。妈妈不准饭间吃零食，你总是听到同样的回答："自己乖乖地一边去！我可不会纵容你，一会儿吃饭时没胃口。你这是嘴巴馋，肚子小。"不过，偶尔她还是会切一小片糖腌的果脯喂给你吃。

以前我喜欢看妈妈擀面团。看一个人干自己拿手的活儿总是一件赏心乐事。看一个女人——我是说，一个懂得烹饪的女人——搓面团也一样。她带着庄严专注的神情，看上去似乎很满足，就像一位女祭司在主持神圣的祭祀。当然，在她的脑海中，她就是一位女祭司。妈妈的前臂强壮结实，粉红的皮肤上沾满了面粉。当她做饭时，她的一举一动非常精准坚定。她得心应手地使用着搅蛋器、搅拌机和擀面杖。当你看到她做饭时，你知道她进入了属于自己的世界，一切都是她所熟悉的。除了读一读星期天的报纸和偶尔说长道短之外，妈妈和外面的世界接触不多。虽然她读起书来比父亲轻松，而且不像父亲，她既读报纸也读中篇小说，但她依然无知到难以置信的程度。甚至在我十岁的时候就意识到了这一点。她不知道爱尔兰在英国的东边还是西边，我怀疑直到世界大战开战的前夕她仍然无法告诉你首相是谁。而且，她根本没有半丁点儿兴趣去了解这些事情。后来，我读到关于东方国家的书籍，知道那里奉行一夫多妻制，女人被关在秘密的闺房里，由黑人太监看守着。我总是想象着要是妈妈听说这些事情的话，一定会惊呆的。我几乎可以听到她大叫起来——"够了！把他们的妻子那么关押起来！真是太羞耻了！"她可不知道什么是太监。事实上，她一辈子都生活在一个小小的天地里，安心当一个贤妻良母。就算在我们自己家里，有几处地方她是从来不会去的。她从不进院子后面的阁楼，也很少去店里。在我的记忆中她从未招呼过一个客人。她不知道货品都放在哪里。除非磨成面粉，否则她根本不知道麦子和燕麦有什么区别。为什么她要操心呢？小店是父亲的生意，是"男人的工作"，就算是在钱方面，她也没多大的兴趣。她的工作，"女人的工作"，是料理家务、做饭洗衣、照顾好孩子们。要是她看到父亲或别的大男人试着自己缝纽扣，就会大发脾气。

说到一日三餐和其它家务，我们家是那种每件事情像发条时钟一样精确的家庭。或许不能说像发条时钟一样，因为听起来太机械化了。用"自然过程"加以形容会比较恰当。你知道明天早上桌子上肯定会有早餐，就像你知道太阳一定会升起一样。妈妈这辈子总是晚上九点睡觉，早上五点起床，她觉得晚睡不好——那些腐败堕落的外国人和贵族才会做出这种事情。虽然她付钱给凯蒂·西蒙斯带我和乔伊去散步，但她绝不肯请一个侍女帮忙做家务。她坚信请来的侍女会把灰尘扫到柜子底下。我们的早餐总是准时弄好，非常丰盛——煮牛肉配饺子、烤牛肉配约克夏布丁、煮羊肉配酸豆、猪头肉、苹果馅饼、葡萄干、果酱卷——一直都是这么丰盛。传统的育儿观念仍然在起作用，但落伍的速度非常快。理论上孩子们仍然会被鞭笞，如果不乖的话就只有粗茶淡饭的待遇。如果吃饭时你发出声音、打嗝、不吃"对你有益的东西"或"顶嘴"，你会被赶下饭桌。但实际上我们家的纪律并不是那么严。妈妈的态度凶一些，而父亲虽然总是说"孩子不打不成才"，但实际上他拿我们两个孩子没辙，特别是乔伊，根本管束不了，从小他就是个刺头。他总是说"要狠狠地"揍乔伊一顿，还总是告诉我们以前爷爷总是会拿皮带狠狠地抽他，但从未付诸行动。现在我知道他所说的那些其实都是谎言。乔伊十二岁的时候力气已经大得妈妈管不住他了，根本拿他没办法。

那时候父亲们总是对孩子们整天说"不许这样不许那样"。你会经常听到一个男人吹嘘如果他发现儿子抽烟、偷苹果或掏鸟窝，会把他"活生生揍死"。在有的家庭里，殴打孩子的现象确实存在。马具商老拉沃格罗夫有两个儿子，一个十六岁，另一个十五岁，块头都很大，被他逮到在花园的小棚里抽烟，于是狠狠地揍了他们一顿，惨叫声整个小镇都可以听到。但拉沃格罗夫自己就是个老烟鬼。鞭笞似乎一点作用也没有，所有的男孩子都偷苹果、掏鸟窝、迟早学会抽烟，但大家都认为孩子们就得打骂才有出息。事实上，任何有趣的事情都被严令禁止，当然，只是理论上如此。据妈妈所说，一个男孩子想要做的事情都"很危险"。游泳很危险，爬树很危险，滑雪橇很危险，堆雪球、吊在牛车后面、玩弹弓和飞盘很危险，甚至钓鱼也很危险。所有的动物，除了内勒、两只猫和红腹灰雀杰奇之外都很危险。每只动物都有独特的伤害你的方式：马会咬人，蝙蝠会钻进你头发里，地蜈蚣会钻进你的耳朵里，天鹅扇一扇翅膀就能打断你的腿，公牛会撞你，毒蛇会"叮"你。据她所说，所有的蛇都会叮人。当我拿着那本价值一便士的百科全书对妈妈说毒蛇不叮人，只会咬人时，她只是叫我不要顶嘴。蜥蜴、无脚蜥、蟾蜍、青蛙、蝾螈也会叮人。除了苍蝇和黑甲虫之外，所有的昆虫都会叮人。除了每日三餐吃的东西之外，基本上一切东西都有毒，或"对你有害"。生土豆有致命剧毒，蘑菇也有毒，除非是那些从杂货店里买回来的。生醋栗会让你生疝气，而生山莓会让你长皮疹。如果一吃完饭就去洗澡，你会死于胃抽筋；如果你的拇指和食指中间被割伤了，就会得强直症，而你用煮鸡蛋的水洗手就会得疣子。基本上店里每样东西都是有毒的，所以妈妈在门口设了一道门。牛饼有毒，喂鸡吃的谷粒、芥菜籽和卡斯伍德牌家禽饲料也有毒。糖果对你有害，而三餐之间吃零食也不好，但有趣的是，有些东西妈妈同意在三餐之间吃。当她做梅酱时，她总是让我们吃从上面撇掉的那层甜甜的皮，我们总是敞开了肚皮猛吃，一直吃到要吐为止。虽然几乎世界上每样事物要么有毒，要么很危险，也有一些东西拥有神秘的好处。生洋葱几乎包治百病，用长袜包住脖子可以治喉咙疼。往狗喝的水里加点硫磺可以当成补药，于是后门那边老内勒的碗里总是有一块硫磺，在里面搁了很多年还是没有溶化。

我们总是在六点钟的时候吃茶点。四点钟的时候妈妈料理好了家务，从四点到六点她总是会安安静静地喝一杯茶，按她的说法，"读一读报纸"。事实上，只有在星期天她才会读报纸，工作日的报纸只有当天的新闻，偶尔才有谋杀案的报道。但星期天报纸的编辑们摸透了人们不在乎谋杀案是不是最新的，要是没有新的谋杀案，他们就用旧的谋杀案报道顶上，有时甚至会刊登帕尔默医生①和曼宁太太②的案件。我觉得妈妈一定觉得下宾菲尔德外面的世界到处都是杀人犯。她特别热衷于谋杀案，因为正如她经常所说的，她不知道人原来可以如此邪恶。割断自己妻子的喉咙，在水泥地板下埋葬自己的父亲，把小婴儿扔到井里！人怎么能做出这种事情！父亲和妈妈结婚时正值开膛手杰克③闹得人心惶惶，小店的窗户晚上会用木百叶窗封起来，就是从那时开始的。给商店的窗户封木百叶窗已经不流行了，高街的许多商店都不这么做了，但妈妈觉得躲在木百叶窗后面心里很踏实。她说她一直有种可怕的感觉，开膛手杰克就躲在下宾菲尔德。克里彭医生案——不过那是多年之

---

① 指威廉·帕尔默(William Palmer, 1824—1856)，英国医生，被指控以士的宁毒死朋友约翰·库克(John Cook)，并被怀疑毒害了自己的弟弟、岳母以及四个自己的亲生骨肉，在当时引起社会公愤，英国公众戏称他为"毒手药王"。

② 指玛利亚·曼宁(Marie Manning, 1821—1849)，瑞士籍女仆，与其丈夫弗莱德里克·曼宁(Frederick Manning)谋杀了情夫帕特里克·奥康纳(Patrick O'Connor)，双双被处以绞刑。查尔斯·狄更斯观看了此次绞刑，并以玛利亚·曼宁为原型，塑造了《荒凉山庄》中女家庭教师霍顿丝这个角色。

③ 开膛手杰克(Jack the Ripper)是英国历史上最著名的连环杀手之一，主要在伦敦东区的怀特查佩尔一带作案，手法残忍，并多次寄信至司法部门挑衅，但由于当时伦敦警力薄弱，未能将凶手逮捕，成为百年悬案，并为许多小说、影视作品提供了创作素材。

后的事情了，那时我已经几乎快成人了——搞得她不得安宁。我现在似乎可以听到她在说："肢解他那可怜的妻子，把她埋进摆放煤炭的地下室！多么残忍的想法！要是让我逮到，一定会好好收拾他！"有趣的是，当她想起那个可怕的小个子美国医生残忍地肢解自己的妻子（而且非常干净利落地把所有骨头都剔了出来，把头扔进海里，如果我没记错的话），她就会眼泪汪汪的。

但工作日她读得最多的还是《希尔达家居伴侣》。那时候家家户户都会订这份刊物。事实上，这份报纸现在还在发行，只是受到战后出现的更为主流化的妇女报纸的冲击和排挤。前几天我才看到过这份报纸。这份报纸变了，但比起其它报纸变动并不算太大。里面仍然有一连刊登六个月的连载小说（结局永远是有情人终成眷属的大团圆），《家居指南》这个栏目也没有变，同样还刊登着缝纫机的广告和治疗风湿腿痛的疗方。改变的地方主要是印刷和插图。童年时候理想的家庭主妇是蛋形计时器身材，而如今她必须是圆柱体身材。妈妈读得很慢，而且觉得花了三便士买一份《希尔达家居伴侣》就一定得读完。她坐在壁炉旁边那把黄色的旧扶手椅上，脚搁在壁炉架上，支架上放着一个小茶壶煮着浓茶。她会慢慢地从封面读到封底，读完连载小说、两则短篇故事、家务指南、扎姆-布克牌药油的广告和对读者来信的回答。这一本《希尔达家居伴侣》通常能让她读上一个星期，有时候她甚至读不完。有时候，壁炉的热力或夏日午后绿头苍蝇的嗡嗡声会让她昏昏沉沉地睡着了，五点三刻的时候她就一下子惊醒过来，看了看壁炉架上的时钟，然后焦虑万分，因为茶点就快赶不及了。但茶点总是能按时准备好。

在那些日子里——确切地说，直到1909年——父亲仍请得起一个小男孩跑腿，他总是让他看店，回家吃茶点，手背上沾满了面粉。然后妈妈会停止切面包，说道："让我们做祈祷吧，老爸。"我们都把头垂在胸前，爸爸会毕恭毕敬地喃喃说道："主啊，感谢您赐予我们食物——我们感激万分——阿门。"后来乔伊长大些，妈妈会说："今天你给我们做祈祷吧，乔伊。"乔伊就会说上一通。妈妈从不做祈祷，那是男人应该做的事情。

夏天的午后总是有绿头苍蝇在嗡嗡作响。我们家不算很卫生，事实上，下宾菲尔德没有几户人家很卫生。我想镇里一定得有五百户人家，大概不到十户人家有浴室，大概就五十户人家有现在所说的盥洗室。到了夏天我们家后院的垃圾桶总是臭气熏天，家家户户都蚊虫肆虐。我们家的护墙板里有黑甲虫，厨房炉灶后面有蟋蟀，当然，店铺里有粉虱。那时候，就算妈妈这样持家有道的妇女也觉得有黑甲虫不是什么大不了的事情。这些虫子就像柜子或擀面杖一样，是厨房的一部分。但蚊虫实在是太多了。在凯蒂·西蒙斯所居住的酿酒厂后面那条破败的巷子里，房子里长满了臭虫。如果是自己家里有臭虫，妈妈或任何开店人家的妻子会羞死的。事实上，看到一只臭虫却不知道那是什么东西才是合乎礼仪的事情。

体形硕大的绿头苍蝇总是飞进食物橱，充满渴望地落在摆肉的纱罩上。人们总是说："该死的苍蝇！"但苍蝇是上帝缔造的，除了给肉套上纱罩和使用捕蝇纸之外，你对它们无能为力。前面我说过我记得的第一样东西是红豆草的味道，但垃圾桶的味道也是童年的回忆之一。当我想到妈妈的厨房，想到那儿有石头地板、诱捕黑甲虫的圈套、壁炉的铁架和黑漆漆的灶头时，我总是似乎听到绿头苍蝇嗡嗡嗡的声音和垃圾桶的味道，还有老狗内勒那股强烈的狗骚味。上帝知道还有更糟糕的味道和声音。你想听哪种嗡嗡嗡的声音呢？绿头苍蝇的还是轰炸机的？

第三章

乔伊比我早两年去上沃尔顿文法学校。我们俩都是到了九岁才上学的。这意味着早晚两次骑四英里单车去那里，妈妈很担心让我们俩上路，其实那时候路上根本没有几辆汽车。

我们在霍里特大妈的私塾读了几年书。大部分家里开店的小孩子都去那里，不用去寄宿学校丢人现眼，虽然大家都知道霍里特大妈是个老骗子，根本没有资格当老师。她七十多岁，耳背得很厉害，戴着眼镜也几乎看不见，她所有的教具就是一根藤条、一块黑板、几本书页折了角的文法书和几块臭烘烘的写字板。她管得住女孩子们，但男孩子们只是嘲笑她，老是逃课。有一次出了一桩骇人听闻的丑闻，一个男孩把手探进一个女孩子的裙子底下，那时候我不明白到底是怎么一回事。霍里特大妈成功地隐瞒了过去。当你做出特别坏的事情时，她总是说："我会告诉你父亲。"在极少数情况下她的确会这么做。但我们都很聪明，看穿了她不敢经常这么做，而就算她拿出藤条要打你，她那么老迈笨拙，很容易就躲过去了。

乔伊才八岁的时候就加入了一群坏孩子组成的帮派，他们自称是"黑手帮"，头目是席德·拉沃格罗夫，就是那个马具商的小儿子，大概十三岁。黑手帮还有两个家里开店的孩子、一个酿酒厂的跑腿小男孩和两个农场帮手，他们有时会逃避工作，和帮派一起行动几个小时。那两个农场帮手块头都很大，身上的灯芯绒马裤胀得鼓鼓囊囊的，说话口音很重，帮派里的其他成员都看不起他们，但大家都忍着，因为他们比其他成员更加了解动物。其中一个绰号叫"生姜"，有时候赤手空拳就能逮到兔子。如果他看到一只兔子躲在草丛里，他会以一记饿鹰扑食把兔子给逮住。店主的儿子们和工人与农场帮工的儿子们之间有着非常大的社会阶层区别，但本地的男孩子们对此并不在意，这会一直持续到他们十六岁的时候为止。他们的帮派有暗语，还有一套立"投名状"的规矩，包括切手指和吃蚯蚓，将自己变成了一帮神憎鬼厌的小流氓。他们老是惹是生非：砸烂窗户，追逐牛群，把大门的门环卸掉，一英石一英石地偷盗水果。有时候在冬天他们会借来几只雪貂捕鼠，农民们都由得他们这么做。他们个个都有弹弓和飞盘，还总是说要攒钱买一把打靶枪，那时候这么一把枪要花五先令，但他们从未攒够三便士。夏天的时候他们去钓鱼掏鸟窝。当乔伊去霍里特大妈那里上课时，每星期起码会翘课一次，去了文法学校上课也是想方设法每半个月逃一次课。文法学校里有个男孩子，老爸是拍卖商，他能模仿任何笔迹写字，给他一便士他就会帮你杜撰一封你妈写的信，说你昨天病了。当然，我巴不得参加黑手帮，但乔伊总是不让我加入，说他们不想有个小屁孩整天跟在后面。

真正吸引我的事情是可以去钓鱼。到了八岁我还从未去钓过鱼，只是用一张一便士买来的渔网捞过鱼，有时候这张网能够捞上一条棘鱼。妈妈总是大惊小怪不让我们靠近水边。她"不准"我们钓鱼，那时候的父母几乎什么都"不准"。那时候我还不知道大人们都是这么顽固乖张，但钓鱼这个念头总是逗得我心痒痒的。我经过米尔农场的小池塘很多次，看着小鲤鱼在水面晒太阳。有时候角落的柳荫下会游弋着一条钻石形的鲤鱼，在我的眼中看起来好大好大——我猜得有六英寸长——突然间那条鱼游到水面，吞下一只虫子，然后又沉下去。我老是把鼻子贴在高街华莱士家开的小店的橱窗上，里面卖钓鱼用品、枪支和单车。夏天的早上我总是躺在床上，想象着乔伊告诉过我的那些关于钓鱼的故事：你怎么掺和面包屑；你的鱼漂如何摆动一下然后下沉，你感觉到鱼竿被压弯了，鱼儿在牵引着鱼线。我在想，钓鱼和渔具在一个小孩子眼中的魔力是能说得清道得白的吗？有的孩子对枪支和射击着迷，有的孩子对摩托车、飞机或马匹着迷。这种事情你无法解释或给出一个合理化的解释，那是一种魔力。一天早上——那时是六月，我应该八岁了——我知道乔伊准备逃学去钓鱼，我决定跟着去。不知怎地，乔伊猜到了我的心思，我们穿衣服的时候他就提前警告我。

"听着，小乔治！你别想着今天跟我们黑手帮出去。给我呆在家里面。"

"不，我没想过跟你们出去。我什么也没想。"

"你想过的！你想着跟我们出去的。"

"不，我没有！"

"你有！"

"不，我没有！"

"你有！你呆在家里。我们可不要该死的孩子跟着。"

乔伊学会了"该死的"这个词，总是挂在嘴边。爸爸听他说过一次，发誓要把乔伊活生生打死，但和以往一样，他并没有这么做。吃完早饭后，乔伊骑着单车出去了，背着他的书包，戴着文法学校的帽子，比平时早了五分钟出发，平时当他准备逃学时就会这么做。我也得去霍里特大妈那里上课去了，于是我溜了出去，躲在菜园后面的巷子里。我知道黑手帮会去米尔农场的小池塘，我准备跟他们一起去，就算他们杀了我也要去。或许他们会揍我一顿，或许我不能回家吃午饭，那妈妈就会知道我逃学，我又会被揍一顿，但我不在乎。我一心想要跟他们去钓鱼。我也不傻。我由得乔伊兜了一个大圈，经公路去到米尔农场，然后我一路跟踪，从树篱的远端迂回绕过草坪，在黑手帮发现我之前来到池塘的边上。那是一个明媚的六月份的早晨。毛茛高及我的膝盖。清风吹拂着榆树的树冠，茂密的翠叶就像丝绸一样柔和而富有光泽。现在是早上九点钟，我是个八岁的小男孩，沉浸在初夏的气息中。树篱里长着几株野玫瑰，花仍然开得很鲜艳，空中飘着几朵柔和的白云。远方是低矮的山丘和上宾菲尔德周围暗蓝色的树丛。我根本不去理会这些。我一心只想着绿色的池塘，那些鲤鱼和带着鱼钩、鱼线和面包屑的黑手帮。我觉得他们似乎生活在天堂里，我得加入他们的行列。很快我就接近了他们——他们一行有四个人：乔伊、席德·拉沃格罗夫、那个跑腿男孩和另一个小店主的儿子，我想他叫哈利·巴恩斯。

乔伊转过身看到了我，"上帝啊！是那个小鬼。"他朝我走来，像一只准备打架的公猫。"好了，你想干吗？我不是告诉过你吗？你给我马上回气。"

乔伊和我说话一激动时就会把"去"说成"气"。我退了一步："我就不回气。"

"你给我回气。"

"让他听好了，乔伊。"席德说道，"我们可不想让小孩子跟着。"

"你要回气吗？"乔伊问道。

"不回。"

"好啊，小家伙！好啊！"

然后他冲我跑了过来，追着我跑，紧紧跟在我后面。但我一直没有离开池塘，而是绕着它打转。很快他就追上了我，把我摁在地上，然后跪在我的胳膊上，开始拧我的耳朵，他最喜欢这样折磨我，而我根本吃不住痛。我哭了，但我绝不屈服，不会答应他回家。我就是想要留下来，和他们去钓鱼。突然其他人都为我求情，让乔伊放开我，同意我留下来。于是，我终究还是留了下来。

其他人都带了鱼钩、鱼线、鱼漂子和一坨面包团，包在一块破布里。我们每个人都从池塘旁边的柳树上砍下一截树枝。那座农舍只有两百码远，你必须不让别人看见，因为老布鲁尔非常讨厌别人来钓鱼。钓鱼对他来说其实没有什么影响，他只是用这个池塘里的水喂牲畜，但他非常讨厌男孩子。其他人仍然看我不顺眼，不停地告诉我不要暴露在日头下，说我只是一个小屁孩，对钓鱼一无所知。他们还说我吵死了，把鱼都吓跑了，其实比起其他人，我发出的声音要小得多。最后，他们不让我和他们坐在一起，把我叫到了池塘的另一边，那里的水要浅一些，而且树荫小一些。他们说像我这样的小孩一定会不停地玩水，把鱼给吓跑的。那边是池塘比较脏的一头，通常是不会有鱼过去的。这一点我知道。我似乎本能地知道哪个地方会有鱼。但我还是可以钓鱼了。我坐在草堤上，手里拿着鱼竿，身边嗡嗡嗡地飞舞着苍蝇，野薄荷的味道几乎会把你呛晕。看着绿色的水面上那个红色的鱼漂子，我的心里美滋滋的，虽然脸上仍密密麻麻地挂着夹杂着尘土的泪痕。

天知道我们在那儿坐了多久。早上渐渐过去，太阳越升越高，没有谁的鱼钩有鱼来吃饵。这一天太热了，而且天气太晴朗，不适合钓鱼。鱼漂子纹丝不动地浮在水面上。你可以看到水底很深的地方，仿佛在看一块深绿色的玻璃。在池塘的中央你可以看到鱼儿们呆在水底下晒太阳，有时候靠近池边的水草里会有一只蝾螈滑过来，脚爪钩住水草在那里栖息，鼻子刚刚露出水面。但鱼儿们没有来吃饵。其他人不停地叫嚷着有鱼咬饵了，但他们只是在撒谎。随着时间渐渐过去，天气越来越热，苍蝇一直叮着你不放，岸边的野薄荷闻起来就像是威勒太太的糖果店的味道。我觉得肚子越来越饿，而因为我知道午饭没有着落，肚子就更饿了。但我就像一只小老鼠一样静静地坐在那儿，眼睛从未离开过鱼漂子。他们给了我一块鱼饵，大概得有一块石头大小，告诉我这块饵够我用的了。我好长一段时间里不敢给鱼钩换饵，因为每次我拉起鱼线他们总是骂我搞出太大的动静，把方圆五里内的鱼都给吓跑了。

我猜想我们一定在那儿坐了两个小时，这时我的鱼漂子突然动了一下。我知道那是一条鱼。一定是一条鱼无意间游了过去，看到了我的鱼饵。它确实真的咬饵了，看鱼漂子的移动准不会错的。那种动法和你偶尔扯动鱼线时的动法很不一样。接着鱼漂子猛地动了一下，几乎沉了下去。我再也按捺不住自己，朝其他人喊道：

"我这边有鱼上钩啦！"

"胡扯！"席德·拉沃格罗夫立刻回了一句。

但接下来的一幕证实了我的话。鱼漂子笔直地沉了下去，我可以看到水里有一团红影，手里的鱼竿被拉紧了。上帝啊，那种感觉！鱼线绷得紧紧的，另一头就是一条鱼！其他人看到我的鱼竿绷弯了，全都扔下鱼竿，跑过来围在我身边。我用力一拽，那条鱼——银光闪闪的大鱼——在空中一掠而过。同一时间，我们大家都懊恼地叫嚷起来：那条鱼挣脱了鱼钩，掉到了堤坝下面那丛野薄荷里面。但它掉落的地方水很浅，它挣扎不开，有大概一秒钟的时候它就无助地躺在那儿。乔伊奋身跳入水中，水花溅得我们一身都是。他用双手抓住那条鱼，大声叫嚷着："我逮到它了！"他把鱼扔到草地上，我们都围着那条鱼。我们可开心了！这条可怜的、濒死的鱼上下扑腾着，鱼鳞闪烁着彩虹一般的色泽。那是一条很大的鲤鱼，至少得有七英寸长，肯定得有四分之一磅重。我们看着这条大鱼，叫嚷不停！但突然间一团阴影笼罩在我们头上，我们抬头一看，是老布鲁尔居高临下地看着我们，头上戴着一顶挺高的毡帽——那种介乎高礼帽和圆顶礼帽之间的帽子——穿着牛皮长筒靴，手里拿着一根很粗的榛树枝棍子。

我们就像一群头顶有老鹰在盘旋的松鸡一样畏缩着。他逐个扫视着我们。他那张嘴特别丑，牙齿都掉光了，自从他剃了胡须，下巴看上去就像个胡桃夹子。

"你们这帮小鬼在这里干什么？"他问道。

我们在干什么这不明摆着嘛。没有人应话。

"我就知道是你们跑到我的池塘里钓鱼！"突然间他怒吼着，朝我们冲了过来，朝四面八方乱打乱揍。

黑手帮一下子作鸟兽散，鱼竿都顾不上拿，那条鱼也不管了。老布鲁尔追着我们跑过一半草坪。他的腿脚僵硬，行动不快，但在我们摆脱他之前，他狠狠地抽了我们几下。我们逃开了，剩下他站在草坪中央，在我们身后高嚷着，说他知道我们所有人的名字，会去告诉我们的父亲。我落在最后头，那一顿鞭打大部分落在我身上。当我们跑到树篱的另一头时，我的小腿上多了好几道难看的红色鞭痕。

那天接下来的时候我和那帮男孩子在一起。他们还打不定主意是否认可我是他们的一员，但至少现在容忍我和他们在一起。那个跑腿的小男孩撒了谎早上不去上班，现在得回酿酒厂去了。我们其他人走了长长一段曲折的路。男孩子们离开家里一整天通常都会走这么远的路，在逃课的情况下更是如此。那是我第一次像个真正的男孩子一样去散步，和以前与凯蒂·西蒙斯散步很不一样。我们在小镇边上一道干涸的沟渠边吃了午餐，那里堆满了生锈的罐头和野茴香。其他人凑份子给了我一点吃的，席德·拉沃格罗夫有一个便士，叫人去买来一便士巨无霸，我们一起分着喝。天气非常热，野茴香的味道非常浓烈，一便士巨无霸的气泡让我们直打嗝。然后我们顺着满是尘土的白色马路游荡到上宾菲尔德，那是我第一次走那条路。我们走进山毛榉树林，地上铺着一层厚厚的枯叶，光滑粗大的树干直指蓝天，因此栖息在最上方的树枝上的那些鸟儿看上去像是一些小黑点。那时候在树林里你想怎么逛都行。宾菲尔德馆的大门紧闭，那里再也没有养山雉了，只遇到一架堆满了柴火的马车。有一棵树被锯倒了，树干的年轮看上去就像靶子一样，我们都拿着石头对着它扔。然后其他人拿出弹弓开始打鸟。席德·拉沃格罗夫说他打中了一只花鸡，但卡在树杈上了。乔伊说他在撒谎，两人争执起来，几乎要干上一架。然后我们走进一座挖白垩的空山洞，里面满是落叶，大声呼喊着倾听回音。有人骂了一句脏话，于是我们都把知道的脏话全部喊了出来。其他人嘲笑我，因为我只知道三句脏话。席德·拉沃格罗夫说他知道小婴儿是怎么生出来的，就像生小兔子一样，只不过他们是从女人的肚脐里钻出来的。哈利·巴恩斯开始在一棵山毛榉树上刻字——但只写了前两个字母就放弃了。然后我们去了宾菲尔德馆的小木屋，有谣传说那里有一口池塘，里面长满了大鱼，但没有人敢进去里面，因为住在小木屋里的看更人老霍奇斯"讨厌"小男孩。经过那里的时候他正在菜园里垦土。我们隔着篱笆冲他做鬼脸，直到他追着把我们赶跑。然后我们下山去了沃尔顿路，朝那些马车夫做鬼脸，躲在篱笆的另一边，这样他们的鞭子就打不到我们。沃尔顿路旁边有一处地方曾经是采石场，后来成了垃圾堆，现在上面长满了黑莓丛，高高地堆着生锈的旧罐头、自行车架、破铜烂铁和酒瓶，旁边长满了杂草。我们花了一个小时，弄得全身上下都脏兮兮的，总算把几个铁栅栏给翻捡出来，因为哈利·巴恩斯发誓下宾菲尔德的那个铁匠愿意出一英担六便士的价格收购废铁。接着，乔伊在黑莓丛里发现一个画眉鸟的鸟窝，里面有几只羽翼未丰的雏鸟。经过一番争论要怎么处置这些雏鸟后，我们把它们端了出来，拿石头砸它们，最后把它们踩死。一共有四只雏鸟，我们一人踩死一只。差不多是吃茶点的时间了，我们知道老布鲁尔说到做到，都等着挨一顿板子，但我们实在是饿得不行，也不想再呆在外面。最后，我们迤逦着走回家，路上又跟人吵了一架，因为经过自耕田的时候我们看到一只耗子，拿着棍子追逐着它。火车站站长老贝内特每晚会在他那块自耕田里劳作，对其非常自豪。他气急败坏地把我们撵跑，因为我们踩到了他那块种洋葱的苗圃。

我走了十英里路，一点儿也不觉得累。一整天我就跟在那帮男孩子后面，他们做什么我也跟着做什么，他们叫我"小屁孩"，一有机会就会训斥我，但我就是跟在后面。我可开心了，除非你体验过，否则你不会明白那是一种什么样的感觉——但假如你是男的，你一定经历过。我知道我不再是个孩子，我终于成为了少年。当个少年是件很快乐的事情，你到处乱跑，大人们逮不到你，你可以追逐耗子、残杀小鸟、扔石头、朝马车夫乱吼、骂脏话。那是一种强烈的优越感，一种什么都知道、什么都不害怕的感觉。而这一切的实质就是破坏规则和残害生灵。布满尘土的白色马路、衣服汗淋淋的感觉、野茴香和野薄荷的味道、骂脏话、垃圾堆酸臭的味道、橘子汽水的味道、让我们不停打嗝的气体、踩死雏鸟和鱼儿拉紧钓线的感觉——都是这种体验的一部分。感谢上帝我是一个男人，因为女人是不会体验到这种感觉的。

老布鲁尔真的去告状了。父亲阴沉着脸，从店里拿了一根皮带，扬言要把乔伊"活生生抽死"。但乔伊连喊带踢地竭力挣扎，最后父亲只能狠狠地揍了他几下就了事。但第二天乔伊被文法学校的校长狠狠打了一顿藤条。我也想挣扎，但我实在是太小了。妈妈把我横在她的膝盖上，拿皮带给了我一顿"惩戒"。当天我挨了三次打：一次被乔伊打，一次被老布鲁尔打，一次被妈妈打。第二天黑手帮决定我还不是他们真正的成员，我必须立"投名状"（这个词是他们从印第安红番的故事那里学来的）。他们一定要你把蚯蚓咬一口，然后再吞下去。而且因为我年纪最小，他们又都嫉妒我是唯一钓到鱼的人，后来他们都说我钓到的那条鱼根本算不上是大鱼。大体上，当人们谈到钓鱼时，他们总是把钓到的鱼越说越大，但在这件事上，钓到的鱼被越说越小。到最后，如果你听他们的讲述，你会以为那条鱼和小鲦鱼个头差不多。

但这些都不要紧。我钓过鱼，见过鱼漂子沉入水里的情形，感受过鱼儿拉紧钓线的感觉，无论他们撒多少个谎都不能把我的那段经历给剥夺掉。

第四章

接下来的七年，从我八岁到十五岁，我的回忆主要就是钓鱼。

不要以为我其它什么事情都不做。当你回首一段久远的时光时，有些事情似乎膨胀起来，将其它一切事情掩盖在阴影中。我离开了霍里特大妈的学校，到文法学校上课，背着个皮制的小书包，戴着黄色条纹的黑色鸭舌帽。我有了第一辆单车，过了很久之后有了第一条长裤。我那第一辆单车的齿轮是固定的——那时候装了飞轮的单车很贵。当你下山时，你把脚缩在前面的支架上，让脚踏板嗡嗡嗡地转圈。这就是二十世纪初戏剧性的一幕——一个小男孩骑着单车冲下山坡，后仰着头，双脚缩在空中。我战战兢兢地去上文法学校，因为乔伊告诉过我关于校长"老胡子"的许多可怕的传闻（他的真名叫威克塞）。他的确是个面目可憎的小男人，长着一张豺狼一样的脸庞。在大教室的一端他有一个玻璃柜，里面摆满了藤条，有时候他会拿出一根藤条，耀武扬威地在空中挥舞着，发出嗖嗖嗖的破风声。但令我惊讶的是，我在学校混得很好。我从来不知道自己要比乔伊聪明——他比我大两岁，自从会走路开始就一直欺负我。事实上，乔伊是个大草包，每星期都会挨一次藤条，一直到十六岁都是垫底的角色。我第二学期的时候就在数学竞赛中获奖，另一次获奖参加的是做干花什么的美其名曰"科学"的古怪玩意儿。到我十四岁的时候"老胡子"开始对我说起奖学金和读大学的事情。父亲那时候对我和乔伊寄予了殷切期望，很想我能上大学深造。那时候他觉得我将会当一名教师，而乔伊会去当拍卖员。

但我对学校的回忆并不多。战争期间我和来自上流社会的孩子们混在一起，有件事让我感到十分惊讶，那就是：他们无法摆脱公立学校可怕的灌输，要么他们的个性被彻底泯灭，要么一辈子都得和那段阴影进行抗争。我们这些出身于小店主和农民家庭的孩子可不一样。你上的是文法学校，你在那儿一直呆到十六岁，就为了证明你不是一名无产者，但你迫不及待地想离开学校。你对那些古老的灰石建筑毫无忠诚或好感可言。（它们确实是太古老了，而且果不其然，这所学校是红衣主教沃尔西①创建的。）从那里毕业的校友们从不联系，甚至连校歌也没有。你每天有半天的空闲时间，因为体育不是必修科目，你可以老是逃课。我们穿着吊带裤踢足球，虽然打板球的时候应该束着腰带，你穿的却是普通的衬衣和裤子。我唯一喜欢的项目是课间的时候在砂石院子里玩的树桩板球，用一块包装箱的木板当球拍，打一个康朴②材料做的球。

不过，我记得大教室的味道，那是一股墨水、灰尘和靴子的味道，还有院子里那块曾经是上马石的大石头，后来被用来磨刀子。学校对面有一间小面包店，里面卖一种切尔西面包，体积是现在你买到的切尔西面包的两倍，那时候这东西叫"猪油大饼"，价格是半个便士。我在学校做的事情相信你也做

---

① 托马斯·沃尔西（Thomas Wolsey, 1473—1530），英国罗马天主教会红衣主教，深得亨利八世信任，曾担任约克大主教和坎特伯雷大主教，掌握教会大权，推行教会改革。
② 康朴（compo），一种用亚麻籽油、沥青、白垩、兽胶和聚合物如马毛或麻纤混合而成的化工材料。

过。我在书桌上刻自己的名字，被打了一顿藤条——要是被抓住的话，打藤条是免不了的，但大家都这么干。我把手指弄得满是墨水，老是咬指甲，用笔架做飞镖，玩康克戏，传播下流的故事，学会了手淫，对英语老师老布鲁尔斯态度非常不敬，还老是欺负镇里送葬人的儿子威利·西密恩——他是个半痴呆儿，你跟他说什么他都会相信。我们最喜欢玩的恶作剧是叫他到商店里买根本不存在的东西，都是一些老掉牙的把戏——只卖半便士的一便士邮票、橡胶榔头、左撇子用的螺丝刀、一罐有条纹的油漆——可怜的威利居然全都信以为真。有一天下午我们戏弄了他一番，将他放在一个桶里，叫他抓着把手将自己举起来。最后他进了疯人院，可怜的威利。不过，放假的时候才是我们真正逍遥的日子。

那时候有很多开心的事情可以做。冬天的时候我们总是会借来几只雪貂——妈妈绝不肯让乔伊和我在家里养貂，她管它们叫"脏兮兮的臭东西"——然后逃学到各个农场逮耗子。那些农场主有时候同意我们去逮耗子，有时候把我们赶跑，说我们带来的麻烦比耗子还多。到了冬天我们跟在打谷机后面，大人们打谷堆，我们就帮忙打老鼠。有一年冬天，应该是1908年，泰晤士河的河床满溢，然后结了冰，连续好几个星期我们可以去溜冰。哈利·巴恩斯在冰上摔断了锁骨。早春的时候我们拿着飞盘去打松鼠，接着就去掏鸟窝。我们都认为鸟不会数数，只要你留一个鸟蛋在窝里就行了。我们都是残忍的小畜生，有时候我们干脆把鸟窝敲下来，踩烂鸟蛋或踩死雏鸟。蟾蜍下蛋时我们还玩另一个游戏。我们总是去抓蟾蜍，将单车气泵的泵嘴塞进它们的背部，往身体里泵气，直到身体爆掉为止。男孩子就是这样，我不知道为什么。夏天的时候我们经常骑着单车去伯福德堰那里戏水。席德的表弟沃利·拉沃格罗夫在1906年淹死了。他被水底的水草缠住了。当几把搭钩把他的尸体打捞上来时，他的整张脸都发黑了。

但钓鱼才是真正开心的事情。我们去了老布鲁尔的池塘很多次，从里面钓到了小鲤鱼和丁鲷鱼。这附近还有很多喂牛的池塘，里面有鱼，每到星期六下午我们就结伴走路去钓鱼。但当我们有了单车后，我们就去伯福德堰下面的泰晤士河钓鱼，这似乎比在喂牛的池塘里钓鱼更像是男子汉做的事情。这里没有农夫把你赶跑，而且河里有大鱼——但据我所知，没有人曾经钓到过一条。

我对于钓鱼有一种特殊的感情——现在还有这种感情，真的。我不能说自己是个钓鱼专家。这辈子我从未钓到过两英尺长的鱼，而且我已经有三十年没有碰过鱼竿了。但当我回首八岁到十五岁那段少年岁月时，日子似乎就是围绕着钓鱼进行的。我清楚地记得每一个细节。我记得每一个钓鱼的日子和钓到的每一条鱼，如果我闭上眼睛回忆的话，每一口喂牛的池塘或每一潭死水都可以浮现在眼前。我可以撰写一本关于钓鱼技巧的书。我们还是孩子的时候没有多少钓具，因为钓具太贵了，而我们一周只有三便士的零花钱（那时候孩子们一般就只有这么多零花钱）都花在了糖果和猪油大饼上。我们这些小孩子通常用一根弯曲的大头针垂钓，但这东西太钝了，根本派不上用场。不过你可以用老虎钳夹着缝衣针放在蜡烛上烧，做成一个相当好的鱼钩（不过没有倒刺，这是当然的）。那些农场帮工知道如何把马毛编织成线，几乎和肠线一样好使。而且单独一条马鬃就足够钓起一条小鱼。后来我们有了两先令一把的鱼竿，甚至还配备了滑轮。老天爷啊，我们在华莱士的橱窗玻璃外面盯了多少个小时！就连点41口径的长枪和打靶手枪也没有像鱼竿那样让我激动过。还有那本盖米奇百货公司的产品目录，我想是在一个垃圾堆里拣来的，我认真地阅读着，仿佛那是一本《圣经》！即使到了现在我仍然可以告诉你一切关于肠线替代品、玻璃线、利莫里克牌鱼钩、打鱼槌、卸钩器、诺丁汉式滑轮和天知道还有多少种专业钓鱼技术。

此外我们经常还使用各种各样的鱼饵。我们店里总是有很多粉虱，可以凑合着用，但不是特别好的鱼饵。蛆虫要更好一些。你得找屠夫老格拉菲特要蛆虫，我们一伙人总是会抽签或玩点指选将决定派谁去要蛆虫，因为格拉菲特可不是好打交道的人。他是个体格庞大、一脸横肉的老恶棍，说起话来就像狗吠一样。他和孩子们说话时总是会大吼大叫，蓝色围裙上那些钢刀就会叮当作响。你手里拿着糖罐，一直等到顾客都走了才十分谦卑地问道：

"格拉菲特先生，请问您今天有蛆虫吗？"

通常他会大声吼道："什么！蛆虫！我店里有蛆虫！我有好几年没见过这东西了。你以为我店里有苍蝇吗？"

他店里当然有苍蝇，而且到处都是。他总是拿着一根顶端贴了羽毛的棍子，有了这个他可以碰到很远的地方，把一只苍蝇碾成一团。有时你要不到蛆虫就回去了，但他总是会在你准备回去时在你身后吼道：

"过来！到后院去看一看。要是你仔细找的话或许可以找到一两条。"

你会发现它们到处都是，成群结队地在一起。格拉菲特的后院闻起来像是战场，那时候屠夫可没有冰箱。如果你把蛆虫养在锯末里的话，它们能活得更久。

黄蜂的幼虫也不错，但要把它们串在钓钩上可不容易，除非你先把它们烤一下。如果有人找到了黄蜂的蜂窝，我们会在晚上出去，往里面倒松节油，然后用泥巴堵着蜂窝口。第二天黄蜂就都死翘翘了，你可以把整个巢穴搬出来，取出幼虫。有一次出了岔子，松节油没有流入洞口或怎么的，当我们把泥巴抹掉时，那群黄蜂被困了一整夜，一下子全都飞了出来。我们没有被叮得太惨，可惜的是没有人拿着秒表站在一旁计时。草蜢大概是最好的鱼饵，特别适合钓白鲑鱼。你把草蜢挂在鱼钩上，然后在水面上轻轻地弹几下 —— 他们称这个为"点钓法"。但通常你一次只能逮到两三只草蜢。绿头苍蝇很难逮到，是钓鲮鱼最好的鱼饵，特别是在晴朗的日子里。你得把它们活生生地串在鱼钩上，这样它们还能蠕动。白鲑鱼甚至连黄蜂也吃，但要把黄蜂活生生地串在鱼钩上可不容易。

天知道到底还有多少种鱼饵。你可以将白面包放进一块布里，加水用力挤，做成面团，然后还有奶酪面团、蜂蜜面团和茴香面团。煮过的小麦用来钓鳊鱼很不错，红蚯蚓适合用来钓鲫鱼，在堆了很久的肥料堆上就可以找到。而且你还可以找到一种红纹蚯蚓，身上长着斜纹，闻起来像地蜈蚣，拿来钓鲈鱼最好不过了。普通的蚯蚓也适合钓鲈鱼，你得把它们放在青苔里保持其活力。如果你把它们养在土里，它们会死掉的。那些牛粪上的棕色苍蝇用来钓鳊鱼特别好。他们说你拿一颗樱桃也可以钓到鳊鱼，我就见到过有人用红葡萄干钓到鳊鱼。

那时候，从六月十六号（钓鱼季开始了）直到隆冬，我的口袋里总是装着一罐蚯蚓或蛆虫。我和妈妈吵了几架，最后她让步了，钓鱼不再是不许做的事情之一，1903 年的圣诞节父亲甚至送了我一把价值两先令的钓鱼竿。乔伊不到十五岁就开始泡妞，从那时开始就很少出来钓鱼，说那是小孩子的玩意儿。但除了我之外还有六七个小孩对钓鱼非常着迷。上帝啊，那些钓鱼的日子是多么开心！在闷热的下午我趴在教室里的课桌上，耳朵里掠过老布鲁尔斯念念叨叨的关于谓语、虚拟语气、定语从句的说教，一心想的只有伯福德堰附近的壅水和柳荫下绿色的池塘，里面的鲮鱼正游来游去。吃完茶点后我就急匆匆地踩着单车来到查姆福特山，跑到那里的河边在天黑前垂钓一个小时。宁静的夏季傍晚，堰里水花轻溅，鱼儿升到水面时泛起涟漪，蚊子和蠓子叮咬着你，成群的鲮鱼围着你的鱼钩却从不吃饵。你看着那些四周游弋的鱼黑漆漆的背部，心里希望并祈祷（是的，真的是在祈祷）会有一条鱼改变心意，在天黑之前咬你的饵时，心情是何等激动！然后我总是说"再呆五分钟"，然后"再呆五分钟"，直到最后不得不推着单车回镇里，因为铜匠陶勒在附近巡夜，单车可能会因为没有安灯就在夜里骑行而被扣押。还有暑假的时光，我们带着鸡蛋、面包、黄油和一瓶柠檬水去逍遥快活一天，钓鱼，洗澡，然后再钓鱼，有时真的能钓到几条鱼。到了晚上，你双手脏兮兮地回到家里，肚子饿得咕咕叫，连剩下的面包团也吃掉了，手帕里包着三四条腥臭的鲮鱼。妈妈总是不肯煮我带回家的鱼。她觉得河里的鱼除了鲑鱼和三文鱼之外，全都不能吃。她管这些鱼叫"脏兮兮的沾满泥巴的东西"。我记得最清楚的是那些我钓不到的鱼。特别是在星期天下午，当你沿着牵船的纤道散步时，看到河里那些大鱼，手头却没有鱼竿，因为星期天的时候泰晤士河管理委员会不准钓鱼。到了星期天你只能去散步，穿着厚厚的黑色西装，脖子上戴着伊顿公学式的领子，差点没把头给锯下来。有一个星期天我看到一条足有一码长的梭子鱼就在河堤旁边的浅水里睡觉，几乎想拿一块石头将它砸死。有时候在芦苇岸边绿色的水塘里，你会看到一条硕大的泰晤士河的鲑鱼游过。泰晤士河的鲑鱼个头长得特别大，但基本上别想逮到它们。他们说有一个泰晤士河的钓友——就是你平时见到的那种长着酒糟鼻子，披着风衣坐在野营凳上，拿着二十尺的鱼竿一年四季都在钓鱼的老家伙——愿意呆上一年，就为了钓到一条泰晤士河里的鲑鱼。我可没有看不起他们，我完全明白为什么他们愿意这么做，而当时的我更加明白。

当然，还有别的事情发生。我每年长高三英寸，穿上了长裤，在学校获得了一些奖项，上福音见证班，讲下流的故事，喜欢上了读书，特别喜欢白老鼠、做手工和收集邮票。但我记得的总是钓鱼。夏天的日子、平坦的水草甸、远处蓝色的山丘、水潭边的杨柳、杨柳下深绿色有如绿茵的水潭。在夏天的夜晚，鱼儿划破水面，夜鹰的叫声在你的周围回响，闻着叶兰的香气和拉塔基亚香烟的味道。不要误会我。我不是在把童年美化成诗情画意。我知道那些都是胡扯。老波特斯（他是我的一个朋友，一个退休教师，后面我会提到他）就很会美化童年时代。有时候他会为我朗读书里的诗意童年，比如华兹华斯①的《少女露丝·格雷》。那时候有草坪和树林什么的。不用说，他没有自己的孩子。事实上，小孩子们根本就没有任何诗情画意可言，他们只是一帮野蛮的小畜生，只不过任何畜生都比不上他们四分之一自私。一个男孩子对草坪或树林之类的事情根本不感兴趣。他从不欣赏风景，对花花草草不屑一顾，除

---

① 威廉·华兹华斯（William Wordsworth, 1770—1850），英国浪漫诗人，代表作有《抒情诗集》、《远足》等。

了那些好吃的植物外，其它一概都不认识。残害生灵——对于小男孩来说，这几乎就相当于诗歌。但他们非常热情，对事物充满了大人无法企及的渴望，你觉得人生还有无穷无尽的时间，无论你在做什么，你似乎都可以永远地进行下去。

我是个长相难看的小男孩，长着黄油色的头发，总是剪得很短，只在前面留了一点刘海。我无意美化我的童年，与许多人不一样，我可不想恢复青春。我所在乎的大部分事物最后都会让我觉得意兴索然。要是我再也看不了板球比赛，我可一点儿都不在乎，只付三便士就可以买一英担糖果我也不会付这个钱。但我总是对钓鱼情有独钟。你会觉得这是蠢到家的事情，确实如此，就算现在我是个四十五岁的中年胖子，有两个孩子，在郊区有一座房子，我也想去钓鱼。为什么？因为在某种意义上说，我缅怀童年——我并不是指我自己的童年生活，而是伴随我成长的文化，而我觉得这种文化如今已是奄奄一息。钓鱼正是这种文化的象征。当你想到这种文化时，你会想到不属于现代世界的事物。你会想象着在一口宁静的池塘边一棵柳树下坐上一天——如今能找到一口宁静的池塘坐在旁边可不容易——那是属于战争之前、收音机和飞机发明之前、希特勒上台之前的时代。即使是英国那些不入流的鱼的名字听起来也让人觉得内心很平静：鳊鱼、赤睛鱼、鲦鱼、鲌鱼、触须白鱼、鲷鱼、白杨鱼、梭子鱼、鲢鱼、鲤鱼、丁鲷。这些都是好听的名字。起这些名字的人从未听到过机关枪的响声，从未生活在恐惧之中，不会吃阿司匹林度日，不会去看电影，不会想着如何躲过集中营。

我很疑惑，现在还有人去钓鱼吗？伦敦方圆一百英里之内已经没有鱼可以钓了。几间破落的钓鱼俱乐部依次分布在运河的河堤上，而百万富翁会去苏格兰的酒店，在私人水域垂钓鲑鱼，玩用人造苍蝇钓人工饲养的鱼这种装模作样的游戏。但现在还有谁到推动水车的小溪、护城河或喂牛的池塘边钓鱼呢？那些英国土生土长的鱼哪儿去了？我小时候每口池塘和小溪里都有鱼。现在所有的池塘都被抽干了，而那些小溪，就算没有被工厂的化学排放物污染，也堆满了生锈的瓶瓶罐罐和汽车轮胎。

我记得最清楚的，是那些我从未钓到过的鱼。我想这是天经地义的事情。

当我十四岁的时候，父亲帮了宾菲尔德馆的看更人老霍奇斯一把。我忘记是什么事情了——好像是给了他一些药治好了他养的家禽或什么的。霍奇斯是个脾气暴躁的老家伙，但他知恩图报。过了不久，有一天他去我们店里买喂鸡的谷物，在门外遇到了我，神情乖戾地把我拦了下来。他的脸看上去就像用老树根刻出来的，嘴里只有两颗棕黑色的牙齿，而且特别长。

"嘿，小子！你钓鱼，不是吗？"

"是的。"

"我就知道。听好了，如果你想要钓鱼，你可以带上鱼竿到'大厅'后面那口池塘碰碰运气。那里有很多鲷鱼和狗鱼，但别让人知道是我告诉你的，也别带你那些朋友去，不然我会把他们背上的皮给剥下来。"

说完之后他就扛着麻袋离开了，似乎觉得他已经说太多话了。接下来那个星期六的下午，我骑着单车来到宾菲尔德馆，口袋里装满了蚯蚓和蛆虫，到小木屋里找老霍奇斯。那时候宾菲尔德馆已经荒弃了有一二十年。业主法雷尔先生付不起住在里面的钱，又不肯也不能将其租出去。靠着出租农场的钱他在伦敦生活，由得这座房子周围的土地渐渐荒废。所有的篱笆正在腐烂，长满了青藤；停车场长满了荨麻；菜园就像一座丛林；花园里长满了杂草，只有几丛歪歪扭扭的玫瑰让你知道原来的花床在什么地方。但这是一座非常华丽的房子，特别是从远处望过去。那是一幢白色的大房子，有柱廊和长形的窗户，我猜是在安妮女皇①的时代由某个去过意大利的人设计的。如果现在我去那儿的话，或许我会为它以前的日子多么风光而如今却变得如此萧条而感到开心。营建这座房子的人一定以为好日子会永远红火下去。那时我是个孩子，根本不会去多看房子或周围的领地一眼。我找到了老霍奇斯。他刚吃完午饭，心情有点阴郁。我让他给我指明到那口池塘的路。池塘就在房子后面几百码的地方，被那片山毛榉树林完全遮住了，但面积挺大，几乎像一个湖泊，直径约有一百五十码。即使是那个年纪的我也觉得很诧异：在离雷丁十几英里远，离伦敦不到五十英里远的地方，竟然有这么一片幽静的天地。你觉得如此孤单，仿佛来到了亚马孙河的堤岸。池塘的周围完全被挺拔的山毛榉树林所环绕，倒映在池塘的一边。而在另一边是一块草地，中间有一块空地，长着几簇野薄荷。在池塘的一端有一间渐渐腐烂的旧船屋，周围长满了芦苇。

池塘里有很多鳊鱼，个头都不大，大概四到六英寸长。不时地你会看到其中一条鱼半转过身来，在水下闪烁着红棕色的光芒。池塘里还有梭子鱼，一定都是些大鱼。你从未见过它们的样子，但有时候一条梭子鱼会在水草里晒太阳，然后转身潜入水底，溅起一阵水花，就像把一块砖头砸进水里一样。要钓

---

① 安妮女皇（Queen Anne，1665—1714），1702—1707 年在位。

到这些鱼纯属白费心机，但每一次去那里的时候我总会尝试一番。我试过用泰晤士河里钓来的养在果酱罐子里的鲦鱼和鲫鱼去钓它们，甚至还试过用一个罐头做成的旋式钓饵。但它们吃饱了池塘里的鱼，不肯咬饵，就算上钩也只会将我的钓具给弄坏。每次从池塘那里回来我总是钓到至少十几条小鳊鱼。有时到了暑假我会去那儿呆一整天，带着鱼竿、一本《密友》、《米字旗》或别的什么刊物、一块母亲为我准备的奶酪夹面包。我会垂钓几个小时，然后躺在草坪上读书，接着，面包团子的香气和某个地方一条鱼的扑通跳跃会让我又心痒痒的。我会跑回池塘边，又开始钓鱼。一整天就是这么度过的。最美好的感觉莫过于独自一人，虽然四分之一英里外就是马路。我已经到了理解偶尔独处的惬意之处的年龄。周围都是树林，你觉得似乎整个池塘都是你的，没有任何事情会打扰你，只有鱼儿在水里泛起涟漪，鸽子在头顶飞过。但是，在接近两年的时间里，到底有多少次我去过那里钓鱼？也就是十来次而已。从家里到那儿要骑三英里单车，至少要花整整一个下午的时间。有时候临时会有事，有时候我想去那里的时候天下起了雨。你知道的，事情总是这样。

　　一天下午，那些鱼都不来咬饵，我开始探索池塘离宾菲尔德馆最远的一端那边的情形。水从池塘里溢了出来，地上有点松软，你得跋涉穿过一丛黑莓和树上掉下来的烂树枝。走了五十码远，突然前面出现一块空地，我来到另一口从未听说过的池塘。这口池塘不大，直径不到二十码，而且很暗，因为顶上密布着树枝。但池塘的水很清澈，而且很深。我可以看到水里十到十五码深的情形。我在那儿逗留了一会儿，欣赏着沼泽地的潮湿和气息，男孩子都是这样。接着，我看到一样东西，让我高兴得几乎雀跃起来。

　　那是一条大鱼，我一点儿也没有夸张。那条鱼几乎有我的胳膊那么长，在池塘深处的水里嗖地游了过去，然后变成一团阴影，消失在池塘那一头更深的水里。我仿佛觉得一把利剑刺穿了我的身体。那是我生平见过的活鱼和死鱼中体形最大的。我站在那儿，喘不过气来。过了一会儿又有一条大鱼的身影从水里游过，接着又有一条，接着又是两条凑在一起的大鱼。这口池塘里尽是大鱼。我猜它们是鲤鱼，也有可能是鳊鱼或鲷鱼，但鲤鱼的可能性大一点。鳊鱼或鲷鱼可不会长得这么大。我知道发生了什么事情。这口池塘和另外那口池塘曾经是相连的，后来小溪干涸了，树林围着小池塘的周围生了起来，从此这里就被遗忘了。这种事情偶尔会发生。一个池塘被遗忘了，没有人去那里钓鱼，几十年过去了，那些鱼儿长大了，体形大得骇人听闻。我眼前的这些大鱼或许已经生活了上百年。这个世界上除了我之外没有人知道它们的存在。很有可能这二十年来没有人这么真切地见过这口池塘，甚至连老霍奇斯和法雷尔先生的管家都忘记了它的存在。

　　你可以想象一下我的感受。过了一会儿，我实在无法忍受这一幕情景的挑逗。我匆匆忙忙跑回另一口池塘，收拾好钓具。拿这些东西去钓那些大鱼只会是白费力气。它们一下子就能挣脱鱼线，当这些鱼线是头发丝一样。我不能再继续钓那些小鳊鱼了。看到那条大鲤鱼几乎让我有心悸的感觉。我跳上单车，呼啸着冲下山回到家里。那是一个小男孩美妙的秘密。林子里隐藏着一口阴暗的池塘，里面有许多大鱼在游动——那些鱼从未被人钓过，你一给它们喂饵它们就会上钩。唯一的问题就是找到足够坚韧的鱼线。我已经做好了一切准备。我会去买一把能把它们钓起来的鱼竿，就算得从钱柜里偷钱也在所不惜。天知道我要怎么弄到半克朗，买一条长长的钓三文鱼的丝线、粗粗的肠线、玻璃线和五号吊钩，带着芝士、蛆虫、面团、粉虱、红纹蚯蚓、蚱蜢和每一样鲤鱼可能喜欢吃的鱼饵回去钓鱼。下个星期六下午我一定会回去钓鱼的。

但事实上我再也没有回去过。一次也没有回去过。我从未在柜台里偷钱，或买一条钓三文鱼的鱼线，或尝试去钓那些鲤鱼。紧接着发生了一件事情，让我无法成行，但就算没有这件事也会发生别的什么事情。事情往往就是这样。

当然，我知道你觉得我把那些鱼的尺寸夸大了。或许你觉得那些不过就是中等尺寸的鱼（也就一尺来长），它们在我的回忆里渐渐变大了。但不是这样的。人们会夸大自己钓到的鱼的尺寸，而那些上了钩却跑掉了的鱼更是会被夸大。但我从未钓到过那些鱼，也没有尝试过，因此我没有撒谎的动机。我可以告诉你，它们真的很大。

第五章

钓鱼！

有一件事，或应该说有两件事我得坦白。第一件事情是，回首往事时，我必须老实说，没有别的事情能像钓鱼那样令我开心。与钓鱼相比，任何事情都有点令人意兴索然，甚至包括女人。我不是想说自己是一个不重女色的人。我花了不少时间追女孩子。即使是现在，一有机会我也会窃玉偷香。但如果你让我在任何女人，我是说，所有的女人，和钓到一条十磅的鲤鱼之间作出选择，我一定会选择后者。我要坦白的第二件事是，十六岁以后我就再也没去钓鱼了。

为什么？因为事情就是这样。我们现在所过的生活——我不是指笼统意义上的人类生活，我指的是在这个特定年代在这个特定的国家所过的生活——让我们不去做自己想做的事情。这不是因为我们总是得工作。就算是农场帮工或犹太人裁缝也有空闲的时候。那是因为我们有劣根性，驱使我们来来回回地做着无休止的无聊琐事。我们有时间做这些事情，但就是不去做应该做的事情。想一想你真心在乎的某件事情，然后算一算你花了多少小时在这件事情上，这些时间占了你一辈子的几分之几，然后算一下你花在刮胡子、搭公共汽车往返、在火车站候车、在十字路口等候、讲下流故事、阅读报纸上的时间又有多少。

十六岁以后我再也没去钓过鱼。我似乎总是没有时间。我得上班，我要泡妞，我穿上了生平第一双带纽扣的靴子，戴上了第一条高领结（要戴1909年时兴的高领结，你的脖子得像长颈鹿那么长），我报读了函授销售员资格证课程和会计课程，我在"刻苦上进"。那些大鱼就在宾菲尔德馆后面的池塘里游弋。除了我之外没有人知道它们的存在。它们就印在我的脑海里。总有一天，或许是公休日，我会回去把它们钓起来。但我从未回去过。我有时间做任何事情，但就是没有时间钓鱼。奇怪的是，从那时候到现在我唯一一次几乎就要去钓鱼的经历是在战争期间。

　　那是在1916年的秋天，在我受伤之前。我们离开战壕，来到战线后方的一个村落，虽然当时只是九月，我们从头到脚都沾满了泥巴。和往常一样，我们不知道会呆多久，也不知道接下来要去哪里。幸运的是，带领我们的军官病了，得了支气管炎什么的，顾不上赶我们进行平时那些走正步训练、枪械检查、足球比赛等活动，据说这些活动是部队不在前线时用于维持士气的。第一天我们四仰八叉地躺在指派给我们的谷仓里的糠堆上，将身上的泥尘刮掉。到了晚上，有几个家伙到开设在村子边上一座房子里的妓院风流快活。早上的时候，虽然军纪明令禁止离开村子，我还是偷偷溜走了，在曾经是农田但如今一派萧条的地方闲逛。那天早上阴冷潮湿。四周都是肮脏的泥泞和战争的垃圾。这个脏兮兮的地方要比尸横遍野的战场更加糟糕。树枝都被炸掉了，旧的弹坑又被部分填平了，到处是空罐头、粪便、泥浆、一簇簇生锈的上面长满了野草的铁丝网。当你离开战壕时，你知道那是一种什么样的感觉。你的四肢关节全都僵硬了，你的心里泛起一种空虚感，你知道你不会再对任何事情感兴趣。这种感觉一部分是因为恐惧和疲惫，但最重要的原因是无聊。那时候大家都觉得战争会无休止地进行下去。今天、明天或者后天，你就得重新回到战场上，或许下星期你就会被一颗炮弹炸得七零八落，但比起战争中延绵无尽的、可怕的无聊，那并不算太糟糕。

我顺着篱笆的一边瞎逛着，碰到连队里的一个战友。我忘了他姓什么，只知道他的绰号叫诺比。他是个皮肤黝黑的懒鬼，看起来有点像吉卜赛人，虽然身穿军服，却总是让人觉得他身上就藏着几只偷来的兔子。他是个真正的伦敦人，却是那种靠在肯特郡和埃塞克斯郡采啤酒花、捕鸟、偷猎和偷水果勉强活下去的伦敦人，非常熟悉狗、猫、笼养的鸟和斗鸡之类的事情。他一看到我就跟我颔首打招呼。他说起话来有一种狡猾凶狠的感觉：

"过来，乔治！（战友们都叫我乔治——那时候我还没有发福。）看到农田那边那排白杨木了吗？"

"看到了。"

"嗯，那边的另一头有个池塘，里面的大鱼多得要命。"

"有鱼？继续说！"

"告诉你吧，鱼多得要命。那些是鲈鱼，顶呱呱的好鱼。你自己过去看一下嘛。"

我们一起在泥泞中跋涉。确实，诺比说得没错。在白杨树的另一头有一口脏兮兮的池塘，岸边全是沙子。显然，这里曾经是采石场，被水填满了，里面有很多鲈鱼。你可以看到水底到处是它们深蓝色的条纹背部，有的体重肯定超过一磅。我想打仗这两年来它们就安安稳稳地在这里生活，繁衍后代。或许你无法想象看到这些鲈鱼对我来说意味着什么。它们似乎一下子让我恢复了活力。当然，我们两个人只有一个念头——怎么弄到钓竿和钓线。

"老天爷啊!"我说道,"我们得钓几条鱼上来。"

"这他妈必须的。我们回村子里去,看看有什么东西可以利用。"

"好的。不过你可得小心一点。要是被班长知道了,我们可就死定了。"

"噢,操他妈的班长。他们把我吊死、打死、五马分尸都行。这些该死的鱼我是一定不会放过的。"

你无法体会我们要钓到那些鱼的心情是多么热切。或许,当你经历过战争后,你能够有所体会。你了解了战争那种令人疯狂的无聊,一有任何乐子你都不会放过。我见过两个战友为了半本价值三便士的杂志在掩体里大打出手。但钓鱼可比看杂志好玩多了。想想看,我们或许可以摆脱战争的气氛整整一天,坐在白杨树下,垂钓鲈鱼,离开连队,离开喧闹、恶臭和军服,不用给长官敬礼,不用听到班长的唠叨!钓鱼是战争的对立面。但我们不知道能不能实现这个愿望。想到可以钓鱼,我们都高兴坏了。要是被班长发现,他一定不会批准的,给别的长官发现也不行,而最糟糕的是我们不知道会在村子里呆多久。我们或许会驻扎一个星期,也可能两个小时后就出发离开。而且我们什么钓具都没有,连一根大头针或一根线也没有。我们只能无中生有准备渔具。池塘里游满了鱼啊!第一样东西是钓竿。用柳枝做钓竿最好不过了,但这一带根本没有柳树。诺比爬上一棵白杨树,砍下一根小枝。说实话,这东西不好用,但总比啥都没有强。他用折叠小刀把枝条削成一根钓竿的样子,然后我们躲在堤坝旁边的芦苇丛中,偷偷摸摸地溜回村子里,没被别人看见。

第二样东西是找一根针做鱼钩。没有人有针，不过有一个家伙有几根缝衣服的针，但这些针都太粗了，而且两头都是钝的。我们不敢让别人知道我们要针做什么，担心会被班长听到风声。最后，我们想起了村子另一头的那几个妓女。她们肯定有针。我们去到那里——你只能绕过堆满了粪便的后院溜到后门——房门紧闭着，那几个妓女正在睡觉，她们确实累了。我们使劲地拍门吼叫，十分钟过后一个又肥又丑的女人穿着睡衣走下楼开门，操一口法语对我们大吼大叫。诺比对着她叫嚷着：

"针！针！你有针吗！"

她当然听不懂他在说些什么。接着诺比试着用洋泾浜的英语，以为她这个老外能听得懂。

"要针！缝衣服！就像这样！"

他比划着缝衣服的动作。那个妓女误会了他的意思，把门打开了一些，让我们进去。最后我们总算让她明白了，从她那儿拿到了一根针。这时已经是吃晚饭的时候了。

吃完晚饭后班长来到我们驻扎的谷仓找人去干杂役。我们及时躲在一堆谷糠下面躲过了他。等他走后我们点着一支蜡烛，把那根针烧得通红，然后将它瓣成钩子的形状。除了折叠小刀之外我们没有其它工具，手指被烫伤了。接下来是鱼线。除了粗麻线外没有人有别的线了。但最后我们找到一个战友，他有一卷缝补衣服用的线。他不肯让给我们，于是我们拿了整整一包烟和他交换。那线太细了，但诺比把线剪成三段，用钉子将这三股线固定在墙上，然后小心翼翼地拧成一股。与此同时，我找遍了整个村子，总算找到一个木塞，将其切成两半，穿了一根火柴，做成一个鱼漂子。这时已经是傍晚了，天色开始黑起来。

现在必需的东西都已经准备好了，但我们还想去找一些肠线。一开始的时候我们没有办法可想，后来我们想到那个医护兵，他可能有手术用的肠线，虽然这并不是他的装备的一部分。果然，我们问起他的时候，发现他的背囊里有一大包手术用的肠线。他是在某间医院里看到这捆线的，一时动了贪念就把它偷了。我们又拿了一包香烟换了十根肠线。那些线已经发霉腐烂了，很容易断，每根才六英寸长。天黑后诺比将它们泡起来，直到泡软为止，然后一根根地接起来。现在我们的装备一应俱全——鱼钩、鱼竿、鱼线、鱼漂子和肠线。我们去到哪儿都可以挖蚯蚓。那个池塘里满满都是鱼！硕大的、带着条纹的鲈鱼在呼喊着要被钓起来！我们兴奋不已地躺下来睡觉，甚至连靴子都没有脱掉。明天！明天或许就可以钓鱼了！如果战争能暂时将我们忘掉，哪怕只是一天！我们决定等集合点名完毕就开溜，一整天都不回来，就算回去之后他们对我们处以"一号战场军事惩罚"①也在所不惜。

我想你可以猜到接下来发生了什么事情。集合点名的时候命令下来了，我们得打点行装，二十分钟后准备出发。我们沿着公路走了九英里，然后坐着卡车被派往前线另一个战区。至于那个白杨树下的池塘，从此音讯全无。我希望芥子毒气将里面的鱼全部毒死。

从那次之后我一直没有钓过鱼。我似乎总是找不到机会。战争在继续进行，然后，和每个人一样，我得为找工作而努

---

① 一号战场军事惩罚（the Field Punishment No.1），犯事的士兵将被戴上镣铐，平伸双臂，双腿并拢，绑在固定物上，每天关押2—4小时，连关21天，英国士兵戏称其为"上十字架"。

力，然后我找到了一份工作，而这份工作让我忙得焦头烂额。我进了一家保险公司，大家都觉得我前途无量——就像你在克拉克学院的广告里看到的那些神情坚定前途无量的青年商业才俊一样——然后我成了低三下四的人，一周挣五到十英镑，在不远不近的郊区住半独立别墅。像我这样的人可不会去钓鱼，就像股票经纪不会去摘报春花一样。钓鱼不是我应该做的事情，我应该从事其它娱乐活动。

当然，每年夏天我有半个月的假期。你知道那些假期是怎么过的：马盖特、雅茅斯、伊斯特本、黑斯廷斯、伯恩茅斯、布莱顿。出去度假不外乎这几个地方，取决于那一年的财务状况。娶了希尔达这么一个老婆，假期做的事情就是不停地在心里算计着旅馆的老板到底坑了你多少钱，还有就是告诉孩子们不能买新的沙桶。几年前我们住在伯恩茅斯。一个风和日丽的下午我们去码头散步，码头大概得有半英里长，有很多人拿着又短又粗的海式钓竿，一头挂着小铃铛，钓线在海面上足足撒出五十码远。这样子钓鱼很无聊，而且他们什么也没有钓到，但他们确实是在钓鱼。孩子们很快就厌倦了，吵着要回海滩。希尔达看见一个家伙往鱼钩上串沙蚕，说她觉得很恶心，但我在那儿溜达了一会儿。突然间一个铃铛叮当作响，有个人正收起鱼线。大家都驻足观看，确实，有鱼儿上钩了，湿漉漉的鱼线穿着一个铅团，末端有一条扁扁的大鱼（我觉得是一条比目鱼）在不停扭动着身躯。那个家伙把鱼狠狠地砸在码头的木板上，那条鱼还是上下扑腾着，浑身湿漉漉的闪闪发光，灰色的背上长着疣子，腹部是白色的，散发着清新的海腥味。我似乎有所触动。

我们继续往前走，我随口说了一句，想看看希尔达的反应。

"我有点想在这儿钓鱼了。"

"什么！你想去钓鱼，乔治？但你根本不懂钓鱼，不是吗？"

"哦，我以前经常钓鱼。"我告诉她。

和往常一样，她不希望我这么做，但没有想太多，只是说如果我去钓鱼，她可不会跟我一起去，看我把那些恶心的湿湿滑滑的东西串上鱼钩。突然间她想起如果我要去钓鱼，就得购置一套行头：鱼竿、滑轮什么的，这些差不多得花一英镑。光是鱼竿就差不多得花十先令。她立刻摆出一副臭脸。你没见过希尔达想到浪费十先令时的样子。她冲着我吼道：

"你想把钱浪费在那玩意儿上？荒唐！那些一无是处的小棍子他们居然敢开价十个先令！太不要脸了。想想吧，你这把年纪了还要去钓鱼！你可是成家立业的大人了。别像个小孩一样，乔治。"

这时孩子们来劲儿了。洛娜贴在我身边，傻兮兮地问道："你是个小孩吗，爹地？"那时候小比利话还说不利索，大声地说："爹地是小孩。"然后，两人突然间围着我跳起了舞，一边敲击着沙桶一边叫嚷着："爹地是小孩！爹地是小孩！"

真是两个小混蛋！

第六章

除了钓鱼之外，我还读了很多书。

或许我写得过于夸张了，让你以为钓鱼是我唯一在乎的事情。钓鱼当然是第一位的，读书则位列第二。我开始阅读的时候大概十或十一岁——我指的是主动阅读。在那个年纪，读书就像是发现了新大陆。即使到了现在我读书也很多。事实上，我通常一个星期会通读完几本小说。你可以说我是那种典型的博姿书店借书部的付费读者。我读的大都是时下最畅销的小说（《忠诚伴侣》、《孟加拉枪骑兵》、《哈特的城堡》——每一本我都读过），还加入过左翼书社一年多左右的时间。1918 年我二十五岁的时候，我沉迷于阅读，在一定程度上影响了我的世界观。但印象最深刻的莫过于最初那几年，你突然间发现你可以打开一份一便士的周报，沉浸在贼窝、中国的鸦片馆、波利尼西亚的岛屿和巴西的热带雨林里。

从十一岁到十六岁这段时间是我读书最快乐的时候。一开始我读的总是一便士一份的少年周刊——纸张很薄，印刷很差，封面有三色套印的图画——不久之后我开始读书。《神探福尔摩斯》、《神医尼古拉》、《钢铁海盗》、《吸血鬼》、《莱福士》。还有纳特·古尔德[①]、兰杰·高尔[②]和一个名字我忘记了的作家，他写拳击比赛故事几乎和纳特·古尔德写赛马故事一样快。我猜想要是我的父母受过一点良好教育的话，我会读一些"好书"，譬如狄更斯和萨克雷[③]这种作家的作品。事实上他们逼我在学校里通读《昆汀·杜瓦德》④，而以西结伯伯有时候会劝我读拉斯金⑤和卡莱尔的作品。但我们家可以说一本书都没有。父亲这辈子除了《圣经》和斯迈尔斯⑥的《自助》之外从来没读过书，直到很久之后我才主动读了一本"好书"。我对此并不感到后悔。我读的都是我想读的书，从这些书里我得到的收获要比他们在学校里教会我的多得多。

我还是小孩的时候一便士的恐怖小说已经开始过时了。那些书现在我基本上都忘记了，但有几本男孩子的周刊现在仍然存在。我想"水牛比尔"⑦的故事已经不流行了，而纳特的书如今或许也没人读了，但尼克·卡特⑧和萨斯顿·布雷克⑨似乎还是和以前一样受欢迎。《宝石》和《磁石》这两份刊物如

---

① 纳特·古尔德(Nat Gould，1857—1919)，英国小说家，曾是马经编辑，许多作品与赛马有关，作品在十九世纪末二十世纪初相当畅销，代表作有《奔跑于澳大利亚》、《双重事件》等。

② 兰杰·高尔(Ranger Gull，1876—1923)，英国记者、小说家，代表作有《灵魂偷盗者》、《危险之屋》等。

③ 威廉·梅克皮斯·萨克雷(William Makepeace Thackeray，1811—1863)，英国作家，以讽刺作品著称，代表作有《名利场》、《男人的妻子们》、《菲利普历险记》等。

④ 《昆汀·杜瓦德》是英国作家沃尔特·斯科特(Walter Scott)的作品，讲述苏格兰弓箭手昆汀·杜瓦德为法国国王路易十六(Louis XI)服务，以其勇敢、智慧与忠诚最终获得财富、名望和爱情的故事。

⑤ 约翰·拉斯金(John Ruskin，1819—1900)，英国作家、诗人、画家、思想家，代表作有《现代画家》、《建筑学的诗艺》等。

⑥ 萨缪尔·斯迈尔斯(Samuel Smiles，1812—1904)，苏格兰作家，代表作有《自助》、《论节俭》、《生命与劳动》等。

⑦ "水牛比尔"，原名威廉·弗雷德里克·科迪(William Frederick Cody，1846—1917)，美国士兵、野水牛猎人和马戏团老板，据闻一生共捕杀过4 000多头北美野水牛，并组建"水牛比尔狂野西部"马戏团，在北美和欧洲进行巡回演出。

⑧ 尼克·卡特(Nick Carter)是英国流行侦探杂志《侦探尼克·卡特》的主人翁，时间跨度有一个多世纪。

⑨ 萨斯顿·布雷克(Sexton Blake)是英国侦探漫画和小说系列中的主人翁，从创刊至终刊时间跨度有八十多年。

果我没有记错的话，大约是在1905年创刊的。那时候《少年杂志》仍然很有说教色彩，但《密友》确实很好看，我记得大概是在1903年创刊的。然后还有一本百科全书——我不记得确切的名字了——发行了许多期，一期一便士。这些书似乎不值得购买，但学校里有个男孩总是会把过期的几本送人。如果说我现在知道密西西比河有多长，或章鱼和乌贼有什么不同，或做钟用的青铜的具体化学成分，都是从那里学到的。

乔伊从来不读书。他是那种上了很多年学校，到头来连读上十行字都做不到的差生。一见到字他就头疼。我曾见过他拿起一本《密友》，读了一两段，然后就厌恶地转过身去，像一匹马闻到了发馊的草料。他试过欺负我，不让我读书，但父亲和母亲都认为我"天资聪颖"，给我撑腰。他们觉得我像块"读书料子"，心里觉得非常自豪，但两人看到我读的都是《密友》、《米字旗》那些读物，心里又总是觉得不踏实。他们觉得我应该读一些"进步读物"，却又对书籍没有了解，不知道哪些才是"进步读物"。最后，母亲买了一本二手的福克斯①的《圣徒之书》，我根本读都没读，不过里面的插图倒是画得不赖。

1905年的整个冬天，每星期我都会花一便士买本《密友》，追读里面的连载故事《无畏勇者多诺万》。勇者多诺万是个探险家，受雇于一位美国百万富翁，到全球各地寻宝。有时是非洲火山口里大如高尔夫球的钻石，有时是西伯利亚冰封森林里石化的猛犸獠牙，有时是埋在秘鲁失落之城中的印加帝

---

① 约翰·福克斯（John Foxe，1516/1517—1587），英国历史学家和殉教史作者，作品多记述在玛丽一世（Mary I）时期新教徒受血腥镇压的历史事件。

国宝藏。每星期多诺万都会展开新的冒险，总是能化险为夷。我最喜欢的读书的地方是院子后面的阁楼。除了有时候父亲会到里面把装在麻袋里的谷物搬出来之外，那是家里最安静的地方。里面堆着许多口麻袋，灰泥的味道夹杂着红豆草的味道，几处墙角都挂满了蜘蛛丝。就在我躺着的地方上头，天花板破了个洞，一根板条从灰泥里伸了出来。现在我还体会得到那种感觉。在一个冬日，天气暖和，可以躺着不动。我肚皮朝下趴在地上，身前摊开着那本《密友》。一只老鼠跑到一口麻袋旁边，就像一个发条玩具那样突然间停了下来，一动不动，睁着它那两只绿豆般的小眼睛看着我。我是个十二岁的小男孩，但我化身成了无畏勇者多诺万。我正溯亚马孙河而上两千英里，正扎好了帐篷，那株百年才开花一次的神秘兰花的根茎就安全地放在锡盒里，摆在我的营床下。周围的雨林到处都是霍比-霍比族的印第安人，正在敲打着战鼓，他们将牙齿涂成猩红色，会把白人活活剥皮。我看着那只老鼠，那只老鼠也看着我。我可以闻到灰尘、红豆草和灰泥的味道，我正在亚马孙河，那真是人间的至乐，纯粹的至乐。

第七章

就是这样，真的。

我一直在尝试向你描述战争前的世界，当我看到海报上佐格王的名字而回忆起的世界，但很有可能，我所说的话对你来说没有任何意义。要么你记得战争前的情形，不需要我再告诉你；要么你根本不记得了，所以跟你说也是白搭。到目前为止我只说了我十六岁之前发生过的一些事情。直到那时，家里一切都很好。在我十六岁生日前的时候，我开始隐约理解人们所说的"真实的生活"到底意味着什么。那意味着不愉快的事情。

在宾菲尔德馆看到那条大鲤鱼三天之后，父亲回家吃茶点，表情看上去非常忧郁，甚至连头发也比平时沾了更多的面粉，显得更加灰白。吃茶点的时候他非常严肃，没怎么说话。那几天他吃饭时总是若有所思，胡须总是上下左右动来动去，因为他的后槽牙没剩下几个了。我起身离开饭桌的时候他把我叫了回去。

"等一下，乔治，我的孩子。我有话和你说。坐下来，就一会儿。妈妈，昨晚上我告诉过你了。"

母亲站在棕色的大茶壶后面，双手摆在膝盖上，神情很严肃。父亲继续严肃地说下去，但他努力想用舌头撩出嵌入他后槽牙的面包屑，破坏了说话的气氛。

"乔治，我的孩子，我有话对你说。这件事我想了很久，现在是时候你离开学校了。我想说，你现在得开始工作了，挣点家用钱给你妈妈。我昨晚给威克塞先生写了信，告诉他我得让你退学。"

当然，这种事情屡见不鲜——我指的是他在告诉我之前就给威克塞先生写了信。那时候的父母总是为孩子包办一切。

父亲继续忧郁地嘟囔着向我解释。他"最近混得不好"，世道"有点艰难"，结果就是：乔伊和我都得开始挣钱维持家计。那时候我对世道是不是很艰难根本没有了解，也对其漠不关心。我没有敏锐的经商本能去理解为什么世道会变得如此"艰难"。事实上，父亲被商业竞争逼得很苦。大种子零售商萨拉金的分店遍布伦敦周围各郡，并开始进驻下宾菲尔德。六个月前他们在集市租了一间店面，打扮得漂漂亮亮的，装饰着明绿色的油漆、金字招牌、红色与绿色的园艺工具和巨幅的甜豆广告，一百码之外就直逼你的眼帘。萨拉金分店除了卖种子之外，还号称是"家禽牲畜用品综合商店"，除了小麦、燕麦等作物外，还兼卖专利家禽混合饲料、包装华丽的鸟饲料、尺寸不一颜色各异的狗饼干、兽药、消炎剂、土壤调节剂、捕鼠圈套、拴狗链、孵化器、卫生球、鸟窝、灯泡、除草剂、杀虫剂等，在有的分店他们还开设了"牲畜专区"，卖兔子和鸡雏。父亲经营着他那间老旧的小店，又不肯引进新的产品，根本无法也无意与其竞争。那些和零售种子商有生意往来的有运货马车的商人和农民都团结起来抵制萨拉金，但六个月后萨拉金的分店就垄断了那些有四轮马车或二轮小马车的小商人的生意。这意味着父亲和另一位谷物商人温克尔的生意都大受影响。那时候我对此一无所知。我还是以小孩子的态度看待一切。我对生意根本不感兴趣，从未到店里帮过忙，偶尔父亲要我去跑腿或帮忙干点活儿，像把装谷物的麻袋搬到阁楼上或搬下来之类的活儿，我总是能躲就躲。我们这个阶级的男孩子不像公立学校的男孩子那么娇弱，我们知道工作是工作，六便士是六便士，但男孩子总是觉得父亲的工作很沉闷无聊。直到那时，钓鱼竿、单车、柠檬汽水等东西在我看来要比大人们的世界中一切的事物都更加真切。

父亲已经和杂货商老格里米特商量过了，他想请一个能干的帮手，同意立刻雇我到他的店里帮忙。与此同时，父亲准备解雇那个跑腿的男孩子，让乔伊到店里帮忙，直到他找到正式工作为止。乔伊已经没读书有一段时间了，一直闲着没事做。父亲有时提起过把他"弄进"酿酒厂的会计部，之前甚至想过让他当一个拍卖员。这两份工作根本没有指望，因为十七岁的乔伊写起字来就像一个农娃子，连九九乘法表都背不全。现在他准备到沃尔顿市郊一家大型单车厂"学点手艺"。和大部分笨蛋一样，捣鼓单车很适合乔伊，他还算有点机械方面的天赋，但他根本静不下心来工作，总是穿着油腻腻的工装裤到处游荡，抽忍冬牌香烟，和人打架、酗酒（他已经开始喝酒了），和一个接一个的女孩子"谈恋爱"，老是找父亲讨钱花。父亲对此非常担心疑惑，又深恶痛绝。此时此刻我仍然可以看到他：秃顶的头沾着面粉，耳朵旁边还剩一点灰发，还有他的眼镜和灰色的八字胡。他不明白在他头上到底发生了什么事情。这么多年来，他的利润一直在稳定而缓慢地增长着，这一年十英镑，那一年二十英镑，而现在利润一下子全没了。他实在是不明白。他继承了父亲的生意，他老老实实地经营，兢兢业业地工作，卖的是顶好的货品，从不坑蒙拐骗——但他的利润一直在下跌。他说了好几遍，时而嗑着牙齿想把那块面包屑给清出来，说世道不好，生意惨淡，他想不通人们到底怎么了，似乎马都不用吃饲料了。最后他认定或许是因为有了汽车的缘故。妈妈插嘴了："那些该死的臭烘烘的东西！"她有点担心，而且知道她应该表现得更担心一些。有一两回，父亲在说话的时候她的眼神似乎在望着远方，我可以看到她的嘴唇在嗫嚅着。她正在想到底明天是吃萝卜炖牛肉还是再买一根羊腿。除了想一些她分内应该做的事情，比如买亚麻布或碗碟之外，她想的事情就只有明天吃什么。小店遇到了麻烦，父亲很担心——她知道的就是这些。我们一家人都不知道到底发生了什么事情。这一年父亲混得很差，赔了钱，但他真的对未来感到害怕吗？我觉得不是。我记得那是 1909 年。他不知道到底在他身上发生了什么事情，他没办法预见到像萨拉金这样的人会周密地和他打价格战、摧毁他，并将他吞并。他怎么能预见得到呢？他年轻的时候这样的事情从未发生过。他只知道世道不好，生意惨淡，周转很慢（他不断地重复着这些话），但或许生意"很快就会有起色"。

要是我能告诉你在父亲遇到困难的时候我帮上了大忙，突然间我证明了自己是个男子汉，具备了别人从未想过存在于我身上的优良品质——等等等等，就像三十年前在那些励志小说里你会读到的情节一样，那该多好。又或者说，我要是能记录下自己就要离开学校时心里的痛苦，我那幼小的心灵充满了对知识和文化的渴求，我打心眼里畏惧他们即将给我安排的那种没有灵魂可言的呆板工作——等等等等，就像你在时下的励志小说里读到的情节一样，那也不错。这两者都是彻头彻尾的谎言。事实上，想到能去工作，特别是当我知道老格里米特会付我十二先令的周薪，我自己能支配四先令时，我觉得特高兴特兴奋。在宾菲尔德馆见到的那条大鲤鱼在我的脑海里回荡了三天，此刻却一下子烟消云散了。我根本不反对提前几个学期离开学校。我们学校里的男孩子都这样。一个男孩子总是"准备报读"雷丁大学，或学习当一位工程师，或到伦敦"工作"，或去当水手——然后，突然间，只提前通知两天他就退学了，半个月后你遇到了他，骑着一辆单车在帮人运菜。父亲告诉我得退学去工作的五分钟后，我就开始想着该穿什么样的新衣服去上班。我立刻提出要买"一套大人的衣服"和一件当时很时髦的大衣，我想那个款式叫"常礼服"。当然，父亲和母亲十分震惊，说他们"根本没有听说过这么一样东西"。我从来无法明白为什么那时候的父母总是不让自己的孩子穿上大人的衣服，能拖多久就拖多久。在每户家庭，一个男孩子要戴第一条高领或一个女孩子要留头发都得经过一番抗争。

于是，这番对话偏离了父亲生意上的麻烦，蜕变成了一场冗长而喋喋不休的争执，父亲越来越火大，不断地重复着——把 m 说成了 n，他生气的时候说起话来就会这样——"你就是不能乃（买）。实话告诉你吧——你就是不能乃。"因此，我没能拥有自己的"常礼服"，但第一次上班的时候穿着一套成衣黑西装，戴着一个宽领结，看上去活像一个发育过度的乡巴佬。我对整件事的厌烦就是从这时开始的。乔伊比我还要自私。他对离开单车厂非常气愤，在家里的那段短暂的时间，他整天游手好闲，搞得自己神憎鬼厌，根本不帮父亲一点儿忙。

我在老格里米特的店里干了六年。格里米特是个正直的老人，蓄着花白的鬓角，是个肥胖版的以西结伯伯。和以西结伯伯一样，他是个忠诚的自由党人，但脾气没有那么火爆，在镇里更受尊敬。在布尔战争期间他见风使舵，与工会为敌，曾因为一个助手拥有一张凯伊尔·哈迪①的相片而将他解雇。而且他是浸信会的大腕，我们当地人都管浸信会叫"锡浴缸会"——而我们家笃信"传统教会"，以西结伯伯则是一个无神论者。老格里米特是镇议会的议员和本地自由党的干部。他蓄着白色的络腮胡，貌似虔诚地大谈宗教信仰自由、"伟大的老人"②、他的巨额银行存款和那些有时候你经过"锡浴缸会"时会听到他念念叨叨的即兴祈祷。他就像故事书里面描绘的一个带着传奇色彩的信奉非英国国教的杂货店主——我想你听说过这样的故事：

"詹姆斯！"

"是的，老板。"

"你往糖里面掺沙子了吗？"

"是的，老板！"

"你往蜜里掺水了吗？"

"是的，老板！"

"那就开始祈祷吧。"

天知道这样的故事我在店里听别人嘀咕了多少次。每天在拉起百叶窗之前我们会真的进行祈祷。老格里米特可不会往糖里掺沙子，他知道这挣不了多少钱。但他是个精明的生意人，在下宾菲尔德和周围的乡村专做上流阶层的生意。除了那个跑腿的男孩子外，他还请了三个店员和一个货车司机，他的女儿（他是个鳏夫）当收银员。工作的头六个月我在店外跑腿，然后一个店员辞职到雷丁"创业"，我就到店里帮忙，穿上了我

---

① 詹姆斯·凯伊尔·哈迪(James Keir Hardie, 1856—1915)，英国工人运动领袖，是英国独立工党的创始人之一，曾担任英国众议院议员。

② 应指威廉·伊华特·格莱斯顿，参阅第二部第二章注释。

第一条白围裙。我学会了捆包裹、给醋栗打包、研磨咖啡、操作切火腿的机器、磨刀、拖地板、给鸡蛋除灰又不至于把它们打破、将货品以次充好、抹窗、目测一磅奶酪的分量、打开包装盒、把一块黄油压成型——而最困难的工作是记住库存货品摆放的位置。我对在杂货店干活的回忆没有对钓鱼的回忆那么详细，但还记得不少事情。直到今天我还知道如何用手指将一节线头扯断。要是你让我在切火腿机前工作的话，我会用得比打字机更顺手。我可以说一些关于中国茶叶等级的术语把你绕得昏头转向，还知道人造黄油是用什么做的、鸡蛋的平均重量是多少、一千个纸袋得花多少钱。

我整整干了五年多——是个机灵的年轻人，长着红润自负的圆脸和黄油色的头发（不再剪短了，而是精心地抹了头油再往后梳，人们称这种发型为"油头粉面"），穿着白色围裙在柜台后面忙乎，耳朵上面夹着一支铅笔，一边飞快地把咖啡打包一边应付顾客："是的，太太！当然好，太太！下一位，太太！"口音里带着伦敦腔。老格里米特把我们使唤得很苦。除了星期四和星期天之外，我们每天工作十一个小时，圣诞节前那个星期就像噩梦一样。但回首往事，那段时间也蛮开心的。别以为我没有理想，我知道我不会一辈子屈就当一个杂货店的店员，我只是在"学习这门生意"。总有一天，我会有足够多的钱"自立门户"。这就是那时候人们的想法。请记住，那是在战前，大萧条还没有到来，救济金制度还没有确立。世界是如此广阔，足以让每个人自立。任何人都可以"创业兴家"，总是有空间容得下另一家商店。时间渐渐过去，1909年、1910年、1911年。英王爱德华逝世了，各份报纸发行了黑框版；沃尔顿开了两家电影院；路上开始有平民开汽车，贯穿英国的公共汽车开始运作。一架飞机——看上去摇摇晃晃很不结实，中间有个人坐在一张椅子上——从下宾菲尔德上空飞过，所有的镇民都冲出房子朝着飞机叫嚷。人们开始含含糊糊地说什么德国皇帝野心膨胀，"事情（指和德国打仗）终究会发生"。我的工资一点点增加，到最后战争之前我的周薪是二十八先令。我每星期给母亲十先令作为伙食费，后来家里的情况更糟糕了一些，我就交十五先令，但就算这样我也觉得自己比以往任何时候都有钱。我又长高了一英寸，开始长出胡子，穿着带纽扣的靴子，戴着三英寸高的领子。星期天去教堂的时候穿着我那身整洁的深灰色西装，背靠长凳，旁边摆着圆顶礼帽和黑色狗皮手套，我看上去十足是一个完美的绅士，妈妈不禁为我感到自豪。在工作之余和星期四"出去溜达"之外，我尽想着衣服和女孩子，觉得心中充满了理想，看到自己正变成一位像利华①或威廉·惠特利②那样的大企业家。从十六岁到十八岁，我认真地"求学上进"，培养自己从商。我纠正了自己说话的口音，把大部分土腔改了过来。（在泰晤士河谷，乡村口音渐渐消失。除了农场的帮工外，1890 年后出生的人几乎都带着伦敦土腔。）我报读了立陶伯恩商学院的函授课程，学会了簿记和商业英语，认真地通读了一本名为《销售的艺术》的通篇尽是废话的书，提高了我的算术能力，甚至练了一手好字。十七岁的时候我会熬夜伸着舌头就着卧室书桌上的一盏小油灯练写铜版印刷字体。我读了很多书，基本上都是一些犯罪和冒险

① 应指威廉·赫斯凯·利华（William Hesketh Lever, 1851—1925），英国工业家、慈善家，日用品巨头，他的儿子威廉·赫尔默·利华（William Hulme Lever, 1888—1949）是联合利华公司的创始人之一。
② 威廉·惠特利（William Whiteley, 1831—1907），英国企业家，惠特利百货公司的创始人。

故事，有时候会读一些包着书皮偷偷在店员之间流传的"热辣读物"（其实那些是莫泊桑①和保罗·第考克②的作品）。但到我十八岁的时候，我突然间品位变高了，办了一张郡图书馆的卡，囫囵吞枣地读起了玛丽·科雷利③、赫尔·凯因④和安东尼·霍普⑤的书。那个时候我加入了下宾菲尔德读书会，这个社团由牧师主持，冬天的时候每个星期碰面一次，进行"文学探讨"。迫于牧师的压力，我读了《芝麻与百合》的片段，甚至读了一些勃朗宁⑥的作品。

光阴似箭。1910 年，1911 年，1912 年。父亲的生意每况愈下——虽然没有一下子破产，但已无力回天。乔伊离家出走后，父亲和母亲都变得和以前不一样了。那是我到格里米特的杂货店工作不久后发生的事情。

乔伊十八岁的时候变成了可怕的恶棍。他体格健壮，比家里其他人块头要大得多，长得宽肩大头，阴沉沉的脸总是耷拉着，已经长出了体面的八字胡。他不是在乔治酒店的酒吧，就是在小店的门前游手好闲，双手深深地插入口袋里，怒视着过

---

① 居伊·德·莫泊桑（Guy De Maupassant，1850—1893），法国作家，擅长创作短篇，代表作有《羊脂球》、《项链》等。

② 查尔斯·保罗·第考克（Charles Paul de Kock，1793—1871），法国作家，代表作有《巴黎理发师》、《安妮妹妹》等。

③ 玛丽·科雷利（Marie Corelli，1855—1924），英国女作家，其作品在一战前非常畅销，以哥特式的幻想风格闻名，代表作有《莉莉斯的灵魂》、《宿怨》、《神奇的原子》等。

④ 托马斯·亨利·赫尔·凯因（Thomas Henry Hall Caine，1853—1931），英国作家、剧作家，代表作有《罪之影》、《基督徒》等。

⑤ 安东尼·霍普（Anthony Hope，1863—1933），英国作家，擅写冒险小说，代表作有《曾达的囚徒》、《亨饶的鲁珀特》等。

⑥ 伊丽莎白·巴雷特·勃朗宁（Elizabeth Barrett Browning，1806—1861）及其丈夫罗伯特·勃朗宁（Robert Browning，1812—1889），是广受尊敬的英国文坛伉俪，代表作有《葡语十四行诗》、《戒指与书》等。

往的那些不是女孩子的路人，似乎想将他们打倒在地。要是有人想进店里去，他会从门道上挪开一些，空间仅容人刚好走过，双手还是插在口袋里，转过头大吼一声："老爸！有人买东西！"这就算在帮忙了。父亲和母亲绝望地说他们"不知道该拿他怎么办"。他既抽烟又喝酒，花了很多钱。一个深夜里，他离家出走，从此杳无音信。他把钱柜撬开，拿走了里面所有的钱，幸好数目不是很多，只有八英镑。这笔钱够他乘坐轮船去美国了。他总是说要去美国，我想或许他真的去了，虽然我们都不知道真相。这件事成了镇里的丑闻。公认的说法是，乔伊搞大了一个女孩子的肚子，然后逃跑了。在西蒙斯一家住的那条街上有个女孩名叫莎莉·齐维斯，就要临产了，乔伊和她在一起过，但还有十几个别的男人也和她勾搭过，没有人知道孩子是谁的。父亲和母亲接受了有了孩子这个说法，甚至私底下以这件事为理由原谅了他们那"可怜的孩子"偷了八英镑离家出走的行为。他们不能理解乔伊出走的原因是他受不了这种体面正经的乡村小镇的生活，他要过的是游手好闲、打架泡妞的日子。我们再也没有他的消息。或许他彻底沉沦堕落了，或许他在战争中被杀了，或许他根本不想给我们写信。幸运的是，孩子出世的时候夭折了，因此没什么麻烦的事。至于乔伊偷走了八英镑那件事，父亲和母亲守口如瓶，直到他们去世。在他们眼中，这件事比莎莉·齐维斯的孩子更加丢人。

乔伊惹下的麻烦让父亲一下子苍老了许多。乔伊不见了其实省了不少事，但这件事对他的伤害很大，让他觉得很羞耻。从那时起，他的胡子灰白了不少，整个人似乎缩小了。或许我记忆中的他——一个头发花白的小男人，长着一张皱巴巴的、忧虑的圆脸，戴着落满灰尘的眼镜——就是从那个时候开始的。渐渐地，他一心想的只有金钱上的忧虑，对其它事情越来越不感兴趣。他很少提及政治和星期天报纸，谈的事情都是关于惨淡的生意。母亲似乎也缩小了一些。我小时候记得她体型很庞大，长着一头黄色的头发和一张笑眯眯的脸，而且胸脯特别大，既像一只丰满的大型动物，又像一艘战舰的船艏像。现在她看上去要比实际年龄老了许多，而且忧虑重重。在厨房里的她也没有以前那么威风了，老是买一些羊脖子，担心煤炭涨价，开始用人造黄油，这东西以前她是绝对不会买回家的。乔伊走后，父亲不得不又雇了一个跑腿的小男孩，但从那时开始他只雇非常年轻的男孩，只雇用一到两年，他们根本搬不动沉重的货物。有时我在家的时候会帮父亲忙，但我太自私了，没有怎么帮忙。我仍然可以看见他背着一个大麻袋缓缓地走过院子的情景，深深地弯着腰，身子几乎被麻袋给遮住了，就像一只拖着壳的蜗牛。我想，那个巨大沉重的麻袋得有一百五十磅重，把他的脖子和肩膀都快压到地上了，那张戴着眼镜、忧心忡忡的脸从下面抬头仰望着。1911 年的时候他扭伤了腰，不得不住院几个星期，请了位临时经理看店，这让他的资金更加捉襟见肘。一个小店主生意江河日下的情景真的惨不忍睹，但这不像一个被解雇靠救济金生活的工人的厄运那么突然而明显，只是生意渐渐惨淡，但仍然有起有伏，这里亏几先令，那里挣几个便士。和你打了几年交道的某位顾客突然间不再光顾，跑到萨拉金的店里去了，又有别的顾客买了十几只母鸡，每星期找你买鸡食。你还能维持下去。你还是"自食其力的老板"，只是越来越忧虑，越来越困窘，你的本钱一直在缩水。你可以这样子撑上几年。运气好的话，可以撑上一辈子。1911年时以西结伯伯去世了，留下一百二十英镑，这笔钱一定让父亲松了一口气。到了1913年，他不得不把自己的人寿险做了抵押。当时我不知道这件事情，不然的话我会明白这意味着什么。事实上，我想我所知道的就是父亲"混得不是很如意"，生意"很不景气"，我得再等上一段时间才能攒够钱去"创业"。和父亲一样，我觉得这间店能一直经营下去，心里有点责备他没能把生意经营好。我没办法看清形势，其他人或他也没有看清形势。他正被渐渐赶上绝路，他的生意不会再有转机，如果他活到七十岁，他肯定会沦落到进收容所的地步。许多回我经过位于集市的萨拉金的店铺，只是觉得我很喜欢他们那漂漂亮亮的橱窗，比父亲那间脏兮兮的旧店铺好看多了。我们的店铺橱窗就写着"博林"两个字，白色的字体支离破碎，几乎辨认不清，摆着几包褪色的鸟饲料。我没有想到萨拉金的店就像绦虫一样将父亲的生意慢慢蚕食掉。有时候我会向他讲述我在函授课本里读到的内容，大谈销售员的素质和现代经营方式。他总是不上心。他是个老一辈的商人，总是努力工作，做生意讲求公道，卖的都是上好的货品，相信情况很快就会好起来的。事实上，当时没有几个小店主进了收容所。运气好的话你死的时候还能剩几个英镑。这是一场死亡和破产之间的竞赛。感谢上帝，死亡先一步降临到父亲头上，而母亲也是。

1911年、1912年、1913年，我告诉你，那是美好的时光。1912年末，在牧师的读书会上我第一次见到了埃尔丝·沃特斯。直到那时，虽然和镇里其他年轻人一样，我会出去泡妞，时不时能勾搭上这个或那个女孩，在几个星期天下午一起去"拍拖"，但我从未有过自己的女友。十六岁的时候追女孩子的经历真是奇怪。在镇里某个众所周知的地方，男孩子们成双成对地来回走动着，打量着女孩子们，而女孩子们也成双成对地来回走动着，假装没有注意到那些男孩子们。不一会儿他们之间就建立起了联系，他们不再是一对对地走，而是四个人一起走，四个人都没有说话。这类散步的主要特征——而第二次你和某个女孩单独出来散步时情况更加糟糕——就是完全没办法进行沟通交谈。但埃尔丝·沃特斯似乎与众不同。而真相是，我正在成长。

我不想讲述我和埃尔丝·沃特斯之间的故事，就算真有什么故事也不想说，她只是"战前"那幅图画的一部分。在战争之前，日子似乎总是夏天——正如前面我说过的，这只是幻觉，但那就是我回忆中的情景：白色的、布满灰尘的马路两旁种着栗子树，向前一直延伸，还有夜来香的气味、柳荫下绿色的池塘、水波荡漾的伯福德堰——那就是我闭上眼睛想着"战前"的情景时眼前浮现的画面，直到最终埃尔丝·沃特斯成为了它的一部分。

我不知道现在埃尔丝算不算美女。那时候她是美女。在女孩子中她算得上高个子，大概和我一样高，长着浓密的淡金色头发，盘成了辫子绕在头上。她的脸蛋精致而端庄，穿黑色衣服显得特别好看，特别是她在布料店上班时穿的那身朴素的黑色长裙——她在莉莉怀特的布料店工作。她是从伦敦搬过来的，我猜她比我大两岁。

我很感激埃尔丝，她是第一个教会我关怀女性的女人。我不是指笼统意义上的女人，我指的是单独一个女人。我在读书会遇到了她，几乎没怎么注意她，直到一天我在上班时间去了莉莉怀特的布料店。本来在正常情况下我是不会这么做的，但刚好我们店的奶油包布用完了，老格里米特派我去买一些回去。你知道布料店是什么样子的。店里带着一种女性的气息，而且感觉很安静，光线很暗，带着布匹冷冷的味道，几个递送零找的木球来回穿梭，发出轻微的飕飕声。埃尔丝正靠在柜台上，拿着一把大剪刀在剪一匹长长的布。她那袭长裙和她的胸脯靠在柜台上显出的曲线——我无法形容，那种感觉特别温柔，特别有女人味。你一看到她就知道你可以将她搂入怀中，对她为所欲为。她是那么楚楚可怜，逆来顺受，是那种对男人百依百顺的女人，虽然她的外表并不娇小柔弱。她并不是一个笨女人，只是沉默寡言，有时候显得特别斯文。但那时候我也是个斯文的人。

我们一起生活了一年左右。当然，在下宾菲尔德这样的小镇，一起生活只能是比喻意义上的。明面上讲，我们是在"拍拖"，那是默认关系的一种习俗，但还没到订婚的地步。在到上宾菲尔德的路上有一道岔路，和山峦平行。这条路很长，几乎有一英里，而且路面笔直，两边长着高大的马栗树，草坪旁边有一条笼罩在树枝下的步径，大家都叫这条路为"情人路"。五月份的晚上我们总是去那儿，正值栗子树鲜花绽放的时节。然后，夜晚变短了，我们从商店下班天色还继续亮了几个小时。你知道六月份的傍晚是什么样的感觉。蓝色的暮光一直流连着，空气就像丝绸一样轻抚着你的脸。有时候在星期天下午，我们会去查姆福特山，来到沿着泰晤士河的水草甸。1913 年，我的上帝啊！1913 年！那种宁静、绿色的水潭、堰里的水流！时光一去不复返。我不是在说 1913 年再也不会回来了。我是说那种心里面的感觉，那种不用活在匆忙和恐惧中的感觉，那种你曾经有过的心照不宣的感觉，或那种你未曾有过今后将不会有机会领略的感觉。

直到夏末我们才开始同居。我太害羞了，不知道如何开始，也没有意识到原来在我之前她已经有过别的男人。一个星期天下午，我们走进上宾菲尔德周围的山毛榉树林，到了那儿你总是可以独处。我很想和她亲热，我也知道她在等着我踏出第一步。不知道怎么回事，我一心想着去宾菲尔德馆。老霍奇斯已经七十多岁了，脾气变得非常暴躁，本来会把我们赶出去的，但他可能睡着了。我们从篱笆的一个缺口钻了进去，沿着夹在两排山毛榉树当中的小径来到大池塘那里。自从我上次来这里已经过去四年多了。一切都没有改变，仍然那么静谧清幽，周围都是挺拔的大树，那间旧船屋在芦苇丛里渐渐腐烂。我们在野薄荷丛旁边的那块草地上躺了下来，周围就只有我们俩，似乎我们置身于非洲中部。我已经亲吻了她天知道多少次，然后我站起身，在周围游荡着。我很想要她，很想上了她，但我心里很害怕。奇怪的是，与此同时我的脑海里掠过另一个念头。我突然想到，这么多年来我一直想回这里来，但一直未能成行。现在我如此接近，如果不去另一口池塘看看那些大鲤鱼似乎将会留下遗憾。我觉得如果我错过了这次机会，以后我一定会后悔莫及。事实上，我不知道为什么以前没有回来。那些鲤鱼就藏在我的脑海中，除了我之外没有人知道它们的存在。终有一天我会把它们抓起来。事实上，那些鲤鱼都是我的。事实上我开始沿着岸边朝那个方向走去，然后，走出十码远我转过身。这意味着跋涉走过一丛荆棘和腐烂的灌木，而我身上穿着最好的星期天的盛装：深灰色的西装、圆顶礼帽、带纽扣的靴子和几乎把我的耳朵切掉的领子。那时候人们星期天下午出去散步时都会穿成这样。而且我迫切想要得到埃尔丝。我走了回去，在她身边站了一会儿。她躺在草地上，手臂遮着脸庞，听到我走近时她一动不动。她穿着那条黑色长裙，看上去——我不知道如何形容——很温柔，很顺从，似乎她的身体是用可塑的材料做的，你可以对其为所欲为。她是我的，我可以占有她，如果我愿意的话，现在就可以。突然间我不再感觉到害怕，我把帽子扔在草坪上（我记得帽子跳了一下），跪了下来，一把抱住她。我现在还能闻到那丛野薄荷的味道。那是我的第一次，但不是她的第一次，我们可没你所想的那样搞得一团糟。事情就是那样。那些大鲤鱼再次从我的脑海中淡去。事实上，后来的几年间我几乎没有想过那些鱼了。

1913 年。1914 年。1914 的春天。首先是黑刺李，然后是山楂，接着是栗子开花。星期天下午去河边的纤道散步，风吹拂着灌木丛，使它们密集地簇拥在一起摇曳着，看上去像是女人的头发。无尽的六月份的傍晚，栗子树荫下的小径，某处有一只猫头鹰在啼叫，埃尔丝的身体紧紧地挨着我。那年的七月很热。我们在店里干得满身大汗，奶酪和研磨咖啡的味道是多么浓郁！然后走在外面傍晚的清凉中，领略夜来香和菜园后面的小巷子传来的烟斗的味道，脚下的土地很柔软，夜鹰在捕猎金龟子。

上帝啊！说一个人不应该对"战前"的生活多愁善感有什么用呢？我就为此觉得伤感。如果你还记得的话，你也会有这种感觉。确实，当你回首往事的时候，你总是记得那些美好的事情，甚至对于战争也是如此。但那时候的人的确拥有某种我们现在没办法拥有的东西。

那是什么呢？那只是他们对未来没有恐惧感。这并不是说那时候的生活比现在舒服。事实上，那时的生活更辛苦。大体上人们工作更劳累、生活更艰难、死得更痛苦。农场的帮工一周干死干活才挣十四先令，最后落得残疾，领五先令的养老金和教区时不时发的半个克朗。而那些"体面的"穷人情况更加糟糕。当高街另一头的布料商小老头华生挣扎多年终于破产时，他的个人资产只剩下两英镑九先令六便士，然后立刻死于所谓的"胃疾"，医生说他其实是饿死的。但是，他最后还是保住了那件双排扣长礼服。钟表匠的助手老克林普是个熟练工匠，干这一行干了五十年，得了白内障，不得不住进收容所。当他被带走时，他的孙子们嚎啕大哭，他的妻子出去烧炭，省吃俭用地每星期给他寄一先令作为零花钱。有时候你会目睹可怕的事情发生：小生意人江河日下，渐渐沦为破产的穷光蛋；人们死于肿瘤尺寸达几英寸的癌症和肝病；酗酒的丈夫每个星期一写下戒酒保证书，每个星期六就违背了誓言；女孩子们因为私生子一生都毁了。房子里没有浴室，冬天的早晨你得凿开水槽上的冰。到了夏天后街就恶臭熏天，教堂墓地就坐落在小镇的中央，因此每天你都会记得你会有怎样的下场。但是，那时候的人拥有什么呢？他们拥有安全感，虽然他们的处境并不安全。更确切地说，那是一种延续不断的感觉。所有人都知道自己会死去，我想有几个人知道自己将会破产，但他们不知道世道将会改变。无论什么事情发生在他们身上，世道仍会以他们所熟悉的方式延续。我不认为当时仍然盛行的所谓宗教信仰起着特别的作用。确实，几乎每个人都会去教堂，至少在乡下是这样——埃尔丝和我仍然会去教堂，即使用牧师的话说，当时我们生活在罪恶中——如果你问人们他们信不信死后会获得重生，大体上他们会说相信。但我从来没有遇到过哪个人让我觉得他真的相信来生。我觉得，人们对这类事情的信仰程度至多就像孩子们相信有圣诞老人一样。但在一个平稳的时代，在一个文明就像大象一样稳稳当当地站立着的时代，像来生这样的观念并不重要。如果你所在乎的事情将继续存在下去，死并不是什么艰难的事情。你活了一辈子，你觉得累了，是时候到阴间去了——那就是过去人们对待生命的看法。在个体层面上，他们离开了人世，但他们的生活方式仍继续存在。他们心中的善与恶仍一直会保留下来。他们没有感觉到脚底下的大地正在动摇。

父亲正在走向毁灭，但他茫然无知。只是世道变得非常糟糕，生意一天天惨淡下去，他渐渐还不起账单。感谢上帝，他甚至不知道自己已经完蛋了，事实上他并没有破产，因为1915年初他死得很突然（流感转为肺炎）。直到最后，他仍相信一个勤俭公道的人是不会失败的。一定有许多小店主怀着这一信念走向破产，步入死亡，住进了收容所。就连马具商拉沃格罗夫，汽车和火车都已经杀到眼前了，仍然不知道他就像犀牛一样不合时宜了。还有母亲——母亲到死都不知道她的生活方式，作为一个体面的、敬畏上帝的小店主的女儿和一个体面的、敬畏上帝的小店主的妻子，生活在英明的维多利亚女皇统治之下的生活方式已经永远结束了。世道很艰难，生意很萧条，父亲很担忧，这件或那件事情"令人愤怒"，但你的生活一切照旧。旧式的英国生活方式是不会变更的。体面的、敬畏上帝的女人应该一辈子在大炭炉上做约克郡布丁和苹果馅饼，穿羊毛内衣，睡在羽绒被上，七月份做梅子酱，十月份做腌菜，下午读读《希尔达家居伴侣》，身边嗡嗡嗡地飞舞着苍蝇，泡着茶、拖着坏腿，带着美好的结局来到舒服的阴间。我不是在说父亲和母亲直到死去时仍没有改变。他们都觉得内心有点动摇，有时觉得心灰意懒。但至少他们死去的时候还不知道他们所信仰的一切都将变成垃圾。他们生活在一个时代的结尾，一切都行将分崩离析，化作一场可怕的大动荡，但他们并不知情。他们觉得这个时代将会成为永恒。你不能责备他们。这就是当时人们的观感。

接着，到了七月底，连下宾菲尔德也开始明白正在发生什么事情。几天来到处有一种模糊而激烈的兴奋，报纸上不停地发表社论，父亲从店里带回这些报纸念给母亲听。接着，突然间，到处张贴着海报：

"德国发出最后通牒。法国军事动员。"

一连几天（是四天么？我忘了确切的天数了），在等候的静谧中有一种奇怪的、令人窒息的感觉，就像雷雨的前夕，似乎整个英国都在沉默地倾听着。我记得天气很热。我们在商店，似乎完全干不了活，虽然镇里任何有五先令可以买东西的人都蜂拥而至，大量抢购罐头食物、面粉和燕麦片。似乎大家都太兴奋了，无法工作，只是流着汗等候着。到了晚上，人们来到火车站，争抢着购买从伦敦那边的火车送来的晚报。然后，一天下午，一个报童从高街那里跑过来，胳膊里抱着一摞报纸，人们走到门口冲着街道吼叫。每个人都在吼着："我们参战了！我们参战了！"那个报童从那捆报纸上抓了一张海报，张贴在对面店铺的门面上：

"英国对德国正式宣战。"

我们三个店员冲到人行道上欢呼庆祝。每个人都在欢呼。是的，都在欢呼。但老格里米特，虽然他已经摆脱了对战争的恐惧，却仍然坚持着一丁点他的自由党原则，"不肯支持"战争，认为那会是一桩不幸的事情。

两个月后我参军了。七个月后我到了法国。

第八章

1916 年底，我负伤了。

我们走出战壕，沿着公路走了一英里多一点。这条小路原本应该是安全的，但德军一定是在早些时候包抄过来了。突然间他们发射了几颗炮弹过来——都是装填了高性能火药的重炮，每分钟就炮击一回。炮弹和以往一样，嗖的一声飞过来，然后砰的一声爆炸！我想是第三颗炮弹炸中了我，就在一片田地的右边。听到那颗炮弹飞过来我就知道要出事了，仿佛那颗炮弹上面刻着我的名字。他们都说你知道自己会被炸中。那颗炮弹的破空声与别的普通炮弹不一样。它似乎在说："我就要炸你，你这个畜生，你，你这个畜生，就是你！"——而这一切就在三秒钟之内发生。最后你被炸中了。

我觉得仿佛有一只空气做成的大手将我扫到一边。接着我倒在路边满是旧罐头、木柴碎片、生锈的铁丝网、粪便、空弹壳和其它垃圾的阴沟里，感觉被炸得七零八落。当他们把我拖出来，把我身上的灰尘扫掉时，他们发现我的伤势并不是太严重，只是有许多细碎的弹片嵌入了我一边屁股和双腿的腿背。幸运的是，摔倒的时候我的一根肋骨断了，这个伤情足以让我被遣送回英国。那年冬天我是在伊斯特本附近低洼地带的一间战地医院度过的。

你记得那些战地医院吗？那一排排长长的小木屋，就像鸡舍一样堆在该死的、冰天雪地的低洼地带上面——人们习惯称这里为"南岸",我总是很好奇北岸会是怎样一番景象——在这里风似乎同时从四面八方向你吹来。一群群穿着浅蓝色法兰绒军服、戴着红色领带的士兵来回徘徊着,想找一个避风的地方,但从来没能找到。有时候伊斯特本那些上流学校的小男孩会被带过来,假惺惺地派发香烟和薄荷膏给"伤丁"们,他们是这么称呼我们的。一个八岁左右、脸蛋粉嫩的小孩会走到一排坐在草地上的伤兵身边,撕开一包忍冬牌香烟,神情严肃地给每个伤兵递上一根香烟,似乎在动物园里喂猴子。体力好一些的伤兵经常在低洼地带游荡几英里,希望能碰到女孩子。这附近女孩子总是不够分配。在战地医院下方的山谷里有一片小树林,天黑之前你会看到每棵树下都靠着一对情侣。有时候,如果那是一棵大树的话,两边各靠着一对情侣。我对那段时间最清楚的回忆就是靠着一簇金雀花丛坐在凛冽的寒风中,我的手指都被冻僵了,无法弯曲起来,嘴里总是有一股薄荷膏的味道。这就是一个普通士兵的回忆。但不管怎样我就快摆脱普通士兵的身份了。在我受伤之前指挥官已经将我的名字上报申请委任状。那时候他们迫切需要军官,任何不是文盲的人只要愿意都可以获得委任状。我从医院直接转到了科尔切斯特附近的军官培训基地。

战争对人造成的影响真是太奇怪了。不到三年前我还是一个活泼的年轻店员,穿着白围裙,靠在柜台上,说着:"是的,太太!当然可以,太太!您还要点什么,太太!"那时我只想当一名杂货商人,觉得当军官就像被册封为骑士一样。而现在我已经当上了军官,戴着军官帽和黄色的领子在临时穿得像模像样的人和甚至连临时穿得像样点都不行的人群中装腔作势,而且不觉得这样子有什么好奇怪的——这是最重要的一点。在那个时候，没什么事情是好奇怪的。

你就像被一台庞大的机器所笼罩一样。你无法以自由意志支配自己的行动，而且你也没有尝试进行抵抗的意识。要不是人们都这么麻木不仁，任何战争都无法持续上三个月，士兵们会收拾行装打道回府。为什么我会去参军？为什么会有上百万的其他傻瓜在征兵令下达之前就加入了军队？一部分原因是为了好玩，一部分原因是因为英国是我的祖国，英国人绝不屈服什么的。但这种感觉维持了多久？我认识的大部分人还没到法国就把这些忘得一干二净。战壕里的士兵并不是爱国愤青，并不痛恨德国皇帝，根本不在乎英勇抗争的比利时这个蕞尔小国或那些德国人在布鲁塞尔街头的桌子上强暴修女的罪行（他们总是说"在桌子上强暴"，似乎这使得强暴更加卑劣）。但他们也没想过要逃跑。那部机器已经控制了你，可以对你为所欲为。它把你吊起来，然后把你扔到你从未想到过的地方，就算把你扔到月球的表面，也似乎没什么值得大惊小怪的。从我参军的那天起，以前的生活就结束了，仿佛和我再也没有关系了。我不知道你会不会相信，但从那天之后，我只回过下宾菲尔德一次，而那一次是为了参加母亲的葬礼。现在这听起来似乎不可思议，但当时却显得那么自然。我承认一部分是因为埃尔丝的缘故，两三个月之后我就不再给她写信了。不用说，她一定和别人在一起了，但我不想见到她。如果不是这样，当我放假的时候或许我会回家探望母亲，我去参军的时候她身体不大好，但看到她的儿子身穿军官制服她一定会觉得很自豪。

父亲于1915年去世。当时我正在法国。当我说父亲的死在现在比在当时令我更加伤心时，我并没有夸张。当时我平静地接受了父亲去世这个噩耗，头脑一片空白，感觉无动于衷，战壕里的士兵无论发生什么事情都是这样。我记得自己爬到掩体的门道借光阅读信件，我记得母亲滴在信纸上的泪痕、膝盖痛楚的感觉和泥土的气息。父亲的人寿险被抵押了，价值所剩无几，但银行里还有一点存款，萨拉金的连锁店准备买下店里的存货，甚至愿意多付几个钱以表吊唁之情。总之，母亲有二百多英镑傍身，还有一些家具。她暂时寄居在离沃尔顿另一头几英里远的多斯利附近一位嫁给了一个挖槽工的表姐家里，那个男的趁着战争生意做得很红火。那只是"暂时"的。一切都感觉只是暂时的。如果是在以前——事实上，要是换在一年前，这件事原本会是一个可怕的灾难。父亲去世了，小店变卖了，只留下母亲和那两百英镑在这个世界上，你会看到一出有十五幕的悲剧在你面前上演，最后一幕就是贫民的葬礼。但现在战争和人无法把握自己命运的感觉笼罩着一切。人们不再去想着破产和收容所这些事情。连母亲也是这么想，虽然她对战争几乎一无所知。而且，她已经不久于人世了，虽然我们都不知道这个情况。

她跑到伊斯特本的医院探望我。我们已经阔别了两年之久，看到她的样子我心里觉得很吃惊。她似乎整个人都枯萎了，而且不知何故似乎变小了。这得部分归因于当时我已经是出过远门的大人了，每样东西在我眼中似乎都变小了。但她确实瘦了，而且脸色更加蜡黄。她还是像以前一样絮絮叨叨地说起了玛莎姨妈（就是她投奔的那位表亲）和自从战争以来下宾菲尔德的改变：所有的年轻人都"走了"（意思是参军了），她的消化不良在"日渐恶化"。她还提起了父亲的墓碑和他死后不算难看的遗体。这些都是老生常谈，我听了好几年了，感觉就像在听一个幽灵说话。这些话我再也不以为意了。以前我觉得母亲身材高大，能保护弱小，有点像船艏的女神像，又有点像孵着鸡蛋的母鸡，但她终究只是一个穿着黑裙的小老妇人。一切都在改变和褪色。那是我最后一次看到活着的她。在科尔切斯特军官学校受训时，我收到母亲病危的电报，立刻请了一个星期的紧急事假。但已经太晚了，到达多斯利的时候她已经撒手人寰。她和其他人以为是消化不良，其实是身体里长了肿瘤，由于胃突然受了凉，一下子发作起来。医生想安慰我，告诉我那是"良性肿瘤"，这让我觉得很奇怪，毕竟就是这东西要了母亲的命。

我们将她葬在父亲身边，那是我最后一次见到下宾菲尔德。虽然只有短短三年，但这里改变了许多。有的商店倒闭关门了，有的商店换了名字。几乎所有我从小认识的年轻人都走了，有的死掉了。席德·拉沃格罗夫死于索姆河战役，那个多年前加入过黑手帮的农场帮工"生姜"华生，就是那个能赤手空拳逮到兔子的家伙，在埃及牺牲了。一个曾和我在格里米特杂货店共事过的同事没了两条腿。老拉沃格罗夫的店关门了，他靠着微薄的年金住在沃尔顿一间小木屋里。而战争让老格里米特的生意做得很红火，他成为一个爱国者，并在一个对那些出于道德或宗教原因不服兵役的人施加压力的本地理事会担任会员。而最让小镇看起来显得空旷萧条的一件事情是，马基本上都没有了。很久以前所有干得了活儿的马都被征用了。那部驿站快车还在，但拉车的那匹马要不是有车辕的话可能连站都站不起来。在葬礼开始之前的那个小时，我在镇里走了一圈，和人们打招呼，展示我身上穿的军服。幸运的是，我没有遇到埃尔丝。我目睹了所有的变化，却似乎对它们视而不见。我只关注着其它事情，让别人看到我那身有黑色臂章（装饰在卡其布上看上去很漂亮）和紧身马裤的少尉军服让我觉得很高兴。我本能地记得，当我们站在坟墓边上的时候，我仍然在想着自己的紧身马裤。然后他们往棺材上洒了一些泥土，我突然意识到母亲将会从此躺在地下，棺材上面七尺尽是泥土，我的眼睛和鼻子不由得有点发酸，但就在那时候，我的脑海里仍然在想着紧身马裤。

不要以为我对母亲的死毫不在乎。我很难过。我已经不在战壕里了，死亡还是会让我难过的。但我丝毫不在乎的，甚至根本没有想到正在发生的，是我所熟知的旧的生活方式正在解体。葬礼过后，玛莎姨妈乘巴士回多斯利。她为有一位当上"真正的军官"的外甥觉得很自豪，要不是我阻止她的话，可能会在葬礼上引起骚动。我乘坐快车去火车站，准备乘火车去伦敦，然后回科尔切斯特。我们开车经过小店。自从父亲去世之后，没有人盘下这间店。店面紧闭着，窗户黑漆漆的蒙了一层灰。他们用水管工的喷嘴火焰灯把招牌上的"博林"两个字烧掉了。那里就是我度过童年和少年时期的房子，我曾经在厨房的地板上到处爬，闻着红豆草的味道，读着《无畏勇者多诺万》，在那里做文法学校布置的作业，搅拌面团，给单车补胎，戴上我的第一个高领结。我曾经觉得那座房子会像金字塔一样永恒，而现在我应该不会再进去里面了。父亲、母亲、乔伊、跑腿的小男孩、老㹴犬内勒、内勒之后的另一只狗"斑点"、红腹灰雀杰奇、几只猫咪、阁楼里的老鼠——除了灰尘之外一切都没有了。我一点儿也不在乎。母亲去世了我很难过，父亲死了我也很难过，但我一直在想着别的事情。我很高兴别人看到我乘坐着一辆出租车，我还不大习惯坐出租车。我在想着自己崭新的紧身马裤和那套帅气光亮的军官服，与那些普通士兵粗糙的军服是多么不一样。我还想到了科尔切斯特军官学校的其他人和妈妈留给我的六十英镑，我们可以用这笔钱去好好吃一顿。而且，我在心里感谢上帝，没有让我遇到埃尔丝。

战争对人的影响特别大。比起战争杀人的方式来，有时它放人一马的方式似乎更加匪夷所思，就像一道洪水席卷着你奔向死亡，突然间却把你冲到一潭死水里，你在那儿做一些难以置信却毫无意义的事情，还能因此获得额外的报酬。一营一营的士兵被派到沙漠中修筑道路，却不知道路会通往何方。有的士兵被派到荒岛上监视德军的战舰动向，但那些战舰多年前就已经沉没了。政府里有这个或那个部门，里面配备了无数文员和打字员，虽然他们的职能已经结束了，但由于惯性作用在多年后仍然存在。人们被安排去做毫无意义的工作，被政府部门遗忘，一干就是几年。这就是发生在我身上的事情，要不是这样，或许我就不会在这里了。整件事的过程很有趣。

在我成为委任军官不久后，后勤部门需要补充军官。训练营的指挥官听说我了解食品杂货业务（我可没有明说其实我只是在柜台帮忙），于是叫我去报名。事情进行得很顺利，我准备离开这里，去米德兰另一所培训后勤部门军官的军校。由于我了解食品杂货业务，我被选中担任在后勤部门位高权重的约瑟夫·基姆爵士的秘书。天知道他们为什么会选中我，但总之他们就是选中了我，我觉得他们或许是把我的名字和别人的名字搞混了。三天后我进了约瑟夫爵士的办公室。他身材瘦削，站姿笔挺，是一个蛮英俊的老头，长着一头灰发和一个看上去很严肃的鼻子。他的样貌立刻打动了我。他看上去是个完美的职业军人，圣米迦勒与圣乔治骑士指挥官勋章①获得者和十字英勇勋章②获得者，可能是德雷兹克牌高档香烟广告里那个模特的孪生兄弟。事实上，他本人是一家大型杂货连锁店的董事长，以一套名叫"基姆工资削减体系"的管理方法而出名。我走进办公室的时候他停下笔，打量着我。

"你是贵族吗？"

"不是，长官。"

"很好。那或许我们能把工作做好。"

三分钟之内他就摸清了我毫无文秘经验：不懂速记、不会用打字机、在杂货店工作的周薪是二十八先令。但是他说我能应付好工作，这支该死的军队里有太多贵族了，他要找一个会基本算术的下属。我很喜欢他，期盼着能在他的指挥下工作，但就在这时，操纵着这场战争的神秘力量又将我们分开了。一个名为"西海岸防卫部队"的部门成立了，或者说，成为了大家谈论的话题。而且，听说要在西海岸沿线各个军事要点建立仓库储备物资。据说约瑟夫爵士是英国西南角军事储备的负责人。我被派到他的办公室第二天，他让我到北康沃尔海岸一个叫十二里库的地方清点库存。应该这么说，我的工作是看看到底那里还有没有库存。似乎没有人知道那里到底什么情况。我到了那儿，发现库存其实就只有十一个牛肉罐头。这时军部发来了一封电报，要我接管十二里库的物资，并在原地候命，直到新的命令下达为止。我回了一封电报"十二里库并无

---

① 圣米迦勒与圣乔治骑士指挥官勋章(Knight Commander of St. Michael and St. George)，颁发给在非军事战斗部门和外交部门作出杰出贡献的个人的勋章。

② 十字英勇勋章(Distinguished Service Order)，又称杰出服务勋章，是战争时期颁发给作出杰出军事贡献的个人的勋章。

库存”，但太迟了。第二天，军部正式下达文件，安排我担任十二里库的指挥官。故事到了这儿就结束了。从那时起到战争结束，我一直驻守在十二里库。

天知道这到底是怎么一回事。不要问我西海岸防卫部队是怎么样的部队，承担着什么军事使命。即使在当时也没有人假装知道情况。事实上，根本没有这么一支部队。那只是某些人脑海里的一个计划——应德军会由爱尔兰发动侵略的谣言而产生。我猜想那些应该分布于沿岸的食物储备也是臆想出来的。整个计划就只存在了三天，然后就像泡沫一样被遗忘了，而我也随之被遗忘了。我那十一个牛肉罐头是几位之前执行秘密任务的军官留下来的。他们还留下了一位又老又聋的士兵，名叫利基伯德。我不知道利基伯德到底在那里执行什么军令。我不知道你会不会相信，从1917年中到1919年初我就呆在那儿守着那十一个牛肉罐头。或许你觉得这实在难以置信，但事实就是这样。当时就算是这样的事情都不让人觉得稀奇。到了1918年你已经不再幻想事情会以合理的方式发生。

每个月他们会给我寄来冗长的军方表格，要我列明我所掌管的物资的数量和情况，包括丁字斧、挖战壕的工具、铁丝网线圈、毛毯、防水地毡、急救装备、瓦楞铁片、梅酱罐头和苹果酱罐头。每样东西我都写了“零”，然后把表格寄了回去。什么事情也没有发生。在伦敦，某个人安安静静地把表格归好档，然后又寄出表格，然后将表格归档，如此反复进行。事情就是这么发生的。那些神秘的军事高层人物正在运筹帷幄，彻底忘了有我这么一个人。我陷入一潭死水，完全没有出路。在法国呆了两年后，我的心里不再燃烧着爱国热情，也不想离开这里。

那是一处冷清的海岸，除了几个甚至连战争都不知道的庄稼汉之外就再也见不到一个人。四分之一英里开外，在一座小山的山脚下，海浪隆隆地冲刷着广袤的沙滩。一年有九个月在下雨，另外三个月则有大西洋的狂风肆虐。除了利基伯德、我和两间军事小房外就什么也没有了——其中一间是装修还不错的两居室小屋，我就住在里面——还有那十一个牛肉罐头。利基伯德是个乖戾的老家伙，我很难从他身上套出话来，只知道参军之前他是个卖菜的园丁。看到他那么快就重拾旧业真是有趣。在我到达十二里库之前他已经在一间小房旁边开垦出了一块地，开始种植土豆。到了秋天他又开始垦地，最后捣鼓出半亩地种庄稼。1918 年初他开始养鸡，到了夏天数量已经相当可观了；到了年底，他突然不知道从哪儿弄来了一头猪。我猜想他从来没有想过我们到底在这里做什么，也不去想西海岸防卫部队到底是一支什么部队或到底存不存在。如果听说他仍然在十二里库的原址养养猪种种土豆，我可不会惊讶。我希望他能这么做。祝他好运。

与此同时，我开始从事以前没有机会做的一份全职工作——读书。

之前驻守在这里的军官们留下了几本书，大部分是七便士的廉价书，几乎全部都是那时候人们在阅读的垃圾书籍：伊安·赫伊①、萨博②和《侦探克雷格·肯尼迪》之类的读物。但

---

① 伊安·赫伊（Ian Hay，1876—1952），英国作家，代表作有《一家之主》、《第一笔十万英镑》等。

② 萨博（Sapper），赫尔曼·西里尔·麦克尼尔（Herman Cyril McNeile，1888—1937）的笔名，英国作家，其作品在"一战"与"二战"期间广受欢迎，代表作有间谍推理小说《斗牛犬杜蒙》系列，主人翁杜蒙被认为是电影 007 系列詹姆斯·邦德的前身。

我的前任们当中显然有一位知道哪些书值得一读，哪些书没有阅读的价值。当时我对这些茫然无知。我自己主动会去读的书是侦探故事和黄色书刊。上帝知道即使到了现在我也不会假装成一个品味高雅的人，但如果在当时你问我一本"好书"的名字，我会回答《上帝赐予我的女人》①或《芝麻与百合》②（为了纪念牧师）。不管怎样，一本"好书"就是没有人想去读的书。但我的工作清闲得很，海浪拍击着海滩，窗户的玻璃上总是滴着雨水——靠着墙边就是一个临时搭建的书架，上面那一排书就正对着我。自然而然地，我开始翻弄这些书籍，就像一头猪在拱垃圾桶一样挑挑拣拣。

这堆书里面有三四本书与别的书不一样。不，你可别搞错了！别以为我突然间发现了马塞尔·普罗斯特③、亨利·詹姆斯④或其他作家。就算我有他们的书也不会去读。我所讲的那几本书根本算不上什么高雅读物。但时不时，你会碰到一本书，刚好适合你的思想高度，似乎是专门为了你而写的一样。其中一本书是赫伯特·乔治·威尔斯⑤的《波利先生的历史》，是一本才几先令的简装本，已经散得七零八落了。我不知道你能不能想象这本书对我的影响有多大。考虑到我的出身——一个来自乡村小镇的小店主的儿子，读到这么一本书会

---

① 《上帝赐予我的女人》是英国作家托马斯·亨利·赫尔·凯因的作品。

② 《芝麻与百合》是英国作家约翰·拉斯金的作品。

③ 瓦伦丁·马塞尔·普罗斯特（Valentin Marcel Proust, 1871—1922），法国作家，代表作有《追忆似水年华》、《平原之城索多玛与蛾摩拉》等。

④ 亨利·詹姆斯（Henry James, 1843—1916），英国作家，在美国出生成长，为美国与英国文化沟通作出很大贡献，代表作有《美国人》、《大使》、《黛西·米勒》等。

⑤ 赫伯特·乔治·威尔斯（Herbert George Wells, 1866—1946），英国著名科幻作家，代表作有《时间机器》、《透明人》、《世界大战》等。

有怎样的感觉？另一本书是康普顿·麦肯锡①的《狰狞的街道》。这本书在几年前曾引起公愤，甚至在下宾菲尔德的我也听说了一些关于它的传闻。另一本是康拉德②的《胜利》，有些章节让我觉得很无聊。但像那样的书让你开始思考。此外还有一本过期的杂志，封面是蓝色的，里面刊载了戴维·赫伯特·劳伦斯③的一则短篇小说。我不记得名字了，内容讲述的是一个德国士兵将他的士官长从工事上推了下去，然后逃之夭夭，最后在女友的卧室里被抓的故事。这则短篇小说让我很是疑惑。我不知道故事的主题在讲述什么，但是读完之后我有一种感觉，我想再读一些类似的故事。

有几个月的时间，我对书籍充满了阅读的渴望，那种渴望几乎就像生理上的渴望一样真切。那是自从我阅读勇者多诺万之后第一次真正的浸入式的阅读体验。一开始的时候我不知道怎么获得书籍。我以为唯一的方式就是买书。我想这个想法很有趣。它表明了由于出身所造成的差别。我想那些一年挣五百英镑的中产阶级的孩子在襁褓里的时候就知道穆迪图书俱乐部和时代图书俱乐部。后来我听说在布里斯托的图书馆可以借书，于是到那里一间图书馆和穆迪图书俱乐部办了借书证。接

---

① 康普顿·麦肯锡（Compton Mackenzie，1883—1972），英国作家，苏格兰民族主义者，作品多扎根苏格兰本土文化，代表作有《甜美的威士忌》、《格伦皇朝》等。

② 约瑟夫·康拉德（Joseph Conrad，1857—1924），波兰籍英国作家，现代主义先驱者，代表作有《胜利》、《吉姆老爷》、《黑暗之心》等。

③ 戴维·赫伯特·劳伦斯（David Herbert Lawrence，1885—1930），英国作家、诗人、文学批评家，其作品曾因涉及性爱描写而被列为禁书，现被公认为现代小说的先驱者，代表作有《查泰莱夫人的情人》、《虹》、《恋爱中的女人》等。

下来的那一年我读了很多好书！威尔斯、康拉德、吉卜林①、高斯华绥②、巴里·佩恩③、威廉·魏马克·雅各布④、佩特·里奇⑤、奥利弗·奥尼恩斯⑥、康普顿·麦肯锡、亨利·色顿·梅里曼⑦、莫里斯·巴林⑧、斯蒂芬·麦克基纳⑨、梅·辛克莱尔⑩、阿诺德·本涅特⑪、安东尼·霍普、伊琳娜·格琳⑫、

---

① 约瑟夫·拉迪亚德·吉卜林(Joseph Rudyard Kiping, 1865—1936)，英国作家、诗人，1907年诺贝尔文学奖得主，生于印度孟买，作品多颂扬大英帝国的统治，代表作有《七海》、《丛林之书》等。
② 约翰·高斯华绥(John Galsworthy, 1867—1933)，英国作家，曾获1932年诺贝尔文学奖，作品有《福尔赛世家》、《小男人》、《岛国法利赛人》等。
③ 巴里·埃里克·奥德尔·佩恩(Barry Eric Odell Pain, 1864—1928)，英国作家、记者、诗人，擅长创作幽默故事，代表作有《百重门》、《看不见的影子》等。
④ 威廉·魏马克·雅各布(William Wymark Jacobs, 1863—1943)，英国作家，擅于撰写幽默故事，代表作有《驳船上的女士》、《水手的绳结》等。
⑤ 威廉·佩特·里奇(William Pett Ridge, 1859—1930)，英国作家，代表作有《聪明的妻子》、《国家之子》等。
⑥ 乔治·奥利弗·奥尼恩斯(George Oliver Onions, 1873—1961)，英国作家，擅长撰写恐怖小说，代表作有《白日见鬼》、《脸谱》等。
⑦ 亨利·色顿·梅里曼(Henry Seton Merriman, 1863—1903)，英国作家休·斯托威尔·斯科特(Hugh Stowell Scott)的笔名，代表作有《姐妹》、《战争与爱情》等。
⑧ 莫里斯·巴林(Maurice Baring, 1874—1945)，英国作家，"一战"时曾服务于情报部门和英国皇家空军，代表作有《勿忘我与空谷幽兰》、《十四行诗与短诗集》等。
⑨ 斯蒂芬·麦克基纳(Stephen McKenna, 1872—1934)，爱尔兰翻译家，曾翻译出古罗马新柏拉图学派的普罗提诺(Plotinus)的作品。
⑩ 梅·辛克莱尔(May Sinclair, 1863—1946)，是英国女作家和女权活动家玛丽·艾米莉亚·圣克莱尔(Mary Amelia St. Clair)的笔名，代表作有《问题的两面》、《水晶的瑕疵》等。
⑪ 阿诺德·本涅特(Arnold Bennett, 1867—1931)，英国作家，"一战"时曾任法国战局情报主任，代表作有《巴比伦大酒店》、《皇宫》等。
⑫ 伊琳娜·格琳(Elinor Glyn, 1864—1943)，英国女作家，作品以大胆刻画性爱而出名，代表作有《三周》、《岩石之上》等。

欧·亨利[1]、斯蒂芬·李科克[2]，甚至还阅读了希拉斯·霍金[3]和琼·斯特拉顿·波特[4]的作品。我不知道你是否了解这些作家。当时很受人们欢迎的书现在有一半已经被遗忘了，但一开始的时候，我就像一条鲸鱼一口将一群虾米吞下一样囫囵读书。我陶醉于读书中。当然，后来我的眼界高了，开始分辨得出文笔好坏。我找到了劳伦斯的《儿子与情人》，觉得还算好看，而奥斯卡·王尔德[5]的《道林·格雷》和斯蒂文森[6]的《新一千零一夜》则让我大呼过瘾。威尔斯是令我印象最为深刻的作家。我读过乔治·摩尔[7]的《伊斯帖·沃特斯》，觉得很喜欢。我还试读了几本哈代[8]的小说，但总是读到一半就读不下去了。我甚至读了一本易卜生[9]的书，给我留下的模糊印象是，挪威老是在下雨。

---

[1] 欧·亨利(O. Henry, 1862—1910)，美国作家威廉·悉尼·波特(William Sydney Porter)的笔名，擅长创作短篇故事，代表作包括《麦琪的礼物》、《警察与赞美诗》等。

[2] 斯蒂芬·李科克(Stephen Leacock, 1869—1944)，加拿大作家，作品以幽默风趣著称，代表作有《幽默随笔》、《小镇艳阳录》等。

[3] 希拉斯·霍金(Silas Hocking, 1850—1935)，英国作家，代表作有《生命无非如此》、《我命由我不由天》等。

[4] 琼·斯特拉顿·波特(Jean Stratton Porter, 1863—1924)，美国女作家、摄影师和电影制作人，代表作有《雀斑》、《彩虹的脚下》等。

[5] 奥斯卡·王尔德(Oscar Wilde, 1854—1900)，爱尔兰作家、诗人，唯美文学主义先驱，代表作有《莎乐美》、《斯芬克司》、《快乐王子及其它故事》等。

[6] 罗伯特·路易斯·斯蒂文森(Robert Luis Stevenson, 1850—1894)，苏格兰作家、诗人，代表作有《金银岛》、《新一千零一夜》等。

[7] 乔治·奥古斯都·摩尔(George Augustus Moore, 1852—1933)，爱尔兰作家，代表作有《伊斯帖·沃特斯》、《异教徒之诗》等。

[8] 托马斯·哈代(Thomas Hardy, 1840—1928)，英国作家、诗人，代表作有《还乡》、《德伯家的苔丝》、《今昔诗集》等。

[9] 亨利克·易卜生(Henrik Ibsen, 1828—1906)，挪威剧作家、诗人，现实主义戏剧的先驱，代表作有《玩偶之家》、《群魔》等。

这真的很奇怪，即使在当时我也觉得很不可思议。我成了个少尉，说起话来几乎没有土腔，我已经能够分清阿诺德·本涅特和伊琳娜·格琳的文笔有什么不同，而四年前我还穿着白围裙在柜台后面切奶酪，幻想着有朝一日自己开一间杂货店。如果考量一番的话，我想我得承认战争对我造成了伤害，也带来了好处。不管怎样，那一年阅读小说的经历是我在书本学习意义上真正的教育。这段经历影响了我的思想，让我树立起了一种质问的态度，如果我的生命以一种普通平淡的方式度过的话，或许我永远不会养成这一态度。但是——我不知道你是否能够明白——真正改变我的，真正对我形成影响的不是我所读的那些书，而是我当时所过的那种毫无意义的堕落生活。

1918 年那段时间生活确实毫无意义。我就坐在一座军事小屋的炉子旁边，读着小说，而在数百英里之外的法国，大炮正在轰鸣，一群群可怜兮兮的孩子吓得行囊都被冷汗浸湿了，就像你把小块的煤炭倒进炉子里面一样被赶入了机关枪火力范围之内。我是个幸运儿。军方高层没有看上我，我躲在舒舒服服的避难所里，做着一份不存在的工作，领取报酬。有时候我心里很害怕，认定他们会记起我，掘地三尺把我找出来，但这件事从来没有发生。那些粗糙的灰纸打印的军事文件每个月寄过来一次，我填好之后又寄回去，又有表格寄了过来，我填好后又寄了回去，就这么进行下去。整件事就像是一个疯子在痴人说梦。这件事和我所读的那些书对我造成的影响就是，我不再相信任何事情。

我不是唯一的一个。战争总是充满了漏洞和被遗忘的角落。那个时候有好几百万人困在这种情况或那种情况的一潭死水中，好几支部队被困在前线，而人们却忘记了前线到底在什么地方。大型的机关部门请了许多文职人员和打字员，每星期领两英镑以上的薪水，整理一堆堆的文件。而且，他们都知道自己正在做的工作其实也就是整理文件而言。再也没有人相信英勇抗争的比利时蕞尔小国和德军的暴行那些故事。士兵们觉得德国人其实是好人，视法国人如寇仇。每个下等军官都认为总参谋部的人都是白痴。怀疑主义席卷整个英国，甚至波及到了十二里库。如果说战争使得人们变成了知识分子，那未免太夸张了，但战争在当时确实将他们变成了虚无主义者。战争将那些原本一辈子会像板油布丁一样浑浑噩噩过日子的人变成了布尔什维克主义者。如果没有战争，我现在会变成什么样子？我不知道，但一定不会是像现在这个样子。如果战争没有毁灭你，它会让你开始思考。经历过无以言状的蠢事之后，你再也不会认为这个社会是像金字塔一样永恒而无可质疑的存在，你知道那只是一个烂摊子。

第九章

战争把我从熟悉的旧生活轨道中拉了出来，但经过一连串奇奇怪怪的事情之后，我几乎把它忘得一干二净。

我知道从某种意义上说一个人永远不会忘记任何事情。你记得十三年前在阴沟里看到的那片橘子皮，你记得在火车站候车室惊鸿一瞥的托基小镇的彩色海报。但我这里说的是另外一种回忆。我仍记得旧时下宾菲尔德的生活。我记得我的钓鱼竿、红豆草的味道、站在棕色茶壶后面的母亲、那只红腹灰雀杰奇和集市的马槽。但这些都不再是鲜活的回忆。这些是逝去的事物，和我缘分已尽。我从来没有想过，有那么一天我会希望回到过去。

战争结束后的那几年很古怪，几乎比战争本身还要古怪，虽然人们对那段时间的记忆并不是非常鲜明。对一切抱以怀疑的态度变成了一种不同的形式，但比以往更加强烈。数百万男人突然间被踢出部队，发现他们为之浴血沙场的国家根本不欢迎他们。劳合·乔治①和他的朋党在营造工作依然存在的幻觉。一群群退役的士兵摇晃着捐献箱来回徘徊着，蒙面的女人在街头唱歌，穿着军官束腰外衣的家伙拉着难听的手摇风琴。在英国，每个人似乎都在为了找工作而奔波，包括我在内。但我比大部分人要运气好一些。我得到一小笔负伤津贴，再加上我在战争最后一年攒下的钱（我没什么机会花钱），退伍的时候我攒下了三百五十英镑。我觉得说一说我的反应是挺有趣的一件事情。那时候我有了足够的财力，去做我从小就耳濡目染，而且梦想了许多年的事情——那就是，开一间小店。我有足够的本钱。如果你肯花时间，打起精神，靠三百五十英镑可以经营挺不错的小生意。但是，如果你相信我说的话，我根本没有这么想过。我不仅没有朝开店的方向努力，而且直到多年之后，事实上是在1925年，才想到那时我或许可以去开店。事实上，我已经远离了开店经营的人生轨道，那就是参军对你造成的影响。军队将你改造成一个半吊子的绅士，让你根深蒂固地以为钱总是会从某个地方冒出来。如果在1919年的时候你建议我去开一间商店——比方说，在某个被上帝遗弃的村庄里开一间烟店、糖果店或杂货店——我会一笑置之。我的肩膀上戴过勋章，我是个有身份的人了。与此同时，我不像许多退伍军官那样以为下半辈子可以舒舒服服地享受苦味杜松子酒。我知道我得找一份工作。而这份工作当然得是一份"生意人的工作"——至于是什么样的工作我就不知道了。但那必须是一份高尚而重要的工作，配备小车和电话，如果可能的话，最好有一个曲线玲珑的秘书。在战争的最后一年，我们很多人都有着类似的幻想。曾经在商店跑腿的人幻想着自己成为旅行推销员，曾经是旅行推销员的人幻想着自己当上了经理。这就是军旅生涯的影响，佩戴着军功章、身上带着支票簿、把晚餐称为正餐的影响。一直以来有一个想法在广泛流传——士兵和军官都深受其影响——当我们退伍的时候肯定可以找到工作，工资至少不会比在军队服役的报酬低。当然，假如这样的想法没有

---

① 大卫·劳合·乔治（David Lloyd George, 1863—1945），英国自由党政治家，1908年至1915年曾任英国首相。

传开的话，战争也就不会打起来了。

　　我没有找到那种工作，没有人愿意给我一年两千英镑的年薪，让我坐在流线型的办公室大班桌旁，对着一个金发女郎口述信件。和其他四分之三曾担任军官的家伙一样，我发现了一件事情——从经济角度说，军旅生涯是我们最滋润的时期，以后再也不会有这么滋润的日子了。一下子，我们从英王钦命委任的军官沦落为可怜兮兮的无业游民，没有人愿意聘请我们。我的期望从年薪两千英镑一下子下滑到周薪三四英镑，但就算是周薪三四英镑的工作似乎也找不到。每个岗位上都已经有人了，不是那些年纪大了几岁不能去参军的老人，就是那些年纪差几个月的小青年。那些碰巧生于1890年到1900年之间的可怜虫被抛弃冷落了。但就算这样，我也没有想过要回去从事杂货店的生意。或许我可以找到杂货店店员的工作，如果老格里米特还在世并仍在经营的话（我没有和下宾菲尔德联系，不知道情况），或许能帮我介绍工作。但我已经踏入了不同的人生轨道，就算我的心气没有变高，我也很难想象在我长了见识之后还会回去当个店员过上安稳的日子。我想要四处闯荡，干一笔大买卖。我最想当一名旅行推销员，我知道这份工作会很适合我。

　　但我找不到旅行推销员的工作——我指的是有固定工资的工作。不过，挣佣金的工作倒是有不少。那种生意伎俩正开始盛行。这是提高产品销量简单而行之有效的方法，而且不用承担任何风险，在经济不景气的时候这种工作满大街都是。他们总是向你许诺干上三个月就能转正领工资，以此钓住你。等你觉得受够了，总会有其他可怜的家伙准备接替你的岗位。很快我就找到了一份领佣金的工作，事实上，我像走马灯一样换了好几份这样的工作。感谢上帝，我还不至于沦落到推销吸尘器或词典的地步，但我得穿街走巷去卖餐具、洗衣粉、专利螺丝刀、罐头起子和类似的小玩意，最后还去卖办公室用品——文件夹、复写纸、打印机墨带等东西。我干得还不赖。我是那种能推销东西挣佣金的人，脾气和举止都很适合，但我从未挣到过维持体面生活的薪金。从事那样的工作你是无法做到这一点的——当然，这本就是个中之义。

这种工作我干了一年。那是一段很奇怪的日子。全国到处跑，住的是十分可怕的地方——正常人一百辈子都未曾听说的米德兰郊区小镇。那些恐怖的"床位加早餐"寄宿旅馆的床单总是有泔水的味道，早餐吃的煎鸡蛋的蛋黄颜色比柠檬还浅。你总是会遇到其他可怜兮兮的推销员，他们当中有的是成了家的中年男人，穿着蛀得破破烂烂的大衣和圆顶高帽，打心眼里相信生意很快就会有起色，一星期能挣到五英镑。他们从一间商店走到另一间商店，和不想听他们推销的老板争吵，当顾客进店里的时候就得卑微地站到一旁。你不要以为我会在意这些事情。对有些人来说，那样的生活是一种折磨。有的人甚至一走进商店打开装着样品的袋子就会把事情搞砸，似乎他们根本没办法应付得来。但我不是那样的人。我脸皮很厚，我能忽悠客人购买他们不想要的东西，就算他们当面让我吃闭门羹我也毫不在意。我喜欢推销东西挣取佣金，只要让我知道我能从中挣到钱就行。我不知道那一年我是否学到了很多东西，但我忘记了很多东西。这份工作把我受军队影响的荒谬思想消磨得一干二净，把我无所事事读小说那一年所形成的观念统统扫到脑后。我想除了侦探故事书之外我一本书也没有读过，因为我一直在路上奔波。我再不是什么风雅的读书人，我沉沦于现代生活的本质中。现代生活的本质到底是什么？最主要的特征就是不断地、疯狂地贩卖东西。对于大部分人来说，这意味着出卖他们自己——也就是说，找一份工作并保住它。我想自从战争以后，在任何你能说出的行业里，没有哪一个月找工作的人不比提供的岗位多。这让生活充满了奇特而恐怖的感觉，就像在一艘沉船上有十九个乘客，却只有十四件救生衣。但你觉得这有什么特别的现代特征可言吗？这与战争有关系吗？嗯，感觉似乎有关系。那种你一定得不停地奋斗挣钱，那种任何东西都得从别人的手中抢过来的感觉，那种别人总是在觊觎你的工作，下个月或下下个月他们就会裁员而你正是那个被解雇的人的感觉——我可以发誓在战争之前的日子里根本不曾存在。

但那段时间我的生活并不算穷困潦倒。我能挣到钱，银行里还有不少存款，差不多有两百英镑，对未来并不感到恐惧。我知道迟早我会找到一份正当的工作。确实如此，一年之后，似乎是机缘巧合，但事实上它注定会发生在我的身上。我不是那种会饿肚子的人。我进济贫院的概率就跟进上议院的概率差不多。我是那种比上不足比下有余的人，那种在某种自然法则的作用下一星期能挣到五英镑的人。只要有工作，我就能给自己谋得一份差事。

事情发生的时候我正在推销文件夹和打印机墨带。我躲躲闪闪地进了弗里特大街的一幢办公大楼，本来推销员是不能进大楼的，但那个电梯管理员以为我那个装着样品的包包是个公文包。我在一条走廊里走着，寻找一间小牙膏公司的办公室，有人推荐我到那里碰碰运气。这时我看到某个大人物正沿着走廊从对面走来。我立刻知道那是个大人物。你知道这些商业大亨是什么样子的，比起普通人，他们似乎占据了更多的空间，走起来声响更大一些。而且他们发出一种金钱的冲击波，在五十码开外你就可以感觉得到。他朝我走近了一些，我看到他就是约瑟夫·基姆爵士。当然，他穿着平民的衣服，但我一下子就认出了他。我想他是过来参加商业会议什么的。两个文员或秘书跟在他身后，事实上没有在提着他的裙裾，因为他并没有身着长裙，但不知怎地你会觉得他们就在提着他的裙裾。我立刻躲在一旁，但奇怪的是，他居然认出了我，虽然我们有很多年没见过面了，而且让我吃惊的是，他停下脚步，和我说话。

"你好！你看起来很面熟。你叫什么来着？你的名字就在我的舌尖打转了。"

"我姓博林，长官。曾经在后勤部门服役。"

"对了。那个说他不是贵族的小青年。你在这儿做什么？"

如果我告诉他我是来推销打印机墨带的，或许整件事就到此结束，但我灵机一动——我当时觉得要是我应付得当的话，会有好事发生。我回答道：

"事实上，长官，我来这里找工作。"

"哦，找工作，嗯，现在找工作可不容易啊。"

他上下打量了我一秒钟。那两个提着裙裾的人似乎稍稍躲远了一些。他那张英俊的老脸长着浓密的灰色眉毛和睿智的大鼻子，他正看着我，我意识到他决定帮我一把。真是奇怪，这些有钱人似乎无所不能。他刚才正气度非凡从我身边走过，身后跟着两个手下，然后一时心血来潮，转身和我说话，就像一位君主准备打赏一枚硬币给一个乞丐。

"你要找工作？你能做什么？"

我再次灵机一动。和这种大人物要小聪明是没有用的。我说出了真相："我什么也不会，长官。但我想当一名旅行推销员。"

"推销员？我不知道现在能不能给你安排这么一份工作。让我想想。"

他努着嘴唇，思索了半分钟。真是奇怪。即使在当时我也意识到那是很奇怪的事情。他是个地位显赫的老家伙，身家或许得有五十万英镑，正在为了我的事而思索着。我拦了他的道，至少浪费了他三分钟的时间，这都是缘于多年前我曾对他说过一句话。我留在了他的记忆中，因此他不介意费举手之劳，帮我介绍一份工作。我敢说，在同一天他可能解雇了二十个职员。最后他说道：

"你想进保险公司吗？你知道这工作很稳定。人们总得买保险，就像他们总得吃饭一样。"

能进保险公司当然令我欣喜若狂。约瑟夫爵士在飞龙保险公司"参了股"。天知道他在多少家公司"参了股"。一个手下迎上前递给了他一个写字本，就在当时当地，约瑟夫爵士从背心口袋里拿出一支金笔，给飞龙保险公司某位大人物写了张条子。然后我向他道谢，他继续前进，而我朝相反的方向溜去，我们俩从此再也没有碰面。

我找到了工作，正如我前面所说的，是工作找上了我。我在飞龙保险公司一呆就是十八年。我开始在办公室上班，现在当上了巡检员，或者用个比较威风的头衔，叫业务代表。每星期我在分行办公室上几天班，剩下的时间我到处跑，访问那些地区经纪上报的客户，评估商店和其它财产，时不时自己拉到几份保单。我每个星期挣七英镑左右，可以说，我的故事就这么结束了。

当我回首往事时，我意识到，如果说我曾有过充满活力的人生，那在我十六岁的时候就结束了。任何对我来说真正重要的事情都发生在十六岁之前。但从某种程度上说，事情仍在发生——比方说，战争——直到我得到飞龙保险公司这份工作。之后呢——他们说快乐的人没有历史可言，而在保险公司上班的人也没有历史可言。从那一天起，我的生命变得平淡无奇，唯一可说的就是，两年半后，1923 年初，我结婚了。

第十章

我住在伊林的出租屋。时间一年年地过去，或者说，缓缓地流逝。我几乎忘记了下宾菲尔德。我是都市年轻上班族的一员，赶八点十五分的地铁，羡慕并图谋着别人的工作。公司上下都觉得我是个不错的员工，我对生活也很满意。战后的成功学鸡汤多多少少蒙住了我。你记得当时流行的那些话。要有进取心，要勇于出击，要坚韧不拔，要觍着脸皮。不成功便成仁。往上爬的机会多的是。能干的人总会冒尖。杂志广告里净是那些得到老板轻拍肩膀以示鼓励的员工。那些神情坚定的行政人员搞定了一笔大单，将他的成功归结为自己读过某某函授课程。真是奇怪，我们都接受了这一套，虽然那些课程对于像我这样的人来说毫无用处，因为我天生既不是一个奋发上进的人，也不是一个自甘堕落之辈。但那就是时代精神的写照。努力！发达！如果你看到一个人落魄潦倒，你会在他爬起来之前踩上一脚。当然，那是二十年代早期，战争的影响已经消逝，将我们彻底打倒的大萧条尚未到来。

我在博姿借书部办理了 A 类借书卡，参加门票半克朗的舞会，加入了当地一家网球俱乐部。你知道那些中层人士居住的郊区的网球俱乐部是什么样子的——小小的木亭和高高的铁丝网围墙，年轻人穿着剪裁很糟糕的白色法兰绒球衣蹦蹦跳跳地来回走动着，嘴里嚷着："比分，十五：四十！""平分！"口音在刻意模仿上流社会的人士，模仿得还像模像样的。我学会了打网球，舞跳得也不差，很受女孩子们欢迎。快三十岁的我那红润的脸膛和黄油颜色的头发还算得上英俊潇洒。那时候曾参加过战争仍然是件光荣的事情。无论是那时候或是别的什么时候，我从未能摆出贵族的派头，但你或许看不出我是郊区小镇一个小店主的儿子。伊林这里生活着办公室上班族和中产专业人士，我在这个龙蛇混杂的社区还算混得开。在网球俱乐部我第一次遇到了希尔达。

那时希尔达二十四岁。她个头瘦小，性情腼腆，长着一头黑发，动作很优雅——因为长了一双大眼睛的缘故，看上去很像一只兔子。她不喜欢多话，但总能接得上话，让人知道她在倾听。如果她开口说话，内容总是"噢，是的，我也有同感"，无论最后谁说了什么她都表示赞同。打网球的时候她非常优雅地跳来跳去，打得还不错，但神态就像一个无助的小孩子。她姓文森特。

如果你结了婚，有时候你肯定会问自己："我为什么要这么做？"天知道我娶了希尔达之后不知在心里问了多少遍这个问题。结婚十五年后，我又问了自己一遍，为什么我娶了希尔达？

当然，一部分原因是她很年轻，而且称得上是个美人。除此之外我只能说因为她和我有着完全不同的出身，我很难真正了解她是个什么样的人。我只能先和她结婚，然后再去了解她。如果我娶了别人，比方说，埃尔丝·沃特斯，我会知道自己娶了一个怎样的老婆。希尔达来自我只听说过的社会阶层：穷困潦倒的军官阶层。她家几代人从事的都是士兵、水手、神职人员、驻印度官员之类的职业。这些人都很穷，而另一方面他们又从未屈尊做过任何在我看来可以称为工作的事情。随你怎么说都行，如果你和我一样出生于敬畏上帝的小店主阶层，宗教上属于低教会派①，平时喝喝下午茶，你就会和我一样有点媚上的势利眼。现在我不再受其影响了，但这在当时确实影响了我。不要对我的话产生误会，我不是说我娶希尔达是**因为**她属于以前我在柜台服侍的社会阶层，我一心要往上爬。我娶她只是因为我无法了解她，因此对她存有幻想。我不知道生于这一穷困潦倒的阶层的女孩子愿意嫁给任何一个衣着还算体面的男人，只要能离开家里就行。

认识不久之后希尔达就带我回家见她的家人。直到那个时候我才知道原来在伊林住着许多曾侨居印度的英国人。那种感觉就像发现新大陆一样！真是让我大开眼界。

你了解那些驻印度官员的家庭吗？那是几乎不可能的事情。当你走进这些人的家里时，你几乎不记得在街道外面就是二十世纪的英国。当你踏进前门时，你来到了十九世纪八十年代的印度。你知道那是一种什么样的气氛。雕花的柚木家具、黄铜盘子、挂在墙上落满灰尘的老虎头、印度特里其雪茄、辣腌菜、泛黄的相片上戴着遮阳帽的人、他们以为你会明白的印度斯坦语词汇、捕猎老虎的陈年旧事和1887年在印度普纳的传闻。那是他们自己营造的小天地，就像是一个囊肿。在我眼中，这当然是一个新奇而有趣的世界。希尔达的父亲老文森特不仅在印度呆过，而且曾被派驻到甚至更偏远的海外殖民地，到底是波尼奥还是沙捞越我忘了。他是那种典型的驻印度官员，完全秃顶了，胡须几乎遮住了他的脸，有许多关于眼镜蛇

① 低教会派（low church），指英国国教中主张简化仪式，反对过分强调教会权威的一派，与高教会派相对。

和宽腰带的故事，记得地区行政长官在 1893 年时说过些什么。希尔达的母亲毫无活力，看上去像墙上挂着的褪色相片。他们有一个儿子，名叫哈罗德，在锡兰任职，我和希尔达结识的时候他正好放假回家。在伊林有几条荒凉的后街，他们就住在其中一条街上黑漆漆的小房子里。里面总是有一股特里其雪茄的味道，堆满了长矛、吹管、铜器和野生动物的头颅，你几乎无法在屋里走动。

老文森特 1910 年的时候退休了，从那时起，他和太太无论是体力上或脑力上，就像一对水母一样。但当时我对这么一户出过少校、上校甚至一位海军上将的家庭觉得十分仰慕钦佩。我对文森特一家的态度，以及他们对我的态度，表明了一件有趣的事情，那就是：一旦人们走出自己的生活圈子，他们就变成了白痴。让我和商人在一起——无论他们是公司董事还是旅行推销员——我能看准他们都是些什么样的人。但我和那些出身军官阶层、食利阶层、神职人员阶层的人从未打过交道，对这些腐朽的、被社会抛弃的人点头哈腰。我仰视着他们，觉得他们无论在社会地位上还是学问见识上都要比我强，而他们则错把我看成是一个年轻才俊，很快就会时来运转飞黄腾达。对于那些人来说，"商人"，无论从事的是海事保险还是卖花生，都是漆黑的谜团。他们只知道那是一个粗鄙的行业，但可以挣到大钱。老文森特总是兴致勃勃地说起我是个"生意人"——我记得有一次他说溜了嘴，说我是"做买卖"的——显然，他搞不清楚当一个雇员和自己创业当老板有什么不同。他只模糊地知道我在飞龙保险公司工作，迟早会晋升到公司高层。我觉得他可能已经在幻想以后他问我要几张五英镑钞票的情景了。哈罗德肯定就是这么想的，从他的眼神中我就看出来了。事实上，要是哈罗德现在还活着的话，虽然我的收入很微薄，我还是得借钱给他周济一下。幸运的是，我们结婚几年后他去世了，好像是肠疾什么的。文森特二老也去世了。

希尔达和我结了婚，从一开始这就是失败的婚姻。你会问，为什么你要娶她？但为什么你要结婚呢？这种事情总会发生在我们身上。我不知道你信不信，结婚的前两三年里我曾认真地筹划过谋杀希尔达。当然，生活中没有人会干出这些事，它们只是人们喜欢想象的念头。而且，那些谋杀亲妻的人总会被警察逮捕。无论你掩饰得多么巧妙，他们总是知道你就是凶手，把罪名钉在你身上。当一个女人被害了，她的丈夫总是第一个有嫌疑的人——这让你从侧面了解到人们对婚姻真正的想法。

时间久了，一个人对任何事情都会习惯。生活了一两年之后，我不再想着要杀掉她，而是开始对她产生了疑惑。只是疑惑。有时候，在星期天下午或晚上，我下班回家，躺在床上，除了脱掉鞋子外仍穿着全身上下的衣服，发几个小时的呆，想着女人的事情。为什么她们会是这样？她们是怎么变成这样的？她们是有意变成这样的吗？这似乎是一件极其可怕的事情，有些女人一结了婚就彻底变了样。几乎她们一心一意就是为了完成这么一件事情，一旦达到了目的，立刻就像结了籽的花朵一样枯萎了。真正让我觉得郁闷的是，这种事情所蕴含的对于生活枯燥沉闷的态度。如果婚姻就是一场公开的骗局——如果那个女人将你骗进婚姻的陷阱，然后转过身对你说："你这个畜生，现在我已经把你骗到手了，你得为我服务，而我可以去逍遥快活！"——如果是这样的话我不会介意，一点儿也不介意。但根本不是这样。她们并不想逍遥快活，她们只是想一下子进入中年。经过一番可怕的战斗，把她的男人拉到了结婚的礼坛上以后，这个女人松懈了下来，她的一切青春、样貌、活力和生命的快乐在一夜之间消失殆尽。希尔达的情况就是这样。她曾是一个漂亮斯文的女孩，曾经在我的眼中——事实上，在我最初认识她的时候她的确就是这样的——她是比我更加高贵的物种，而在短短的三年内，她变成了一个阴郁的、死气沉沉的邋遢中年女人。我并不是在拒绝承认我是促成这种变化的原因之一，但无论她嫁给谁，她都会变成这副模样。

希尔达所缺少的——结婚一个星期后我发现了——是对生活的快乐，对事物本身感兴趣的情怀。那种因为你喜欢做一件事情而去做那件事情的感觉对她来说很难以理解。通过希尔达，我第一次了解到那些破落的中产阶级家庭的本质。关于他们最重要的一点就是，他们的活力由于缺钱而消磨殆尽。在那些依靠微薄的退休金和年金生活的家庭里——他们的收入不会水涨船高，而是日益缩水——他们觉得自己越来越穷，越来越计较鸡毛蒜皮的事情，花个六便士得再三思量，比农场帮工的家庭更寒酸，更别说像我们这样的家庭。希尔达总是告诉我她所记得的第一件事就是不够钱买东西那种可怕的感觉。确实，在那样的家庭里，当几个孩子到了上学的年龄时缺钱是最严重的。结果呢，孩子们长大后，尤其是女孩子，便根深蒂固地认为一个人不仅总是得挨穷，而且有义务为此受难。

刚开始我们住在一间狭小的公寓里，靠我的工资勉强度日。后来我转到了西布勒切利分行，情况有所好转，但希尔达的态度并没有改变，总是为钱的问题发愁。牛奶要钱！煤炭要钱！房租要钱！学费要钱！这辈子我们俩的生活就是提心吊胆地在"下星期我们就得进收容所了"这样的忧虑中度过的。希尔达并不是一个吝啬鬼，更不是一个自私的女人。就算有时候剩下一点闲钱我也说服不了她给自己买件得体的衣服。但她就是认定你应该一直让自己被缺钱花这种事情折磨。出于一种责任感，她总是营造出悲惨的气氛。我不是那样的人。对于金钱我的态度更接近于那些无产者。日子总得过下去，要是我们下星期将陷入困境——嗯，下星期还远着呢。让她觉得惊讶的是，我总是不愿意为钱而犯愁。她总是要我为了钱而犯愁，"但是，你似乎还不明白，乔治！我们已经山穷水尽了！这可是很严重的事情啊！"她喜欢动不动就因为某件"很严重的"事情而抓狂。而近来她因为某件事而陷入忧愁时，还学会了耸着肩膀和双臂抱胸这套把戏。如果你把希尔达一天之内所说过的话列下来，你会发现有三句话的频率最高："这东西我们买不起"、"这东西大减价"、"我不知道钱从哪儿来"。她做每件事情都是出于负面的原因。当她做一个蛋糕时，她想的不是蛋糕，而是如何节约黄油和鸡蛋。当我和她上床的时候，她只想着如何不要怀上孩子。如果她去看电影，她会一直想着票价，为此感到心痛。她的持家之道不外乎两个方针："物尽其用"和"凑合将就"，要是母亲还在世的话会被气晕过去的。但另一方面，希尔达绝对不是一个势利的女人。她从来没有因为我不是一位绅士而看不起我。恰好相反，她觉得我的生活习惯太贵族气了。每次去茶餐厅吃饭我们总会低声地吵架，因为我给那个女服务员的小费太多了。有趣的是，这几年来她变得越来越像个下层中产阶级人士，无论是外表还是思想，比我还像。当然，所有这些"省钱"的措施根本没有效果。从来没有什么效果。我们的生活和埃尔斯米尔路的其他家庭没什么两样。但我们总是为了煤气账单、牛奶账单、黄油涨价、孩子们得买鞋子、交学费等事情而烦恼。这些就是希尔达的消遣。

1929年我们搬到了西布勒切利，第二年在埃尔斯米尔路买了这座房子，那是在比利出生之前的事情。然后我当上了巡检员，我有更多机会出差，也就有了更多机会和女人厮混。我当然是个不忠的丈夫——我不会说自己一直对她不忠，但一有机会就会出轨。有趣的是，希尔达会吃醋。在某种程度上，那种事情对她来说其实没有什么意义，我还以为她是不会介意的。和所有吃醋的女人一样，有时候她会对你耍出你根本没想过她耍得出的手段。有时候她把我逮个正着的手段差点让我相信心灵感应是真有其事了，要不是因为我没干坏事的时候她也是一样疑神疑鬼的话。我总是被她怀疑，但上帝可以作证，过去这几年来——至少在过去五年——我是清白无辜的。如果你变成像我这样的胖子，你就不得不安分一些。

大体上说，我想希尔达和我的关系并不比埃尔斯米尔路上半数的夫妻关系更加糟糕。有好几次我想过分居或离婚，但我们这个社会阶层的人是不会做出这种事情的。你付不起代价。然后随着光阴流逝，你几乎放弃了反抗。当你和一个女人生活了十五年后，你很难想象没有她生活该怎么过。她成了秩序的一部分，我敢说你可以找出种种理由进行反驳，但你真的愿意改变这种秩序吗？而且，我们有了孩子。正如他们所说，孩子是夫妻之间的"羁绊"或"纽带"，更像是拴着铁球的镣铐。

这几年来希尔达结交了两个好朋友：威勒太太和敏丝小姐。威勒太太是个寡妇，我猜她对男人恨之入骨。当我走进房间里的时候，我可以感觉得到她在不悦地战栗着。她是个憔悴的女人，给你一种奇怪的印象，似乎她从头到脚都是一种灰蒙蒙的尘土般的颜色，但她非常活跃。她带坏了希尔达，因为她对"省钱"和"将就"非常狂热，不过形式稍有不同。在她看来，你可以不花钱享受一把。她总是在寻找便宜货和不用花钱的乐子。像她那样的人根本不在乎一样东西是不是需要，而是能不能以便宜的价格买下来。大型超市清仓大甩卖时威勒太太总是排在队伍的最前头，而在围着柜台奋力拼杀了一天后，出来时什么都没买就是她最大的自豪。敏丝小姐则很不一样。可怜的敏丝小姐，她真是一个天涯沦落人。她个头瘦高，大概三十八岁，一头乌黑的头发，长着一张招人信任的和蔼的脸。她有固定的收入，应该是年金什么的，我猜想她是旧阶层遗留下来的人，那时候市郊还没有扩展，西布勒切利还只是一座乡村小镇。看她的脸就知道她的父亲是一位神职人员，在世的时候一直对她十分专制。这两个女人是中产阶级的副产品，在摆脱家庭影响之前就憔悴枯萎了。可怜的敏丝老小姐，虽然皱纹满面，看上去仍像一个小孩。对她来说，不去教堂仍然是一场大冒险。她总是在大谈特谈"现代进步"和"妇女运动"，她渴望做一些她称之为"增长见闻"的事情，只是她不知道该如何着手。我想一开始的时候希尔达和威勒太太只是为了排解孤单而和她交往，但现在她们无论去哪儿都会叫上她。

她们总是在一起，这三个女人！有时候我觉得自己几乎在嫉妒她们。威勒太太是带头大姐。你说不出有什么无聊举动她没有怂恿她们做过。任何蠢事，从通灵术到猫咪摇篮，只要是不费钱的事情都做。她们会花几个月时间进行稀奇古怪的饮食。威勒太太得到一本名叫《活力四射》的旧书，里面说你可以只吃生菜和其它不花钱的东西活下去。当然，这一说法让希尔达动心了，她立刻开始节食，还要拉我和两个孩子下水，但被我坚决抵制了。然后她们进行信心疗法。然后她们想获得佩尔曼记忆训练法，但写了很多封信之后她们发现要不掏钱就得到那套书是不可能的，而这又是威勒太太的主意。然后是干草盒①烹饪法。然后是名叫"蜂酒"的脏兮兮的玩意儿，这东西据说不用花钱，因为是用水做成的。后来她们读到一篇报纸上的文章说蜂酒会致癌就放弃了。然后她们差点就加入了一家组织参观工厂的妇女俱乐部，但经过一番盘算威勒太太觉得那些工厂提供的免费茶点并不足以弥补交会员费的损失。然后威勒太太和某位免费赠送舞台剧俱乐部门票的人打上了交道。我知道这三个女人会坐上几个小时，欣赏某出高雅的剧目，但她们甚至毫不掩饰自己一个字也没听懂——过后甚至没办法告诉你那出剧目到底叫什么名字——但她们觉得反正不花钱，不看白不看。有一回她们甚至去搞招魂术。威勒太太认识了某个穷困潦倒的灵媒，只掏十八便士就可以把灵魂请上来，因此她们仨一人只花六便士就可以一睹鬼魂的真面目。我见过他一次，当时他在我们家搞招魂仪式。他是个衣衫褴褛的老家伙，显然是个无可救药的震颤性谵妄症患者。他的情况很不稳定，当他在客厅脱掉大衣时，他身体一阵抽搐，一卷奶油包布从他的裤腿里掉了出来。在那几个女人看到之前我把奶油包布塞还给了他。后来我才知道奶油包布是他们制造灵体的道具。我想他还赶着要去做另一场招魂法事。只掏十八便士你可看不到真正的显灵。过去几年来威勒太太的最大发现就是左翼书社。我想左翼书社进驻西布勒切利是在 1936 年。过了不久我就加入了，那几乎是唯一我记得的希尔达不反对我花钱的事情。她觉得只掏三分之一的钱就可以买到一本书是很划算的事情。那三个女

---

① 干草盒（hay box），利用干草填充物的绝热性焖熟食物的盒子。

人的态度真是好玩。当然，敏丝小姐试过读一两本那些左翼书籍，但另外两个女人根本不想读书。她们与左翼书社根本没有直接联系，也不知道它到底是什么样的组织——事实上，我相信一开始的时候威勒太太以为它是处理那些遗留在火车上的书籍，将其廉价拍卖的书社①。但她们知道原价七先令六便士的书只要半个克朗就可以买到，因此她们总是说加入书社就是好。左翼书社的本地支部时不时会举行聚会，邀请一些人来做演讲。威勒太太总是叫上另外两人。她经常参加公共聚会什么的，只要是在室内举行而且不用买票就行。这三个女人就像三团布丁一样坐在那儿。她们不知道聚会的主题是什么，而她们也毫不关心，但她们有种模糊的感觉，特别是敏丝小姐，觉得自己在增长见闻，而且还不用花钱。

这就是希尔达。你知道她是个什么样的女人。大体上说，我觉得她并不比我糟糕。在我们刚结婚的时候，我觉得很想掐死她，但后来我不再有这个念头。然后我发胖了，安定了下来。我发胖的时候应该是在 1930 年。事情发生得如此突然，就好像有一发炮弹击中了我，嵌入我的身体里面。你知道那是怎么一回事。头一天晚上你上床睡觉，感觉还很年轻，老是偷看那些女孩子，到了第二天早上你一觉醒来，清楚地意识到你只不过是个可怜的老胖子，这辈子再没有什么指望，只能辛辛苦苦地挣钱给孩子买鞋穿。

现在是 1938 年，世界上每一间造船厂都在焊接战舰准备另一场战争，我碰巧在海报上看到的一个名字勾起了我一连串的回忆，天知道这些回忆原本应该在多少年前就被埋葬了的。

---

① 在英文中，"左"的单词 left，也可表示"被遗留"的意思。

第三部

第一章

那天傍晚回到家里的时候，我仍然在想着该怎么花那十七英镑。

希尔达说她要去参加左翼书社的聚会。听说有个从伦敦来的嘉宾将进行演讲，不用说，希尔达并不知道演讲的内容是什么。我告诉她我会和她同去。我不喜欢听讲座，但今天早上被那架在火车上空掠过的轰炸机勾起的战争回忆让我陷入了沉思。和往常一样，我们费了一番口舌才把孩子们早早地哄上床睡觉，然后出发去参加八点钟开始的讲座。

那天晚上起了薄雾，礼堂里很冷，而且灯光昏暗。那是一间小小的木建筑礼堂，盖了铁皮屋顶，是某个非英国国教的教派的产业，租下这间礼堂只要十先令。平时来的那十五六个人已经签到了，讲台的前面有一张黄色海报，写着今晚讲座的主题是"法西斯的威胁"。我对这个并不感到吃惊。聚会活动的主持人是威特切特先生，他在一家建筑师事务所上班。他正向众人介绍演讲者某某先生（我忘了他的名字）是"知名的反法西斯斗士"，就像你介绍某人是"知名钢琴家"一样。演讲者年近四旬，个头瘦小，穿着深色的西装，头秃得很厉害，他想以稀疏的发绺作掩饰，但效果并不理想。

像这样的聚会从来没有准时开始过。他们总是会推迟一段时间，假装还会有人正在赶来。八点二十五分威特切特先生敲了敲桌子，开始致欢迎辞。威特切特先生相貌斯文，脸颊像婴儿的屁股一样粉嫩，总是带着微笑。我想他是本区自由党的书记，而且是教区理事会的成员，还是"母亲联合会"幻灯片讲座的主持人。他是那种你会说"天生是当主席的料"的人。当他说出我们能请到某某先生今晚莅临演讲实感荣幸时，你看得出他自己确实相信这番话。每次看着他，我总会在心里想，或许他还是个处男。那个小个子演讲者拿出一卷讲稿，主要是新闻剪报，镇在他那杯水下面，然后快速舔了一下嘴唇，开始发言。

你去听过讲座、公共会议或类似的活动吗？

当我参加这类活动时，总会有那么一会儿我发现自己一直在想着同样的问题：到底为什么我们要举行这么一个讲座？为什么会有人大冬天晚上跑来参加这种活动？我环顾礼堂。我坐在后排。每次参加公众聚会，如果可以的话，我总是会坐在后排。和往常一样，希尔达和其他人坐在前排。这是一间阴郁的小礼堂。你知道那种地方。涂着沥青的松木墙，盖着瓦楞铁皮的屋顶，里面老是透着风，让你没办法脱掉外套。我们这一小群人坐在讲台周围的灯光下，后面是三十排空荡荡的椅子。所有的椅子坐垫上都布满了灰尘。讲台上，演讲者的身后有一个巨大的四方形物休，盖着满是灰尘的布匹，或许是一具盖着幕布的棺材。事实上，那是一架钢琴。

一开始的时候我并没有专心倾听。那个演讲者长得很寒碜，但不失为一个好的演讲者。苍白的脸上长着一张能说会道的嘴巴，因为总是进行演讲，声音有点沙哑。当然，他在谴责希特勒和纳粹党。我并不是很关心他所讲的内容——每天早上的《新闻纪事报》说的都是同样的话——但他的声音在我听来总是叽里呱啦的，时不时会有一句话听得很清楚，引起我的关注。

"卑劣无耻的暴行……施虐狂可怕的发作……橡胶警棍……集中营……对犹太人的不公审判……回到黑暗世纪……欧洲文明……趁为时未晚赶快行动……所有正派人士都义愤填膺……民主国家的联盟……坚定的立场……捍卫民主……民主……法西斯……民主……法西斯……民主……"

你知道这些演讲的内容。这些人可以反反复复地讲上好几个小时，就像一部留声机一样。转动好把手，按下按钮，演讲就开始了。民主、法西斯、民主。但看着他我觉得很有趣。一个相貌寒碜、脸色苍白、脑袋谢顶的男人，站在讲台上喋喋不休地高喊口号。他在做什么？他正在刻意地、公开地煽动仇恨。在尽他最大的努力让你痛恨某些被称为法西斯分子的外国人。我觉得成为"某某先生，知名的反法西斯斗士"是一件很奇怪的事情。反法西斯是一份奇怪的职业。我猜测这个家伙靠撰写反对希特勒的书籍谋生。但在希特勒上台之前他做了些什么呢？如果希特勒下台了，他又会做什么呢？当然，同样的问题可以应用在医生、侦探、捕鼠人等职业的身上。但他那沙哑的声音一直说个不停，我又有了另一个想法。他是认真的，没有任何伪装——他说的每个字都是由衷的心声。他正在努力煽动听众的仇恨，但那比起他自己心中的仇恨根本算不了什么。每一句口号对他来说都是福音和真理。如果你剖开他的身体，你会发现他的心里就刻着"民主—法西斯—民主"。私底下认识这么一个家伙会是很有趣的事情。但他有私人生活吗？或许他就从一个讲台奔波到另一个讲台，努力煽动仇恨？或许在他做梦的时候也会高喊口号。

我坐在后排，打量了一下听众，我想，如果你想一想的话，你就会知道我们这些人大冬天晚上跑来这个四处漏风的礼堂里听左翼书社的讲座（我想我也是"我们"中的一员，因为我也适逢其会）确实是有意义的。我们都是西布勒切利的革命志士，虽然乍一看实在是令人失望。环顾人群时我惊讶地发现只有六七个人真正听懂了演讲者在说些什么，虽然到了这会儿他已经对希特勒和纳粹党攻讦了半个小时之久。这种聚会总是会出现这样的情形。总是会有一半的人在不知情的情况下就赶过来。在桌子旁边，威特切特先生正坐在椅子上，面带微笑注视着演讲者，脸色看上去有点像粉红色的天竺葵。你可以猜想得到等演讲者一坐下来他会说些什么话——就像为美拉尼西亚人捐助长裤的幻灯片讲座结束时所作的讲话一样："非常感谢——道出了我们所有人的心声——真是太有趣了——给予我们许多启示——富有意义的夜晚！"前排的敏丝小姐正身姿笔挺地坐着，头稍微歪向一边，看上去像一只小鸟。演讲者从水杯下拿起一张纸，读出上面关于德国人自杀率的统计数字。从敏丝小姐伸长了细细的脖子这个动作你就看得出她不太高兴。这次讲座提高了她的心智了吗？还是没有呢？要是她能听懂讲座的内容就好了！其他两个人坐在那里，像两团软软的布丁。她们旁边是个长着红头发的小妇人，正在织一件套头外衣。正面织一针，反面织两针，跳掉一针，再密密织两针。那个演讲者现在描述起纳粹党如何把叛国者的头颅砍下来，有时候那些行刑者还故意没砍准。观众里有另一个女人，在公立学校当老师。和别人不一样，她正在认真倾听，坐姿前倾，一双又大又圆的眼睛紧盯着演讲者，嘴巴微微张开着，内容都听进去了。

在她身后坐着两个工党的本地老党员。一个头发灰白，剪得很短，另一个脑袋谢顶了，蓄着下垂的八字胡。两人都穿着大衣。你知道那些人，很久很久以前就加入了工党，一辈子都投身于工人运动中，有二十年的时间被雇主列入黑名单，接下来的十年缠着市政局要求改善贫民窟。突然间一切都变了，以前工党所做的工作不再重要了，他们突然被卷入了国际政治的漩涡中——希特勒、斯大林、炮弹、机关枪、橡胶警棍、罗马—柏林轴心同盟、民主战线、反共产主义协定什么的，根本不知道发生了什么事。在我前面坐着本地的共产党支部。三个人都很年轻，一个很有钱，在金苹果家园公司任职。事实上，我相信他是克伦姆的侄子。另一个是某家银行的职员，有时我会找他兑现支票。他是个挺不错的年轻人，长着一张稚嫩热情的脸庞，蓝色的眼睛就像婴孩一样，一头金黄色的头发，你会猜想是不是染过了。他看上去只有十七岁，不过我猜他有二十岁了。他穿着一套便宜的蓝色西装，打了一条明蓝色的领带，和他的发色很般配。挨着这三个人坐着另一个共产党员，但似乎比较另类，因为他被称为托派分子，别人都不怎么理会他。他看上去要更年轻一些，又瘦又黑，看上去有点神经质，脸倒是长得很机灵，应该是个犹太人。这四个人对讲座的态度与其他人很不一样。你知道等提问时间一开始他们就会起立发问。你可以看到他们已经蠢蠢欲动了。那个小个子的托派分子坐在那里，身子晃来晃去的，希望抢在别人的前面发言。

　　我没有继续认真地听讲座，但倾听的方式有很多种。我闭上眼睛一会儿。真是奇怪，只听见他的声音时，我似乎能更真切地看见他。

　　他的声音听起来似乎可以一连半个月说个不停。确实，让一个人体器官对着你喋喋不休地进行政治宣传是件很恐怖的事情。翻来覆去就是同一件事：仇恨、仇恨、仇恨，让我们同仇敌忾地团结在一起，反反复复喋喋不休。那种感觉就像有什么东西被锤子敲进了你的头颅里。但闭上眼睛听了一会儿，我似乎和他调转了位置。我钻进了他的头颅里。那是一种奇怪的感觉。有那么一秒钟，我就在他体内。你几乎可以说我就是他，和他感同身受。

我看到了他所看到的情景。但那根本是难以启齿的情景。他说的只是希特勒在追杀我们，我们必须同仇敌忾，共同对抗敌人。他没有讲述细节，话说得很体面。但他看到的情景则完全不同，是他拿着一把扳手在揍别人的脸。当然，都是法西斯分子的脸。我知道那就是他所看到的情景。在我进入他体内的那一两秒钟里，我也亲眼目睹了这一幕情景。吭！就打在面门！骨头就像蛋壳一样陷了进去，刚才还是一张脸，现在变成了草莓酱般的一团。吭！又一张脸被砸烂了！这就是他无论醒着还是睡着时心中的想法，越想就越来劲。没事的，因为那些都是法西斯分子的脸。所有这些你都可以从他说话的腔调中听出来。

但这是为什么呢？最合理的解释是，因为他很害怕。如今每个愿意思考的人都很害怕。这里有一个看得更长远的家伙，比别人更加害怕。希特勒就要杀过来了！快点！我们大家都拿起扳手，团结在一起，要是我们能够砸烂足够多的脸，或许他们就不能砸烂我们的脸。团结起来，选出你们的领袖。希特勒在唱黑脸，斯大林在唱白脸。不过，情况或许正好相反，因为在这个瘦小的家伙心目中，希特勒和斯大林都是一类人。两个人都意味着扳手和被砸得稀巴烂的脸。

战争！我又想起了战争。战争很快就要打响了，这是肯定的。但谁在害怕战争呢？换句话说，谁在害怕炸弹和机关枪呢？你会说："就是你啊。"是的，我很害怕，任何目睹过炸弹和机关枪的人都会害怕。但战争本身并不可怕，可怕的是战后的世界，那个我们就要沉沦陷入的世界，充满仇恨和口号的世界，到处是迷彩服、铁丝网、橡胶警棍、电灯日夜长明的秘密监狱、在你睡觉时也监视着你的密探，还有游行和印着巨大脸庞的海报，上百万人齐声为领袖震耳欲聋地欢呼，直到他们真的以为自己在崇拜他，而从头到尾他们打心眼里痛恨他，都快作呕了。这种事情就要发生了，不是吗？有时候我觉得不可能发生，有时候我觉得不可避免。而那天晚上，我知道这种事情是绝对会发生的，听这个小个子演讲者说话时的语气就知道了。

或许，我们这一小群人大冬天晚上跑来听讲座还是有意义的。不管怎样，还是有五六个人知道发生了什么事情。他们是庞大军队的哨兵。他们是眼光长远的人，最早一批察觉到船就要沉没的老鼠。快点，快点！法西斯分子就要杀过来了！拿好扳手，孩子们！把他们干掉，不然他们就会干掉你。我们对未来充满恐惧，就像一只兔子跳进了一条大蟒蛇的喉咙里。

如果法西斯主义传播到了英国，像我这样的人会怎么样呢？事实上或许不会对我有什么影响。至于这个演讲者和听众里的那几个共产党人，是的，他们的命运会有很大的不同。他们会砸烂人家的脸，或被别人砸烂他们的脸，这得看谁获得胜利。但像我这样的普通中产阶级市民，日子还会像以前一样。但是，这次讲座让我很害怕——告诉你吧，我真的在害怕。我刚想着为什么会这样，那个演讲人就讲完了，坐了下来。

由于只有十五名听众，所以掌声听起来很稀疏空洞。然后老威特切特作了致谢辞，别人还没有开口，那四个共产党人就一齐站了起来，吵吵闹闹地说了十分钟，说的都是一些其他人根本听不懂的事情，什么辩证唯物主义、无产阶级的命运和1918年列宁如是说等等等等。然后那个演讲者喝了一口水，站起身作总结发言，那番话令那个托派分子坐立不安，但另外三个人听得很满意，接着那几个人又争吵了一番，而其他人默不作声。讲座一结束希尔达和其他人就离开了。或许她们担心会有人找她们凑份子付礼堂的租金。那个红头发的小妇人留下来把剩下的一行针线织完。你可以听到她在悄悄数着缝了几针，而其他人正在争论。无论谁在发言，威特切特都坐在那儿微笑着，你可以看得出他觉得这一切很有趣，——都记在脑海里。那个黑发女孩的眼睛从一个人转到另一个人身上，嘴巴微微张开着。那个蓄着下垂的八字胡的老工党党员看上去像是一只海豹，他把大衣掀到耳际，坐在那儿抬头看着别人，不知道这个讲座到底说了些什么。最后我站起身，开始穿上大衣。

争吵变成了那个小个子托派分子和那个金发青年之间的口角。他们正在争辩如果战争爆发你应不应该参军。正当我顺着那排椅子走出去的时候，那个金发青年问我：

"博林先生！听我说，要是战争爆发了，而我们有机会将法西斯主义斩草除根，你愿意参军打仗吗？我是说，如果你是个年轻人的话。"

我觉得他以为我得有六十岁了。

"我可不想打仗。"我回答道，"上一次打仗我可受够了。"

"但这一次是为了消灭法西斯主义！"

"哦——操他妈的法西斯主义！消灭消灭，还没消灭够吗，如果你问我的话。"

那个小个子托派分子想要插话，大谈社会主义爱国热情和对工人阶级的背叛，但另外几个人打断了他。

"但你说的是1914年。那只是一场帝国主义战争。这一次情况不一样了。听我说，当你听到在德国所发生的事情，那些集中营，纳粹党人用橡胶警棍殴打平民，让犹太人互相往脸上吐口水——难道这些不让你觉得怒火中烧吗？"

他们总是想让你怒火中烧。我记得上次战争的时候他们也耍了这一招。

"1916年我已经怒火中烧过一回了，"我对他说，"当你知道战壕里是怎么一回事你就会明白了。"

突然间，我似乎看清了他，那种感觉就像直到那一刻我才看见他一样。

那是一张很年轻热情的脸，就像一个帅气的书生，长着一双蓝色的眼眸和一头亚麻色的头发。他正凝视着我，眼睛里真的含着泪水！对那些德国犹太人充满了强烈的感情！但事实上我知道他的内心有怎样的感受。他体格强壮，或许是银行里的橄榄球队球员，而且很有头脑。他来到这么一片堕落肮脏的郊区，坐在结了霜的窗户后边当一个银行职员，往账簿里登记数字，数着一叠叠的钞票，对经理阿谀奉承。他觉得自己正在虚度年华。而与此同时，整个欧洲正在发生大事。炮弹在战壕间爆炸，一拨拨的步兵正穿过硝烟发起冲锋。或许，他的一些伙伴正在西班牙参战。当然，他很渴望战争。你怎么能责备他呢？这时我有种奇怪的感觉，仿佛他就是我的儿子——而就年龄而言，我确实可以当他爸爸了。我想起了八月份那闷热的一天，报童张贴了"英国向德国宣战"的海报。我们穿着白围裙，冲到人行道上高声欢呼。

"听我说，孩子。"我说道，"你全都搞错了。1914年我们都以为那是一场神圣的战争，但我们错了。那只是一场血腥的屠杀。如果战争再次爆发，一定要置身事外。为什么你要让自己的身体嵌满弹片呢？将你的身躯留给女孩子吧。你以为战争就是英雄气概和维多利亚女皇十字勋章。但我告诉你吧，根本不是那么回事。现在已经没有人拼刺刀了，当你参军打仗的时候你会发现战争根本不是你所想象的那样。你不觉得自己像个英雄。你只知道自己三天没睡觉了，像臭鼬一样臭不可耐，你吓得在自己的裤裆里撒尿，你的手吓得凉冰冰的，连步枪都握不住。但那根本算不了什么，后来发生的事情才是最要命的。"

这番话当然毫无作用。他们只是认为你已经过气了，是站在妓女门前拉皮条的糟老头。

听众们开始离开。威特切特送演讲者回家。那三个共产党人和那个小个子犹太人一起走路回家，他们准备再讨论一番无产阶级的团结、辩证唯物主义和托洛茨基在1917年所说过的话。其实他们是一路人。今天晚上湿气很重，到处都很安静，天空黑漆漆的。街灯像星星一样悬挂在黑暗中，并没有照亮马路。你可以听到远处火车沿着高街轰隆隆驶过的声音。我想喝杯酒，但已经快十点钟了，最近的酒吧有半英里远。而且我想找人聊天，不是在酒吧里的那种聊天。一整天我的脑袋瓜一直转个不停，真是有趣。当然，一部分原因是我今天没上班，一部分原因是我安了新的假牙，似乎让我精神振奋。一整天我都在沉思着未来和过去的事情。我想谈论不知道会不会降临的艰难时局、战争口号、迷彩服和那些流线型现代化的东欧人，他们会把老朽的英国人揍得鼻青脸肿。找希尔达聊天是没指望的了。我突然想去找老朋友波特斯，他总是很晚才睡。

波特斯是个退休的公学校长，在老镇的教堂附近租了房间，幸运的是，住的是房子的楼下。当然，他是个单身汉。你不能想象像他这种人结婚会是什么样子。他这辈子就与书籍和烟斗为伴，家里有个女仆帮他做家务。他博学多才，会说希腊语和拉丁语，能写写诗歌什么的。我猜想，如果说左翼书社支部书记代表了进步，老波特斯则代表了文化。而这两个人在西布勒切利都没有什么影响力。

老波特斯读书的那间小书房的灯彻夜通明。我敲了敲前门，和往常一样，他施施然地走了出来，嘴里叼着烟斗，手指仍按着刚才读到的书页。他是个很引人注目的老头，身材高大，长着灰白的卷发和一张迷离瘦削的脸，脸色有点苍白，虽然已经年近六旬，看上去却像个小男孩。在公学和大学里有些人一直到死去那天都长着小男孩一样的脸庞，真是有趣。他们的动作很有特点。老波特斯喜欢来回踱着步子，他那张英俊的脸和那头花白的卷发微微后仰着，让你觉得他正在恍惚地想着诗作什么的，并没有注意到身边正在发生什么事情。只要看着他，你就能清楚地看到在他的身上写满了他的生活方式所留下的痕迹。公学、牛津大学、然后又回到母校当校长。他一辈子都生活在拉丁语、希腊语和板球的氛围中。他有着种种的怪僻行为，总是穿着一件旧的哈里斯斜纹软呢夹克，有几个灰色法兰绒的旧包，他喜欢你称之为"不体面的东西"，抽着烟斗，不屑于抽香烟，虽然他晚上经常熬夜，但我猜想每天早上他都会洗冷水澡。我觉得在他眼里我是个俗人：我没上过公学，我不懂拉丁语，也没有想学习的渴望。有时候他会告诉我"缺乏对美的鉴赏力"是一件憾事，我猜他只是委婉地说我没有受过教育。但我还是很喜欢他。他的热情好客让人觉得心里很舒服，他总是欢迎你到他家，一聊就是整个晚上，而且家里总是备好了酒。当你住在像我家那种饱受女人和孩子侵扰的地方时，有时候出去到单身汉家里坐坐，感受一下书籍、烟斗和壁炉的气氛对你很有好处。而那种高高在上的牛津优越感，认为除了书籍、诗歌和古希腊雕像之外再无重要的事情，而自哥特人劫掠罗马城之后历史再无大事的态度——有时候也会让你觉得是一种慰藉。

他让我坐在壁炉旁边那张旧皮椅上，端出威士忌和苏打水。每次拜访他的起居室里总是缭绕着烟斗的烟雾，天花板几乎被熏黑了。房间很小，除了房门、窗户和壁炉上方之外，四面墙从地板到天花板都堆满了书籍。壁炉架上面摆放着你意料当中的物品：一排脏兮兮的旧石楠烟斗、一个古希腊银币、一个上面印着老波特斯的学院徽章的烟草罐，还有一盏陶土做的灯，他曾经告诉过我这些陶土是他从西西里岛的山上挖来的。壁炉架上方挂着古希腊雕塑的相片。中间有一幅大相片，是一个长着翅膀的无头女人，看上去似乎她正要出门赶着搭巴士。我记得当我第一次看到这张相片却对其一无所知，问老波特斯为什么他们不给那个女人安上头颅时，他是何等惊讶。

波特斯开始从壁炉架上的罐子里拿烟草装填烟斗。

"楼上那个叫人无法忍受的女人买了一个无线收音机，"他说道，"我一直盼望着余生能够不用听到那些东西的声音。我想对此我们无能为力，是吧？你知道法律是怎么规定的吗？"

我告诉他一个人对此是无能为力的。我很喜欢他说起"叫人无法忍受"时的牛津腔，而且我觉得很好笑，到1938年还有人反对家里添置收音机。波特斯总是若有所思地踱着步，双手插在大衣口袋里，牙齿咬着烟斗，立刻说起了在伯利克里①时代雅典曾经颁布过法律禁止乐器演奏。老波特斯总是这样。他所说的话都是关于许多个世纪之前发生的事情。无论你聊起什么话题，他总是最后又兜回到雕塑、诗歌、古希腊和古罗马上面去。如果你说起玛丽女王，他就会开始告诉你腓尼基三列桨座战船的事情。他从未读过一本当代的书籍，拒绝知道它们的名字，除了《时代》之外不肯读报纸，而且骄傲地告诉你他从未看过电影。除了几位诗人，像济慈②和华兹华斯之外，他觉得现代世界——按照他的观点，现代世界指的是这两千年来的世界——根本不应该存在。

我也是现代世界的一部分，但我喜欢听他说话。他总是绕着书架踱着步子，拿出一本书，然后又拿出一本书，时不时地，他会抽着烟斗为你朗读里面的章节，基本上都是从拉丁文或其它文字翻译过来的。他的语调平静而柔和，就像一位校长在讲话，但让你觉得很舒服。当你倾听的时候，你离开了充斥着火车、煤气账单和保险公司的世界，你来到了到处是神庙和橄榄树、孔雀和大象的世界，那些人拿着捕兽网和三叉戟在竞技场格斗，有长着翅膀的狮子、太监、桨帆船和投石车，穿着铜铠的将军正骑着战马跃过士兵们的盾牌。真是奇怪，他会对像我这样的人产生好感。但身为胖子的一个好处就是你几乎可以适应任何社交场合。而且，我们俩都喜欢讲黄段子。这是现

---

① 伯利克里（Pericles，前495—前429），古希腊雅典城邦政治家，其执政时代成为雅典文化与军事上的全盛时代。伯罗奔尼撒战争期间，伯利克里死于瘟疫。最终雅典战败，由盛转衰。

② 约翰·济慈（John Keats，1795—1821），英国著名诗人，代表作有《夜莺颂》、《致秋天》、《当你年老时》等。

代事物中他唯一感兴趣的，不过，他总是告诉我黄段子古已有之。说黄段子的时候他就像个老处女，总是遮遮掩掩的。有时候他会挑出某首拉丁文诗，翻译成海淫海盗的诗句，为你留下许多遐想的空间。他会提及古罗马皇帝的私生活，或阿斯塔罗斯^①神庙里发生的事情。那些古希腊人和古罗马人似乎都是一帮坏种。老波特斯还有几张意大利壁画艺术的相片，看了会让你寒毛直竖。

当我受够了工作和家庭生活的折磨时，和波特斯聊天总是能让我觉得很宽慰。但今晚似乎不是这样。我的脑海里仍在想着一整天来所想的那些事情。就像在左翼书社听讲座时那样，我并没有专心倾听波特斯在说些什么，只听到他的声音。但在我心里回响的是那个演讲者的声音，而不是老波特斯的声音。他的声音太平静了，太牛津腔了。最后，当他说到一半的时候，我插话问道：

"告诉我，波特斯，你对希特勒有何想法？"

老波特斯颀长的身躯正优雅地把手肘靠在壁炉架上，一只脚踏着栅栏。他十分惊讶，几乎把烟斗从嘴里拿了出来。

"希特勒？那个德国人？我亲爱的朋友！我对他没什么想法。"

"但问题是，在他完蛋之前他会把我们搞得心神不宁的，真是该死。"

听到"该死"这个词时，老波特斯微微缩了一下，他不喜欢这个词，当然，他要摆出不为所动的姿态。他又开始上下踱

---

① 阿斯塔罗斯（Ashtaroth），古代迦南地区与腓尼基地区的神祇，象征冥界的黑暗和邪恶。

步，吞吐着烟雾。

"我不知道为什么要去关注他。他只是一个冒险家。这些人总是来来去去的。蜉蝣朝生而暮死，如此而已。"

我不是很明白"蜉蝣朝生而暮死"是什么意思，但我坚持自己的观点。

"我想你弄错了。希特勒是个不同的人物，约瑟夫·斯大林也不简单。他们和历史上那些做出把人钉在十字架上，砍掉他们的头颅等暴行以此取乐的独裁者不一样。他们在追求新的东西——前所未闻的东西。"

"我亲爱的朋友！太阳底下并无新事。"①

这句话是波特斯最喜欢说的。他不肯接受任何新的事物。只要你告诉他现在有哪些新的事情在发生，他会说同样的事情在某某国王统治的时候就出现过了。就算你提起像飞机这样的新发明，他也会告诉你在克里特岛或迈锡尼②或哪里这些东西就已经存在了。我向他解释听演讲时我的感受和我对未来悲观的前景，但他根本听不进去，只是一再重复说太阳底下并无新事。最后他从书架上拿下一本书，向我朗读了一篇关于公元前某个希腊暴君的文章，那个暴君听起来似乎就是希特勒的孪生兄弟。

争执进行了一会儿。一整天我都想找个人谈论这件事。真是有趣，我不是个傻子，但我也不是一个知识分子，上帝知道在太平年代，像我这么一个一周挣七英镑，有两个孩子要养育的中年男人才不会去关心这么多事情。但我还不至于那么笨，

---

① 本句出自《圣经·旧约·传道书》。
② 克里特岛与迈锡尼都是古希腊的一部分，对古希腊文化的形成具有深远影响。

我知道我们所习惯的生活方式正在被连根锯断。我能感觉得到这件事正在发生。我能看到战争正在迫近；我能看到战后的情景：购买食物的长队、秘密警察和告诉你应该想些什么的高音喇叭。在这件事情上我不是独醒者。有数百万人和我的想法一样。这些人我每天到处都可以遇到：酒吧里的酒客、巴士司机、为五金公司工作的旅行推销员，他们都觉得这个世界出了乱子。他们能感受到脚底下的世界正在分崩离析。但是，这里有位博学之士，一辈子都与书本为伍，整个人沉浸在历史里，从毛孔里散发着故纸堆的味道。他根本看不到事情正在改变。他觉得希特勒无足轻重，拒绝相信另一场战争就要到来。由于上一场战争他没有参加，他觉得这件事情根本不值得关注——他觉得与特洛伊战争相比那根本算不了什么。他不理解为什么一个人要为口号、高音喇叭和迷彩服这些事情而担心。怎么会有知识分子去关注这些事情呢？他总是说希特勒和斯大林会成为历史的过客，而他称之为"永恒真理"的事情将永留青史。当然他只是在换另一种方式说，世道将会以他所了解的方式延续下去。牛津大学的饱学之士将永远在堆满了书籍的书房里徘徊，引用拉丁文的警言名句，抽着从印着大学徽章的罐子里取出的上好烟草。和他解释只会是白费力气。反倒是那个亚麻色头发的年轻小伙子给了我更多的启示。渐渐地，和往常一样，谈话回到了公元前所发生的事情，然后迂回到了诗歌上面。最后老波特斯从书架上拿下另一本书，开始朗读济慈的《夜莺颂》（也可能是《云雀颂》，我忘了）。

对我来说。即使是一首短诗也令我觉得很冗长，但我很喜欢聆听老波特斯高声念诗。毋庸置疑，他读得非常好。他有这个习惯——他总是对着整班男生朗读。他会懒洋洋地靠在什么东西上面，叼着烟斗，喷出几口淡淡的轻烟，庄严而抑扬顿挫地朗读着诗文。你可以看到这首诗打动了他。我不知道诗歌是怎么一回事，也不知道诗歌的作用。我想或许就像音乐一样，诗歌对某些人有精神上的作用。当他朗读的时候我其实并没有在听，也就是说，那些诗句我根本没有听进去，但有时候诗歌的韵律带给我平静的感觉。大体上说，我喜欢听他朗诵诗文，但今晚不知道为什么他的朗诵没有了效果，似乎房间里吹入了一股冷风。我觉得这些都是废话。诗歌！什么是诗歌？只是声音，一小股空气的涡流而已。天哪！凭借这个可以对抗机关枪吗？

我看着他倚在书架上。真有趣，这些公学出身的人，一辈子都是书呆子，一辈子所想的事情就是母校和那些拉丁文、希腊文和诗歌。突然间，我想起了第一次和波特斯在一起的时候他朗诵的就是同一首诗。朗读的方式一模一样，他的声音念到同一处地方时发着颤——好像是"神奇的窗扉"什么的。我心生一个奇怪的念头：他已经死了。他是一个幽灵。所有和他一样的人其实都已经死了。

我突然想到，或许你所看到的四处走动的人其实已经死了。我们总是说一个人的心跳停止之后才算死了。这么说似乎有点武断。毕竟，有些身体部位是不会停止运转的——比方说，头发会多年保持生长。或许当一个人的大脑停止了运转，再也无法接受新的想法时，他就真的死去了。老波特斯正是这种人。他非常博学，而且品味高雅——但他无法适应改变，只会周而复始地说着同样的话，想着同样的事情。有很多人像他一样，精神上已经死了，思想已经停止运作了，只会在相同的轨道上来回地摆动，幅度越来越小，就像幽灵那样。

我想老波特斯的大脑或许在日俄战争的时候就已经停止运作了。而可怕的是，几乎所有的体面人，那些不想拿着扳手到处砸烂别人面孔的人都是这样。他们都是体面的人，但他们的脑袋已经停止运转了。他们无法抗拒即将降临到他们头上的命运，因为即使事情已经迫在眉睫他们也视若无睹。他们以为英国永远不会改变，而英国就是整个世界。他们无法理解英国只是炮弹刚好还没有炸到的一个角落而已。而那些来自东欧的流线型的新人呢？那些被改造过，心里想的是革命口号，嘴里喊打喊杀的人呢？他们正朝我们冲来，不久就会赶上我们。没有什么公平竞技的规则①能够约束这帮家伙。所有的体面人都麻木不仁了。死去的人和活着的野兽。在二者之间似乎别无其它。

半个小时后我就走了，我完全无法说服老波特斯相信希特勒将会掀起一场灾难。回家的路上街道很阴冷，我仍然在想着同样的事情。火车停运了。屋子里黑漆漆的，希尔达睡着了。我把假牙放在浴室的水杯里，换上睡衣，把希尔达拱到床的另一边去。她翻了个身，但没有醒过来，双肩处躬起的部位就正对着我。有时候在半夜里你会感觉悲从中来。在这个时候欧洲的命运对我来说似乎比房租、孩子们的学费和我明天得处理的工作更加重要。对于任何必须忙碌生计的人来说，这些想法纯粹只是在犯傻。但它们在我的脑海中挥之不去。我仍然看得到

---

① 译者注：原文是昆斯伯里侯爵规则（Marquess of Queensbury rules），这个典故出自于拳击比赛，第九任昆斯伯里侯爵约翰·道格拉斯（the 9th Marquess of Queensbury John Douglas，1844—1900）倡导改革了拳击规则，突出公平竞技和运动员精神，为现代拳击运动奠定了基础。

那些迷彩服，听得到机关枪的哒哒声。在我睡着之前我记得的最后一件事就是：像我这么一个人，到底为什么要去在乎这些事情呢？

第二章

报春花开始绽放了。我猜现在应该是三月份了。

我开车经过了威斯特汉姆，正朝帕德利而去。我得去给一家五金商店作评估，然后去访问一个想买人寿险却又犹豫不决的顾客，如果我能找到他的话。他是我们的本地中介绍来的，但到了最后一刻他却害怕了，拿不定主意自己能不能付得起钱。我很擅长和人打交道，全拜是一个胖子所赐。人们和我打交道时总是心情愉快，觉得开支票几乎是一件开心的事情。当然，对付不同的人要用不同的手段。对于有的人你要把重点放在收益上，而对于其他人，你可以不动声色地吓唬他们，暗示如果他们没有买保险就死掉的话，他们的老婆会有什么下场。

我的这辆旧车在延绵的丘陵间起起落落蜿蜒而行。上帝啊，多么美妙的一天！你知道三月份当冬天突然间似乎放弃了挣扎时天气是什么样子的。过去这几大天气一直很恶劣，人们称这种天气为"清冷"，天空是一片冰冷而坚实的蔚蓝，风就像一把钝刀割着你。突然间，风停了，太阳出来了。你知道那种天气。浅黄色的阳光，树叶纹丝不动，远处起了一层淡淡的雾，你可以看到羊群散布在山坡上，像一团团白垩。山谷下面正在烧火，浓烟缓缓地向上升去，融入薄雾中。路上没有别的车辆。天气很暖和，你很想脱掉身上的衣服。

我来到一处地方，道路两旁的草坪里长满了报春花。可能还有一小块露出黏土的地皮。开出二十码外我放慢车速，停了下来。这种好天气可不容错过。我觉得我得下车呼吸一下春天的气息，或许可以乘周围没有人摘几朵报春花。我甚至掠过想摘一束花送给希尔达的念头。

我关掉引擎，走出车外。我不喜欢让这部旧车挂着空挡，因为我总是担心它会把挡泥板或什么给震掉。那是辆1927年的旧型号轿车，已经开了非常远的路程。如果你打开机罩看看前面的引擎，你会想起古老的奥地利帝国，所有的零部件就靠几根绳子绑在一起，但还是能让活塞保持运转。你不会相信会有任何机器同时往不同的方向震动不停。就像地球的运动一样，有二十二种不同的震颤方式，或许有这么多吧，我记得在书上读过。如果你从后面看着它挂着空挡的话，活脱脱就像看着一个夏威夷女孩跳草裙舞。

路边有一道五栅的大门。我走过去靠在门上。视野里没有人，我把帽子稍稍往后推，让芳香的空气吹拂我的额头。篱笆下面的草地上长满了报春花。在大门里面一个流浪汉或什么人留下了一堆篝火的痕迹，白色的灰烬还徐徐地冒着烟。远处有一个小小的池塘，上面漂着浮萍。这块地种了冬小麦，地势很斜，上面落着一些白垩粉，还有一小片山毛榉林。树上长了看得不太真切的嫩叶。所有的东西都纹丝不动，风似乎连那团灰烬也吹不动。除了某个地方有一只云雀在歌唱之外，周围一片静谧，连一架飞机也没有。

我在那儿呆了一会儿，靠在大门上。只有我一个人，就只有我一个人。我看着那片田野，那片田野也在看着我。我心里有种感觉——我不知道你明不明白。

我的感觉现在已经很少有了，一说出口就显得很愚蠢可笑。我感觉很幸福。我觉得虽然我无法永远活下去，但我愿意永远活下去。如果你愿意，你可以说这只是因为今天是春天的第一天，是季节效应或其它什么影响了性腺体的结果。但并不只是这样。很奇怪，眼前的这一幕中突然让我觉得活下去还是值得的不是那些报春花或树篱上的花蕾，而是靠近门口的一堆篝火。你知道在无风的日子篝火是什么样子的。木柴都已经被烧成了白色的灰烬，但仍然保留着原来的形状，在灰烬下你可以看到里面仍有鲜红的火苗。一团红色的余烬看上去更有活力，比任何有生命的事物更让我感觉到生命的活力，真是很有趣。它有种特别的品质，让人觉得很顽强很活跃——我想不出贴切的词汇。但它让你知道你还活着。它是一幅画的画龙点睛之笔，让你注意到了其它一切事物。

我弯下腰想摘一朵报春花。我碰不到——肚腩太大了。我蹲了下来，摘了一小束花。运气真好，没有人看到我。那些树叶有点起皱，形状像兔子的耳朵。我站起身，把那束报春花放在门柱上。然后，我一时冲动，把假牙从嘴里取下来，看着那些牙齿。

如果我有一面镜子，我想看看自己的全身像，虽然我已经知道自己长着一副怎样的尊容：一个四十五岁的胖子，穿着一套不太合身的灰色人字呢西装，戴着一顶圆礼帽。娶了老婆，有两个孩子，在郊区有一座房子，这一切都写在我的身上。我长了一张赤红的脸膛和一双干涩的蓝色眼眸。我知道，你用不着告诉我。但是，在我匆匆看了一眼那排假牙，把它塞进嘴里之前，让我觉得惊讶的是那种无所谓的感觉。连戴假牙也无所谓。我是个胖子——是的。我看上去像一个赛马会经纪的落魄兄弟——是的。除非给钱，否则没有女人愿意和我上床。这些我都知道。但我告诉你吧，我不在乎。我不想要女人，我甚至不想恢复青春。我只想活着。当我看到篱笆下的报春花和红色余烬时，我觉得自己还活着。那是一种内在的感觉，一种温和的感觉，却又像是一团火焰。

在树篱后面，池塘上漂满了浮萍，就像一张地毯一样。如果你不知道什么是浮萍，你或许会觉得它很坚实，可以踩在上面。我不知道为什么我们都这么傻。为什么人们宁愿花时间尽干一些傻事，却不愿到处走走看看这些事物呢？以那口池塘为例——里面有多少神奇的动物：蝾螈、水蜗牛、龙虱、石蚕蛾、水蛭，天知道还有多少种只有拿显微镜才能看到的微生物。它们就在水底下过着神秘的生活。你可以花一辈子观察它们，观察十辈子都行，就算是这样你也无法观察完一口池塘里的生物。这让你感到好奇，心中燃起了奇怪的火焰。那是唯一值得拥有的东西，但我们都不想要它。

但我想要这种感觉，至少在这个时候我是这么想的。别误会我所说的话。首先我要说的是，和大部分伦敦人不一样，我并没有多愁善感的乡村情结。我就是在该死的农村里长大的。我不想阻止别人住在城镇或近郊。只要自己喜欢，住在哪儿都好。我不是在说所有的人都得一辈子到处闲逛，采摘报春花什么的。我清楚地知道我们都得工作。正是因为矿工们在煤矿里撕声裂肺地咳嗽，女孩子们在敲着打字机，才有人可以享受闲暇采摘鲜花。而且，如果你不是一个大腹便便、有温暖的家的胖子的话，或许你不会有采摘鲜花的闲情逸致。但这些并不重要。这就是我置身于这里的感觉——我得承认，这种感觉不是时常都有，但时不时会出现。我知道那是一种美妙的感觉。而且，每个人，几乎每个人都有同感。这种感觉一直就在身边，我们都知道它就在身边。停止机关枪的扫射！停止追逐你正在追逐的事物！平静下来，让你的呼吸平息下来，让一丝宁静沁入你的心灵。没用的。我们都不会这么做，只是继续进行那些该死的蠢事。

下一场战争正蓄势待发，大家都说 1941 年会打仗。再绕着太阳转三圈，我们就会径直投入战争的怀抱。炸弹就像黑色的雪茄一样落到你的头上，布朗式机关枪倾泻出流线型的子弹。我担心的并不是这些。我年纪太大了，不会上战场。当然，届时会有空袭，但空袭不会炸到每一个人头上。而且，就算这种危险真的存在，不到事到临头的时候是没有人会去想它的。我已经说过好几次了，我害怕的并不是战争，而是战后的情形。但即使是战后也不会对我有什么影响。因为谁会在乎像我这样的家伙呢？我胖得不配当个政治嫌疑犯。没有人会把我干掉，或拿橡胶警棍揍我。我是一个普通的中层人士，乖乖地听警察的话。至于希尔达和两个孩子，他们或许不会注意到有什么不同。但是我还是很害怕。那些铁丝网！那些口号！那些巨大的脸庞！用软木密闭的地下室，刽子手从你身后把你崩了！事实上，那些远比我愚钝的人也很害怕。但为什么？因为这意味着和我一直向你描述的这种心里特别的感觉道别。你可以称之为安宁。但当我说安宁的时候，我并不是指没有战争。我指的是内心的感受。如果那些拿着橡胶警棍的人控制了我们，这种感觉就永远消失了。

我拾起那束报春花，闻了一下。我想起了下宾菲尔德。真是有趣，我已经将故乡忘怀了二十年，而过去两个月来却老是会想起它。这时候一辆汽车正在公路上驶来。

它让我惊醒过来。我突然间意识到自己在做什么——我在采摘报春花，而我原本应该去帕德利巡视那家五金商店的存货。而且，我突然意识到，如果那辆汽车里的人看到了我，会是一番什么情景。一个戴着圆礼帽的胖子正拿着一束报春花！这实在太不像样了。胖子可不能摘报春花，至少不能在大庭广众之下这么做。趁那辆汽车还没驶过来我连忙把那束花丢在树篱上。我干得很漂亮。那辆汽车里坐着几个二十岁左右的年轻人，要是被他们看到，我肯定会被耻笑的！他们都在看着我——你知道那些坐着小汽车朝你开来的人是以什么眼神看着你的——我突然想到即使到了现在他们或许还能猜测出我刚才在干什么。最好让他们以为我在做别的事情。一个家伙会在一条乡村道路旁边下车做什么呢？这不明摆着嘛！那辆小汽车经过的时候我假装在拉裤子的拉链。

我摇动曲柄启动小汽车（自动启动装置已经坏了），坐进车内。有趣的是，就在我拉拉链的时候，当我一心只关注着那辆车里坐得满满当当的年轻傻瓜时，我想到了一个绝妙的主意。

我要回下宾菲尔德！

为什么不回去呢？我一边将汽车开到全速一边想，为什么我不回去呢？有什么能阻止我呢？为什么以前我就没有想过这个念头呢？到下宾菲尔德安静地度个假——这正是我想要的。

别以为我想回下宾菲尔德定居。我可不想抛弃希尔达和孩子们，改名换姓重新开始生活。那种事情只会存在于书籍里。但有什么事情能阻止我偷偷溜回下宾菲尔德，一个人在那里安安静静地住上一星期呢？

我几乎已经在心里计划好了一切。钱这方面没有问题。我还有十二英镑的私房钱，这笔钱可以让你舒舒服服地过上一个星期。我有半个月的年假，通常是在八九月的时候用掉。但如果我能编个说得通的故事——某个亲戚患上绝症奄奄一息了之类的故事——或许我可以让公司批准我分两次放年假。然后我就可以在希尔达知道发生了什么事情之前独自呆上一个星期。到下宾菲尔德度假一周，离开希尔达、孩子、飞龙保险公司、埃尔斯米尔路，不用为了还分期付款的账单而吵架，不会被交通噪音搞得你整个人都傻掉——整整一个星期到处溜达，聆听寂静的天籁。

但你会问，为什么我想回下宾菲尔德呢？为什么要去下宾菲尔德呢？我要去那里干什么呢？

我什么也不想干。这就是重点的一部分。我只想享受安宁和静谧。安宁！在下宾菲尔德我们曾经有过安宁的生活。我已经向你描述过战争之前我们的生活。我不是在违心地说那是完美的生活，我知道那是沉闷萧条的生活，那里的人就像蔬菜一样。你可以说我们就像一根根萝卜，但萝卜不会活在老板的恐怖之下，他们不会彻夜不眠担心下一次萧条和战争。我们的内心很宁静。当然我知道即使回到下宾菲尔德，那里的生活可能已经改变了。但那个地方不会改变。宾菲尔德馆的周围依然会有山毛榉树林。还有伯福德堰的纤道和集市的马槽。我想回那里，就只待一周，让那种感觉浸润我的心灵。这有点像东方的圣贤归隐田园。我觉得情况再这么继续下去的话，接下来的几年会有很多人选择遁世，就像老波特斯告诉过我的，在古罗马时期隐士太多了，每个洞穴都排起了长队。

但我并不是在缅怀躲在子宫里的感觉。我只想在艰难的时候到来之前找回自己的勇气。因为还有不至于蠢到家的人不怀疑艰难时局会到来吗？我们不知道艰难时局什么时候会到来，但我们都知道它肯定会来。或许会有一场战争，或许会有一场萧条，以后不知道会怎样，但肯定不会是好事。无论我们往哪个方向去，都只会每况愈下。步入坟墓里，陷入泥沼中——不知道会有什么结局。除非你调整好心情，否则你无法面对那种事情。战后二十年来，我们失去了一些东西。我们的活力正被渐渐抽干，直到最后点滴不剩。我们总是在奔波忙碌，为了一点金钱而争得你死我活！沙丁鱼巴士、炸弹、无线电、电话铃声，以为这些将会是永恒。我们患了神经衰弱，我们的骨骼里原本应该充满骨髓，却变得空空如也。

我踩下油门。想到回下宾菲尔德，我的心情已经好多了。你知道我有什么感觉。上来透口气！就像海里那些大海龟，晃晃悠悠地游上水面，伸出鼻子深深地吸一口气将肺部填满，然后又沉下去，和海草与章鱼为伍。我们在垃圾箱的底部就快闷死了，但我要游到顶部去。回下宾菲尔德去！我的脚一直踩着油门，直到这部老爷车开到几乎四十英里的最高时速。它发出咔嗒咔嗒的声音，就像一个装满了陶器的托架，在噪音的掩盖下，我几乎想开始高歌一曲。

当然，煞风景的是希尔达。想到她我的心里不禁一紧，把车速降到二十，整理一下思绪。

当然，希尔达迟早会查明真相。至于八月份只有一星期假期这件事，我或许可以瞒天过海，骗她说今年公司只给我一个星期的年假。或许她不会刨根问底地纠缠不休，因为想到可以削减度假的开支她高兴都来不及。那两个孩子反正总会去海滨住上一个月。难点是怎么在五月份那个星期找到一个托辞。我可不能没有交待就人间蒸发。我想最好的方式是事先告诉她公司会安排我出差，去诺丁汉、德比、布里斯托或某个比较远的地方。如果我提前两个月告诉她这件事的话，或许她不会觉得我有什么事情隐瞒着她。

但她迟早会发现的。相信希尔达！她一开始会假装相信我的话，然后她会以不动声色而锲而不舍的方式查出我根本没去诺丁汉、德比、布里斯托或其它地方。她的行事风格真是令人叹为观止。如此坚毅卓绝！她会一直保持低调，直到她洞悉你托辞里的每一个漏洞，然后突如其来，当你不经意地说起这件事时，她就开始向你发起进攻，跟你算起了旧账。"星期六晚上你去哪儿了？少骗人了！你和一个女人在一起。看看这些头发，是我给你洗背心的时候发现的。看看！我的头发是这种颜色的吗？"然后好玩的事情开始了。天知道这种事情发生过多少遍。有时候她猜对了，有时候她猜错了，但后果总是一样的。连续几个星期不停地絮絮叨叨！每吃一顿饭都得吵一架——孩子们根本不知道发生了什么事情。最绝望的事情莫过于告诉她我去了哪儿度周末和为什么要这么做。如果等到东窗事发的那天我再去解释，她一定不会相信。

但是，该死的！我想，为什么要为此烦恼呢？事情还远着呢。你知道这种事情在事前和事后感觉根本就是两回事。我又踩下油门。我又萌发了一个想法，几乎和刚才的想法一样大胆。我不会在五月份的时候去，而是在六月下旬的时候去，那时正是垂钓的好季节，我会去钓鱼！

为什么不去钓鱼呢？我想要得到安宁，而钓鱼就很安宁。然后，最美妙的想法掠过我的脑海，差点让我激动得把车子驶离路面。

我要去钓宾菲尔德馆后面池塘里的那些大鲤鱼！

为什么不去钓鱼呢？我们的生活方式难道不是很奇怪的事情吗？总是觉得我们想做的事情是不可能实现的。我为什么不去钓那些鲤鱼呢？但是这个想法刚一浮现，你就会觉得那是不可能实现的事情，是不可能发生的事情，不是吗？即使到了现在，我还是有这种感觉。我觉得我是在痴人说梦，就像想和电影明星上床或赢得拳击重量级冠军。但这是完全可以做到的事情，并非不可能的事情。钓鱼权是可以出租的。假如出得起价钱的话，现在宾菲尔德馆的屋主或许愿意把池塘租出去。天哪！我愿意付五英镑一天的价格到那口池塘钓鱼。而且，很有可能那座房子依然空置着，没有人知道那口池塘的存在。

我想到那口池塘就坐落在树林的暗处，这么多年来一直在等候着我。还有那条大黑鱼仍在水里游弋。上帝啊，三十年前它们已经那么大了，现在它们得有多大啊？

第三章

六月十七日，星期五，垂钓季节的第二天。

公司那边我不费吹灰之力就处理好了。至于希尔达，我编了一个天衣无缝的谎言糊弄了过去。我解决了伯明翰那边的在场证明，在最后一刻我还告诉了她我将会入住的旅馆的名字：罗伯顿家庭商业酒店。我碰巧知道这个地址，因为三年前我在那里住过。与此同时，我可不想她写信到伯明翰，如果我出差一个星期，或许她真的会这么做。经过一番思索，我找了桑德斯——他会去格里索地板蜡公司公干——把一部分我的秘密计划告诉了他。他提过六月十八号的时候会经过伯明翰，我让他答应路过的时候稍作停留，帮我给希尔达寄一封信，地址上写着罗伯顿酒店。信里我会告诉她我或许会很忙，她最好不要给我写信。桑德斯理解个中情由，或者说，他以为是这样。他冲我眨了眨眼睛，说我这把年纪了还这么风流。这就搞定了希尔达。她没有问东问西，就算后来她起了疑心，有了在场证据就好说话多了。

我开车经过威斯特汉姆。这是一个晴朗的六月天清晨。清风吹拂着，榆树的树冠在阳光下随风摆动，朵朵白云就像一只只绵羊在天空中溜达过去，云朵的影子在田野里互相追逐。在威斯特汉姆外面，一个卖和路雪冰激凌、两颊像苹果一样红润的小伙子，正骑着单车朝着我辛苦地踩过来，嘴里吹着口哨，哨声传入我的耳中。我突然间想起自己小时候当跑腿的日子

（虽然那时候我们没有飞轮单车），我几乎想叫停他，问他买一根冰激凌。农民们已经晒好了干草，但还没有收走，堆成了长长的亮闪闪的几排，味道飘过马路，和汽油的味道掺和在一起。

我的车速不快，才十五。那天早上有一种宁静而梦幻般的感觉。池塘里游着鸭子，一只只似乎很心满意足，不想吃食。过了威斯特汉姆就是内特菲尔德村，那里有一个穿着白色围裙的小个子男人，长着一头灰发和浓密的灰色八字胡。他冲过绿地，站在马路中间，开始手舞足蹈地吸引我的关注。当然，住在这条路的人都知道我的车。我停下车。那个人是威伯先生，在村子里经营杂货店。他不想买人寿险，也不想给小店买保险。他只是没有零钱了，想知道我有没有一英镑的"大额银币"在身上。内特菲尔德的店总是缺零钱，连酒吧也没有零找。

我继续往前开。小麦长得有齐腰高了，顺着山脉起伏不定，像一张巨大的绿毡，风一吹就泛起一阵阵波纹，看上去很像厚厚的丝绸。我觉得它就像一个女人，勾起你躺在上面的欲望。在前面不远的地方我看到有个分岔路的路牌，右边的路通往帕德利，左边的路通往牛津。

我仍然在自己平常开的路线上，照公司的话说，在我跑买卖的"地盘"之内。我正开往西边，本应该沿着厄斯布里奇路离开伦敦，但出于本能我走了通常会走的路线。事实上，对于整件事我觉得有点内疚。在去牛津郡之前我想开远一点。虽然我安排得当地瞒过了希尔达和公司，虽然我的钱包里有十二英镑，车后面放着行李箱，当我接近分岔路口时，我还是感觉到一种诱惑——我知道我不会屈服于这种诱惑，但那确确实实在引诱着我——我想整件事就此作罢。我觉得只要我还是在平时的路线上行驶，我就还没有出轨。我心里想，现在还不算太晚。我还有时间做回一个体面的人。比如说，我可以开车去帕德利，去拜访巴克莱银行的经理（他是我们在帕德利的经纪），看看是不是有新的生意。我甚至想掉头回去，回到希尔达身边，向她老实交代我的计划。

快到路口的时候我放慢了速度。我应不应该去呢？有那么一秒钟的时间，我真的被诱惑了。但不行！我按下喇叭，把车子转向西边，开上了牛津路。

好了，我已经做出这件事了。我已经踏入了禁区。确实，再往前开五英里，假如我愿意的话，我可以左拐回威斯特汉姆。但现在我正朝西边开去。严格来说，我正朝西边飞奔而去。真是奇怪，一开上牛津路，我就知道他们一定会知道这件事的。当我说他们时，我指的是所有那些不会赞成这趟旅行的人，那些如果可以的话会阻止我的人——我想，这或许基本上包括了所有的人。

而且，我肯定他们已经在找我了，所有的人！所有那些不明白为什么一个装假牙的中年男人会悄悄开溜一个星期，回到童年时住过的地方的人。所有那些心知肚明而且心地歹毒的家伙，他们会不惜一切代价阻止我的计划，他们就在我的后面。似乎有一支庞大的军队正在我后面的公路上鱼贯而过。我的脑海中浮现出他们的身影。跑在最前面的当然是希尔达；孩子们跟在她身后；威勒太太怀着恨意狠狠地催促着她向前冲，敏丝小姐快步跟在后面，她那副夹鼻眼镜滑了下来，脸色很苦恼悲伤，就像一只被落在后面的母鸡，别的鸡都已经吃到了火腿皮了；还有赫伯特·克伦姆爵士和开着劳斯莱斯到西班牙或瑞士度假的飞龙保险公司的高层；还有办公室的全体同事，和那些住在埃尔斯米尔路与其它马路、挣扎在社会底层的推销钢笔的人，他们有的推着婴儿车、割草机、花园压地机，有的嘟嘟嘟开着奥斯丁七型小轿车；还有那些灵魂拯救者和爱管闲事的人①，这些人你从未谋面，但他们主宰着你的命运，他们是内政大臣、伦敦警察厅、戒酒同盟、英格兰银行、比弗布鲁克爵士②、骑着双座单车的希特勒和斯大林、上议院主教、墨索里尼、教皇——他们就是跟在我身后的人。我几乎可以听见他们在叫嚷着：

"有一个家伙以为他可以逃避现实！有一个家伙说他不会被流水线同化！他要回去下宾菲尔德！抓住他！阻止他！"

真的很奇怪。那种感觉是那么强烈，我真的瞄了车后的小窗户一眼，看看到底有没有人追来。我猜想这是罪恶感的作用。但后面没有人，只有那条布满灰尘的白色马路和身后正在远去的长长一排榆树。

我踩下油门，这部旧车咔咔咔地驶上三十英里的时速。几分钟后我经过了威斯特汉姆。就是这样，我已经踏上了不归路。这就是我在装上新假牙那天脑海里模模糊糊形成的想法。

---

① 原文是大鼻子帕克（Nosey Parkers），这个典故出自于十六世纪坎特伯雷大主教马修·帕克（Matthew Parker），因刨根问底地调查教区人员的品行而被人戏谑。
② 比弗布鲁克爵士威廉·麦斯威尔·埃肯金（Lord Beaverbrook William Maxwell Aitken，1879—1964），英国商业大亨，政治家，曾在英国内阁任职。

第四部

第一章

 我越过查姆福特山，朝下宾菲尔德而去。到下宾菲尔德有四条路，横穿沃尔顿是最近的一条，但我想走查姆福特山这条路，以前我们去泰晤士河钓完鱼回家总是骑单车走这条路。当你越过山丘，树林展开，你就可以看到坐落在山谷下方的下宾菲尔德。

 经过你已经有二十年未曾见过的家乡感觉很奇怪。你记得许多细节，而那些全都对不上号。所有的距离都不一样了，地标似乎被移动过了。你一直觉得这座山丘以前要更陡峭一些的——那个弯道不是应该在路的另一边吗？另一方面，有的记忆却又完全准确，但那只是个别的情况。比方说，你记得一片田野的角落，在冬季的雨天时草地绿得几乎呈现蓝色，一根腐朽的门柱上面长满了绿苔，还有一头奶牛站在草地里凝视着你。而当你二十年后重回故地时，你会觉得很惊讶，因为一切都没有变，只是没有了那头奶牛站在原地，以同样的表情看着你。

 开到查姆福特山的山顶时，我意识到一直以来存在于脑海中的景象几乎完全是想象的。确实，有些事物改变了。这条路是柏油路面，而以前是碎石路面（我记得骑单车时那种颠簸的感觉），而且似乎拓宽了不少，树则少了许多。以前在灌木篱墙那里长着高大的山毛榉树，有的地方树枝在路的上方交织在一起，就像拱顶一样。现在这些树都不见了。快到山丘顶部的时候我看到一些可以肯定是新出现的事物。道路的右边是一大片矫揉造作的洋房，装饰了飞檐、藤架和其它什么的。你知道这种房子都自以为高贵，不能修成一整排，因此零星分布，修了私家小路引向门前。在一条私家小路的入口处竖着一块大白板，上面写着：

狗舍

纯种锡利哈姆犬

狗只寄宿

这个以前没有吧？

我想了一会儿。是的，我记起来了！这些房子所处的地方原来是一小片橡树林，那些橡树挨得太密了，因此长得又瘦又高，春天时地上老是长满了银莲花。在以前，出了小镇这么远肯定是没有房子的。

我来到山顶，再开一分钟就可以看见下宾菲尔德了。下宾菲尔德！我干吗要掩饰心中的兴奋呢？想到再次见到家乡，一股奇妙的感觉开始拨动着我的心弦。再过五秒钟我就可以看到家乡了。是的，我们到了！我关闭离合器，踩着脚刹，天哪！

噢，是的！我知道你早就知道会发生什么事情，但我根本没有想到。你可以说我是个该死的傻瓜，竟然没想到会是这样，而我真的是个大傻瓜，但我根本没想到过会这样。

第一个问题是，下宾菲尔德哪儿去了？

我不是说它被摧毁了。它只是被吞没了。我正在俯视着一个规模相当大的工业城镇。我记得——天哪，我想起来了！在这件事情上我想我的记忆还不至于太久远模糊——在查姆福特山顶俯瞰下宾菲尔德的景致。我想高街大约是四分之一英里长，除了几座偏远的房屋之外，小镇大致上呈十字形，最主要的地标建筑是教堂的塔楼和酿酒厂的烟囱。现在这两座建筑我都无法分辨出来。我只能看到山谷两旁各有长长一排崭新的房屋，而且一直蔓延到半山腰上。在右边有几亩一模一样的明红色的屋顶，看上去好像是一座大型的市政公屋住宅区。

但是，下宾菲尔德哪儿去了？我认识的那座小镇哪儿去了？它可能就在任何地方。我只知道它被湮埋在那一堆砖海中。我看到了五六根烟囱，根本分辨不出哪一根是酿酒厂的。在小镇的东边有两座生产玻璃和混凝土的大工厂。我开始接受眼前的一切，我想那或许就是小镇发展的动力。我估计这个地方的人口（以前大概是两千人）得有两万五千人。看起来似乎没有变的是宾菲尔德馆。这么远望过去它只有一个小黑点大小，但你可以看见它就在对面的山坡上，周围是那片山毛榉树林，小镇还没有发展到那头。这时一队黑色的轰炸机从山那头飞了过来，横越小镇渐渐变大。

我挂上离合器，开始慢慢地滑下山。房子已经修到了半山腰上。你知道那些沿着半山而建的廉价小房是什么样子的，屋顶层层叠叠，全都一模一样，就像一段阶梯一样。但在我到达那些房子之前，我又停了下来。道路左边还有一样新鲜的事物，是一片墓地。我停在墓地大门对面打量着里面。

这片墓地很大，我猜得有二十英亩。一座新的墓地总是有种暴发户般令人不自在的气氛，里面铺了粗沙石道路、粗糙的草坪和那些机器制造的大理石天使，看上去像是从结婚蛋糕上掉下来的。但这时令我感到惊讶的是，以前可没有这片单独的墓地，只有教堂墓地。我依稀记得这块地是谁的——是奶农布莱基特的地。这片地方的荒凉萧条让我想到了世事的沧海桑田。不仅仅是因为小镇的规模变大了，需要二十英亩土地埋葬尸体，更因为他们把公墓安置在了这里，小镇的边上。你发现了吗？如今他们就是这么干的。每个新城镇都把公墓放到外围。把它弄走——不要有碍观瞻！他们无法忍受被提醒人终有一死这回事。连那些墓碑也向你倾诉着同样的故事。它们不会说下面那个家伙"死掉了"，而总是说"仙游"或"沉睡"。以前可不是这样子的。我们的墓园就位于小镇的中央，你每天都会经过那里，你看到你的祖父躺着的那块地方，而终有一天你死后也会躺到里边去。我们不介意直面死者。我承认，到了大热天，我们得忍受恶臭，因为有的家庭墓穴的密封不是很好。

我让汽车缓缓地滑下山。真是奇怪！你无法想象有多么奇怪！一路上我看到的都是幻觉，大部分是篱笆、树木和奶牛的幻觉，就好像我同时在看着两个世界，原有的东西就像是一个泡泡，而真实存在的事物则透过泡泡闪耀着光芒。那不就是公牛曾经追逐"生姜"罗杰斯的田地吗！那不就是以前长伞菇的地方吗！但田地、公牛和蘑菇统统都没有了。到处都是房子、房子，这些简陋的红色小房子挂着肮脏的窗帘，后花园丢满了垃圾，里面什么都没有，就只有一小块草坪或几株飞燕草长在一片杂草中。有人在走动着，女人们掸着席子，流着鼻涕的小孩子们在人行道上玩耍。他们全都是陌生人！在我离开的时候他们一窝蜂涌了进来。但在他们眼中我也是个陌生人。他们对旧的下宾菲尔德一无所知，从未听说过舒特和威瑟罗尔、格里米特先生或以西结伯伯，而且一定对这些一点儿都不在乎。

真是有趣，一个人很快就能适应环境。我想从我在山丘顶上停下来，想到可以再次见到下宾菲尔德而觉得有点喘不过气来到现在才过了五分钟，现在我已经对下宾菲尔德就像荒弃的秘鲁古城①一样被湮埋觉得习以为常了。我打起精神面对眼前的这一幕。毕竟，你还想怎么样呢？城镇总得扩张，人总得有地方住。而且，老镇并没有被摧毁。它仍存在于某处，虽然周围变成了房子，而不是田园。再过几分钟我就能看到它了，那座教堂、酿酒厂的烟囱、父亲的小店橱窗和集市里的马槽。我来到山下，道路分岔了。我转向左边，一分钟后我迷路了。

我什么都不记得了。我甚至不记得是不是从这里进入小镇。我只知道以前根本没有这条街道。我开了好几百码——这是一条非常破败萧条的街道，那些房屋一走出来就是人行道，时不时在角落里冒出一间杂货店或一间昏暗的小酒馆——我根本不知道这条街道会通往哪里。最后，我把车停在一个女人身边，她穿着一条脏兮兮的围裙，没有戴帽子，正走在人行道上。我把头探出窗外。

"打扰了——您能告诉我到集市怎么走吗？"

她"答不出来"，说话时的口音硬邦邦得拿把铲子砸开。兰开夏人。如今在英国南部有许多这些兰开夏人，因为家乡经济不好而迁徙过来。接着，我看到一个穿工装裤的男人，正提着一袋工具走过来，我又向他问路。这一次他说的是伦敦土腔，但他想了一会儿。

"集市？集市？让我想想。噢——你是说那个旧集市？"

我想我指的应该就是旧集市。

"噢，好咧——前面往右转就是了——"

这段路很长，我觉得开了有好几里路，其实还不到一里路

---

① 应指马丘比丘古城（Machu Picchu），是南美前哥伦布时代印加帝国的遗址。

远。房子、商店、电影院、小教堂、足球场——新的，全部都是新的。我又一次萌发敌人趁着我离开的时候侵略了故乡的感觉。所有这些人从兰开夏和伦敦的郊区拥来，在这片混乱不堪的地方扎根生存，甚至不去了解这座小镇地标的名字。但很快我就知道我们以前叫集市的地方为什么现在被称为"旧集市"了。那里有一片广场，虽然称之为广场并不是很贴切，因为这块地的形状很不规则，坐落在新镇的中央，竖起了交通灯和一座巨大的青铜雕像，刻画着一头狮子与一只雄鹰在对峙——我想是战争纪念碑。每样东西都那么新！这里看起来是那么粗俗难看！你知道这些过去几年间突然像气球一样猛然膨胀的新城镇的样子吗？海耶斯、斯洛、达格南等地方。那种冷冰冰的气息，到处是亮红色的砖头，看起来像是临时搭建的橱窗里堆满了大减价的巧克力和收音机零部件。这里的情况就像那样。但是突然间我拐进了一条街道，到处都是老屋。天哪！是高街！

我的记忆终究没有欺骗我。现在我记得每一寸地方了。再开几百码我就到集市了。我家那间旧店就在高街的另一头。吃完午饭之后我就会去那里——我得去乔治酒店投宿。每一英寸的土地都印在我的记忆里！我知道所有的商店，所有名字全都变了，里面卖的东西也变了。那间是拉沃格罗夫的小店！那间是托德的小店！还有一间悬着横梁、修了老虎窗的昏暗的大店面，以前是莉莉怀特的布匹店，就是埃尔丝上班的地方。还有格里米特的店！看上去还是一家杂货店。就快看到集市的那个马槽了。我前面有一辆车，挡住了我的视线。

我们进入集市，那辆车拐到一旁。马槽不见了。

街上有个汽车协会的人在老地方指挥交通，他瞥了我的汽车一眼，看到上面没有汽车协会的标志，决定不行礼了。

我转过街角，朝乔治酒店而去。马槽不见了让我非常失望，我甚至没有去看酿酒厂的烟囱还在不在。乔治酒店除了名字没变之外，其它一切全变了。前门打扮得漂漂亮亮的，看上去像是一家河滨酒店，招牌也不一样了。真是奇怪，虽然二十年来我从未想起过那块旧招牌，我突然间发现自己仍记得旧招牌的每一个细节，那块招牌打我能记事开始就一直在那里晃悠。那是一张粗陋的图画，画着圣乔治骑着一匹瘦马，踩在一条胖乎乎的火龙上面，在角落里，虽然字迹已经破裂褪色了，你仍可以分辨得出字体很小的签名，"威廉·桑福德，画家兼木匠"。新的招牌很有艺术感。你可以看出那是由一位真正的画家绘制的，圣乔治看上去像个普通的同性恋者。以前后院铺的是鹅卵石，用来摆放农民们的马具，喝醉酒的客人在星期六晚上经常跑到这儿呕吐，现在面积扩大了将近三倍，而且到处都铺了混凝土，到处都是停车位。我把车子倒进一个停车位，走了出来。

　　我发现，人的精神状态会大起大落，没有什么情感能够保留一段较长的时间。在刚才十五分钟里你可以用"震惊"形容我的情绪。当我在查姆福特山的山顶停下来，突然间意识到下宾菲尔德已经消失了，我觉得就像肚子上被揍了一拳，而当我看到马槽不见了，心里仿佛又被刺了一刀。我开着车穿过街道，感觉十分沮丧，就像以迦博①的心情。但当我走出车子，戴上软呢帽时，我突然间觉得我一点儿也不在乎了。今天是个明媚的艳阳天，酒店的后院一派盛夏风情，绿色的花圃什么的

① 以迦博（Ichabod）是《圣经·旧约·撒母耳记上》的人物，他出生的时候适逢以色列人的圣物约柜被非利士人夺走，以迦博这个名字的意思是"荣耀离开（失去）"。

绽放着鲜花。而且我饿了，想好好吃一顿午饭。

我高傲地走进酒店，几个服务员已经飞奔出来迎接我，拎着行李箱跟在我身后。我觉得自己很有钱，或许看上去也像个有钱人。如果你没看到我那辆旧车，你或许会说我像一个殷实的生意人。我很高兴穿了新西装过来——蓝色的法兰绒料子，带着细细的白条，这套衣服很衬我的风格。用裁缝的话说，"看上去很显瘦"。我相信那天自己看上去像个股票经纪。随你怎么说都行，这种感觉实在是太美妙了。在明媚的六月天，阳光照射在窗台上那几株粉红色的天竺葵上，走进一家蛮不错的乡村酒店，烤羊肉和薄荷酱正等候着你。住酒店对我来说可不是什么新鲜事情，天知道我住过多少回酒店了——但绝大部分是那些烂透了的"家庭和商务"酒店，就像理论上我应该正在入住的罗伯顿酒店，你付个五先令，包下床位和早餐，床单总是湿漉漉的，浴室的水龙头总是坏的。乔治酒店变得非常豪华，我几乎认不出来了。以前它几乎称不上是一家酒店，只是一间小酒馆，虽然它有一两间房出租，而且在集市日为农夫们提供午餐（烤牛肉加约克夏布丁、板油布丁和斯蒂尔顿干酪）。除了公共吧台之外这里似乎全变了。以前我经过酒馆的时候总是看到那张吧台，它看上去还是和以前一样。我走在一条铺了柔软地毯的通道里，墙上挂着狩猎的图画、红铜炭炉和诸如此类的不中用的玩意儿。我隐约记得这条走廊以前是什么样子的：脚下是凹陷的铺路石板，啤酒的味道夹杂着灰泥的味道。一个漂亮的年轻女人，烫了一头鬈发，穿着一件黑色长裙。我想她应该是个文员或什么的，在办公室里帮我登记。

"您要订房吗，先生？当然可以，先生。应该怎么称呼您呢，先生？"

我顿了一下，这可是重大时刻。她应该知道我的名字。我的姓氏并不常见，在墓园里躺着许多我的家人。我们可是下宾菲尔德老镇的世家，下宾菲尔德的博林一家。虽然从某种程度上说，被认出来是件不愉快的事情，但我还是挺希望她能认出来。

"博林。"我清楚地回答道，"乔治·博林先生。"

"博林，先生。勃——哦！博？是的，先生。您是从伦敦来的吗，先生？"

没有反应，什么事情也想不起来。她从来没听说过我，从未听过乔治·博林，萨缪尔·博林的儿子——萨缪尔·博林，该死的！三十年来每个星期六他都会来这间酒馆喝半品脱啤酒。

第二章

餐室也变了。

我记得以前餐室是什么样子，虽然我从未在那里吃过饭。里面有棕色的壁炉架，贴着青不青黄不黄的墙纸——我不知道是故意弄成这种颜色，还是说是长时间烟熏造成的——还有那幅油画，也是画家兼木匠威廉·桑福德的作品，画的是特勒凯比尔之战[①]。现在他们把整个地方装修成中世纪的风格。砖砌的壁炉修了炉围，一根大梁贯穿整个屋顶，墙上镶着橡木面板，五十码开外你就可以看出每一处细节都透着山寨气息。那根大梁是真正的橡木，或许是从某艘旧的帆船上面拆下来的，但根本没有承重的作用。而且我一看到那些墙上的面板就起了疑心。我在桌子旁坐了下来，那个衣着整洁的年轻服务员摆弄着餐巾朝我走来。我敲了敲后面的那堵墙，果然如我所料！那根本不是原木，而是用某种合成材料做成的，上面涂了一层漆。

但这顿午饭味道还不错。我点了羊肉和薄荷酱，要了一瓶写了法国名字的白葡萄酒，这酒让我打了好几个嗝，但让我觉得很开心。还有另一个人在这里用餐，一个大约三十岁的金发女性，看上去像个寡妇。我猜想她是不是住在乔治酒店，开始动起了勾搭她的念头。种种感觉交织在一起，真是太奇怪了。有一半的时间我看到了幽灵。过去的情景与现实的情景交织在一起：集市的日子、那些结实的大块头农民正坐在长桌周围跷着二郎腿，鞋钉在石头地板上刮擦着，吃下一大顿牛肉和面团布丁，你根本不敢相信一个人竟然会有这么大的胃口。然后摆着干净的白色桌布、酒杯和折叠餐巾的小餐桌，店面里的山寨装修和漫天要价的狡诈又会将过去的幽灵抹掉。我在心里想，我有十二英镑，穿了新西装，我是博林家的小儿子乔治，谁会相信我开着自己的汽车回到下宾菲尔德来呢？然后，胃里的酒涌起一股温暖的感觉，我上下打量着那个金发女人，在脑海里脱下她的衣服。

当天下午，我懒洋洋地躺在休息室里，这里的情况也一样——还是山寨中世纪的装修风格，但这里有流线型的皮扶手椅和玻璃面的桌子——点了一杯白兰地和雪茄。我看到了幽灵，但大体上我觉得很开心。事实上我喝得有点醺醺然，希望那个金发女郎能过来和我搭讪，但她没有过来。我一直消磨到茶点的时间才出去。

我走到集市那里，拐到左边。是那间小店！真是有趣。二十一年前，母亲的葬礼那天，我乘着驿站马车经过这里，看到店门紧闭着，布满了灰尘，招牌被水管工的喷灯烧掉了。那时候我一点儿也不在乎。而如今我离小店更远了，店里的细节我也都不记得了，想到能够再见它一面，我却不禁心潮澎湃。我经过理发店，那里还是理发店，虽然名字换了。从门里飘出一股暖和的杏仁肥皂味。没有以前那种月桂油和土耳其拉塔基亚香烟的味道那么好闻。那间小店——我家的小店——就在二十码开外的地方。啊！

---

① 特勒凯比尔之战(the battle of Tel-el-Kebir)，1882 年英国军队镇压埃及叛乱，保卫苏伊士运河的一场战斗，以英军胜利而告终。

一幅艺术气息的招牌——我猜想和乔治酒店的招牌是出自同一人的手笔——就挂在人行道的上方：

温迪茶店
早上咖啡供应，自家蛋糕。

是一间茶店！

我猜想要是它变成了一间肉店或五金店，或任何其它不是经营种子谷物的商店，我也会觉得非常失望。因为你刚好是在某间房子里出生的，你就觉得这辈子这间房子都应该是你的，这真是滑稽，但你确实就是这么想的。这间店和名字很相称。橱窗里挂着蓝色的窗帘，摆放着一两个蛋糕，那种外面覆盖着巧克力，顶部嵌了一个核桃的蛋糕。我走进店里。我不想喝茶，只是想看看里面。

显然，他们把店门和以前是门廊的地方改造成了茶室。至于后面那个摆放垃圾桶和长着那一丛丛杂草的小院，他们将其铺平了，装饰着乡村风格的桌子、绣球花和一些小摆设。我仿佛走过了门廊。又是幻觉！墙边摆着那架钢琴和课本，还有那两张笨重的旧扶手椅，星期天下午父亲和母亲总是坐在上面，对着壁炉阅读《人民报》和《世界新闻报》！他们把那个地方布置得甚至比乔治酒店更具古典风格，有活动桌脚的桌子和锻铁的枝形吊灯，墙上挂着锡镴盘子和别的什么。你注意到了吗？他们总是把这些富有艺术气息的茶室弄得很昏暗。我猜想这也是古典风格的一部分。招呼我的不是一个普通的女服务员，而是一个穿着印花布裙的年轻女人，说话的语气很难听。我向她点了茶，她花了十分钟才把茶端来。你知道那是什么茶——中国茶，淡得你几乎以为是白开水，得往里面加牛奶才有点味道。我坐的地方差不多就是以前父亲那张扶手椅摆放的位置。我几乎可以听到他的声音，正在朗读《人民报》一篇关于新型飞行器或一个人被鲸鱼吞食之类的新闻。我有一种奇怪的感觉：我找了借口到这儿来，如果他们知道我是谁，会把我一脚踢出去。但与此同时，我很想告诉某个人我就是在这里出世的，我属于这间房子，又或者说（我真的这么觉得），这间房子是属于我的。店里没有其他人在喝茶。那个穿着印花布裙的女孩正在橱窗边闲荡。我看得出，如果我不在这里的话她会剔剔自己的牙齿。我咬了一口她端上来的蛋糕。自家做的蛋糕！确实如此。自家用人造黄油和鸡蛋替代品做的蛋糕。最后我开口问道：

"你在下宾菲尔德呆了很久吗？"

她看上去有点惊讶，没有回答。我又开口说道：

"我以前就住在下宾菲尔德，很久以前的事了。"

她又没有答话，或者说，我听不见她在说什么。她冷淡地看了我一眼，然后又望着窗外。我知道这是怎么回事。一位大小姐是不会和顾客们搭讪聊天的。而且，她或许以为我想勾引她。告诉她我在这间房子里出世又能怎样呢？就算她相信了，她也不会感兴趣。她从未听说过谷物种子商人萨缪尔·博林这个人。我付了钱，走出店外。

我走到教堂那里。我有点害怕，又有点盼望的事情，就是被那里的熟人认出来。但我的担心是多余的，街上没有一张我认识的面孔。似乎整个小镇的人口全都是新的。

当我来到教堂的时候，我了解到为什么他们要建新的公墓了。墓园已经被挤满了，一半的坟墓上面写着的名字是我不认识的。不过，我认识的名字倒是很容易发现。我绕着墓碑走了一圈。教堂司事刚刚剪过草，这里甚至有一股夏天的味道。这些墓碑都是孤零零的。都是一些我认识的老家伙。屠夫格拉菲特、另一位种子商人温克尔、以前经营乔治酒店的老板特鲁、糖果店的老板娘威勒太太——他们都躺在那里。舒特和威瑟罗尔相对着各躺在小径的一边，似乎他们仍隔着过道在高唱着赞美诗。威瑟罗尔终究还是活不到一百岁。生于1843年，卒于1928年。但和以往一样，他还是比舒特厉害，后者于1926年就去世了。最后那两年老威瑟罗尔一定很寂寞，没有人和他赛歌了！老格里米特躺在一块硕大的、形如小牛肉和火腿馅饼的大理石墓碑下，四周围着铁栅栏。在墓园的角落里，西蒙斯一家就躺在廉价的小十字墓碑下面。一切尽化为尘土。张着他那口被烟熏得发黄的牙齿的老霍奇斯，蓄着棕色的大胡子的拉沃格罗夫，请得起马车夫又养得起老虎狗的拉姆普林小姐，哈利·巴恩斯的那位有一只玻璃眼球的阿姨，长着一张凶神恶煞、仿佛是用一颗坚果凿出来的老脸的米尔农场布鲁尔——这些人都走了，只留下一块墓碑，下面的尸体只有上帝才认得。

我找到了母亲的坟墓和旁边父亲的坟墓。两座坟墓都修葺得很好，教堂司事一直坚持清理杂草。以西结伯伯的坟墓就在附近。他们将许多更旧的坟墓铲平了，那些看上去就像床头板的木头墓碑都被清走了。隔了二十年再看到父母的坟墓时你心里有什么感觉？我不知道你会是什么心情，但我会告诉我是什么心情。那就是，什么感觉也没有。父亲和母亲从未在我的脑海中褪色。他们似乎永远生活在某个地方。母亲站在棕色的茶壶后面，父亲略秃的头顶沾着面粉，戴着眼镜，蓄着灰白的八字胡，就像画像里的人一样静止不动，却又是活生生的人。埋在地下的那两盒骨骸似乎和他们毫无关系。我站在那儿，开始想象着当你被埋在地下时会是什么感受，你会不会很在意，要过多久你才不会在意。这时一个阴影从我身上掠过，把我吓了一跳。

我回头望去，那只是一架轰炸机，正好飞到我的头上，遮住了太阳。这个地方似乎有很多飞机。

我走进教堂。自从我回到下宾菲尔德后，这可能是第一次我没有那种见到幽灵的感觉。又或者是，那种感觉变得不一样了，因为一切都没有改变，只是那些人都已经逝去了。连那些跪垫看上去也一模一样，同样还是那股尘土甜腻腻的陈腐的味道。上帝啊！窗户还是破了个洞。现在是傍晚，太阳在另一边，通道里没有阳光射进来。他们还在用靠背长凳——没有换成椅子。我们的长凳就在那儿，前头就是威瑟罗尔和舒特赛歌的长凳。亚摩利人的王西宏和巴珊王噩！你仍可以依稀辨认出过道上磨损的石碑下面那些人的墓志铭。我蹲了下来，看看我们那张长凳对面的墓碑。我仍然记得那些依稀可辨的文字，就连它们的字体也印在我的脑海中。上帝知道在布道的时候我老是去读上面写了些什么。

这里……的儿子，本教区的绅士……他的正直和诚实……

对他的……展现出善行，而且勤勉……

挚爱的妻子艾米莉亚……七位女儿……

我记得上面的字母 S 总是让年纪还小的我很迷惑，不知道以前他们为什么老是把 S 写得像 F。[①]

我身后传来了脚步声。一个穿着法袍的人站在我身边。他

---

① 原文中的 S 写成了 ʃ，形状像字母 f。

是这里的牧师。

是牧师！他就是老贝特顿，就是这里以前的牧师——当然，在我小时候他还不是，但从1904年开始就担任牧师了。我立刻认出是他，虽然他的头发已经花白了。

他没有认出我。我只是一个穿着蓝色西装来这里参观的胖子。他向我道了声"晚上好"，然后开始普通的寒暄——我是不是对建筑感兴趣，这是一间很不平凡的老建筑，历史可以追溯到撒克逊人时代等等等等。然后他就蹒跚着脚步带着我四处参观教堂的景致——通往法衣堂的诺曼式拱顶、在纽伯利之战①中捐躯的罗德里克·伯恩爵士的铜像。我就像一只驯服的小狗跟在他后面，中年商人在参观教堂或画廊的时候都会是这副德性。我告诉他我已经知道这个地方了吗？我告诉他我就是乔治·博林，萨缪尔·博林的儿子——就算他不记得我，他也会记得我父亲——我不仅听了十年他的布道，而且参加他的福音见证班，还加入了下宾菲尔德读书会，读《芝麻与百合》这本书只是为了哄他开心吗？不，我没有这么做。我只是跟着他四处参观，含糊地应酬着，就像别人告诉你某某某某东西有五百年的历史了，而你觉得那东西看起来根本没有那么古老时所敷衍的话。从我看到他第一眼后，我就决定让他以为我只是一个陌生人。我朝教堂的捐献箱里捐了六便士以示体面，然后立刻逃离了这里。

为什么？我终于找到了一个认识的人，为什么却不肯和他相认？

---

① 纽伯利之战(the Battle of Newbury)，1643年英国内战时保皇派军队与议会派军队之间展开的一场战斗。

因为经过这二十年他容貌的改变着实让我吓了一跳。我猜想你会以为我的意思是他看上去老了许多。但不是这样！他看上去更年轻了。这突然间让我明白了关于岁月变迁的一些道理。

我猜老贝特顿现在大概六十五岁了，因此上一次我见到他的时候他大概是四十五岁——相当于我现在的年龄。现在他的头发白了，埋葬母亲那时候他的头发是斑驳的灰色，像一把修面刷。但是，我一看到他就觉得很诧异，他看上去更年轻了。我本以为他会是一个糟老头，但他毕竟还不算太老。我想到，在童年的时候，所有四十岁以上的人对我来说都是糟老头子，老得几乎没什么分别。那时候一个四十五岁的人要比现在这个六十五岁的人对我来说更加显老。天哪！我自己已经四十五岁了。这让我觉得很害怕。

我一边走在坟墓之间一边想，在二十岁的年轻人眼中，我就是这么一副尊荣，一个行将腐朽的、可怜的老胖子。真是奇怪。通常来说，我可不在乎自己的年龄。为什么我要在乎呢？我很胖，但我很强壮健康。我想做什么事情都可以去做。一朵玫瑰花现在闻起来和我二十岁的时候一样芳香。啊，但对于玫瑰花来说，我闻起来还是和以前一样吗？就像是给我的答案一样，一个约莫十八岁的女孩走在教堂墓地的小径上，从我身边一两码的地方经过。我看到她脸上的表情，那只是细微的短暂的表情。不，不是恐惧，也不是带着敌意，只是有点惊讶而疏远，就像你看着一只野生动物的眼睛时它的表情。在我离开下宾菲尔德的这二十年间她才出世，在这里成长。我所有的回忆对她来说毫无意义。她就像一只小动物，生活在另一个世界里。

我回到乔治酒店。我想要喝酒，但酒吧得半个小时后才营业。我在周围闲逛，读着一份去年的《运动与戏剧》。过了一会儿，那位我觉得或许是寡妇的金发女郎进来了。我突然很想去勾引她。我想向自己证明我这条老狗还精力旺盛，虽然这条老狗得戴着假牙。我心里想，如果她三十岁，而我四十五岁，那不就很公平嘛。我正站在空壁炉前面，假装在暖和我的屁股，在夏天你就会这么做。我穿着那身蓝色西装，看上去还挺帅的。毫无疑问是有点胖，但像一个有身份的男人。一个见过世面的男人。可以冒充一个股票经纪。我装出最风流倜傥的声音，随意地说道：

"六月的天气真是不错。"

这句话不算唐突，不是吗？不像"我们曾经在哪里见过面吗"那么冒昧。

但这句话并不奏效。她没有答话，只是把正在阅读的报纸稍微放下了半秒钟，看了我一眼，眼神凌厉得可以打碎一扇窗户。真是太可怕了。她那双蓝色的眼眸就像子弹一样射穿你。就在这半秒钟里我意识到自己把她想错了，而且错得很离谱。她可不是那种染过头发喜欢被别人带去舞厅的寡妇。她是上流社会的女士，或许是一位将军的女儿，上过开展曲棍球运动的名门女校。而我也高估了自己，无论穿的是不是新西装，我看上去都不像是个股票经纪，只像个碰巧赚了一笔的旅行推销员。我溜到私人吧台那里，准备在晚餐前喝上一两品脱啤酒。

啤酒和以前也不一样了。我记得以前的泰晤士河谷牌啤酒总是有一股味道，因为它是用掺了白垩的水酿造的。我问吧台的小姐：

"贝瑟默酿酒厂还在吗？"

"贝瑟默？噢，没有了，先生。他们倒闭了。很多年前的事了——在我们来之前很早的事情了。"

她态度很友好，是那种我称之为老大姐型的吧女，三十五岁左右，态度很和气，两只胳膊由于老是得拉啤酒桶的把手而变得很粗。她告诉我收购了酿酒厂的联合企业的名字，事实上，从啤酒的味道我大概能猜得出来。不同的吧台都在同一圈地方，中间隔开了。在公共吧台那里两个人正在玩飞镖，而在喝扎啤和瓶装啤酒的吧台那边有一个家伙说起话来阴阳怪气的，但我看不见他。那个吧台小姐把粗壮的手肘搁在吧台上，和我聊天。我把认识的名字说了一遍，但没有一个她听说过。她说她五年前才来到下宾菲尔德。她甚至没听说过以前经营乔治酒吧的老特鲁。

"我以前就住在下宾菲尔德。"我对她说，"很久以前的事了，是战争之前的事了。"

"战争之前？哇，你看上去没那么老嘛！"

"看到一些变化了吧，我说。"扎啤和瓶装啤酒吧台的那个家伙说道。

"这里的变化可大了。"我说道，"我想是那些工厂的缘故。"

"是的，大部分人都在工厂里上班。这里有留声机工厂，还有特鲁菲特丝袜厂。当然，现在他们都在生产炸弹了。"

我完全不明白为什么她要说"当然"这个词，但她开始告诉我有个年轻人在特鲁菲特丝袜厂上班，有时候会到乔治酒店来消遣。他告诉她他们在制造炸弹和丝袜，而这两样东西很容易混合在一起生产，但至于为什么我就不明白了。然后她告诉我在沃尔顿附近有大型的军用机场——这就是我老是看到有轰炸机的原因——接着，和平常一样，我们聊起了战争。真是有趣。我就是为了逃避战争才来到这里的。但你怎么能躲得开呢？战争已经渗透进你所呼吸的空气了。

我说战争1941年就要打响了。扎啤和瓶装啤酒吧台的那个家伙说他猜这场战争会打得很惨烈。那个吧女说战争让她觉得毛骨悚然。她说：

"说了这么多做了这么多，似乎什么用也没有，不是吗？有时候我晚上一直睡不着，听到那些庞大的东西从头顶飞过，心里对自己说：'想想看，那个东西就要在我的头顶扔下一颗炸弹了！'还有那些战备训练。托杰斯小姐是空袭训练教官，她说要是你能保持冷静，用报纸塞住窗户，就问题不大。他们还说准备在市政厅后面修筑防空洞。但我很纳闷，你怎么帮一个孩子戴上防毒面罩呢？"

扎啤和瓶装啤酒吧台的那个家伙说他在报纸上读过，如果空袭结束你应该去泡个热水澡。公共吧台的那两个人听到了这番话，就这个话题扯了开去，聊起了一缸热水可以给多少个人洗澡，两人还问那位吧女能不能和她一起洗澡。她警告他们不要想入非非，然后走到吧台的另一头，给他们端来几品脱老啤和淡味麦芽啤酒。我喝了一口自己的啤酒。味道很难喝。他们称之为苦啤。确实很苦，实在太苦了，一股子硫磺味，化工原料做的。他们说如今啤酒里再也不放英国啤酒花了，全都是用化工原料酿造的。我发现自己在想着以西结伯伯，不知道他会对这样的啤酒，对战备训练，对那些用来扑灭铝热剂炸弹的一桶桶的沙子说些什么。那个吧女回到我这一头的吧台时，我问道：

"顺便问一下，现在'大厅'是谁在住？"

我们总是说"大厅",其实它的名字是宾菲尔德馆。她愣了一会儿。

"'大厅',先生?"

"他是说宾菲尔德馆。"扎啤和瓶装啤酒吧台的那个家伙说道。

"噢,宾菲尔德馆!噢,我还以为你在说纪念厅呢。宾菲尔德馆现在的业主是梅罗尔医生。"

"梅罗尔医生?"

"是的,先生。他们说,他把六十多个病人安置在那里。"

"病人?他们把那里改造成医院了吗?"

"嗯——那不是一间普通的医院。更像是疗养院,里面都是些精神病人。他们说那里是精神病院。"

一间疯人院!

但说到底,你还想怎么样呢?

第三章

　　我爬下床，嘴里带着口臭，浑身的骨头似乎都快断了。

　　事实上，我中午喝了一瓶酒，晚上又喝了一瓶，中间还喝了几品脱啤酒和一两杯白兰地，昨天喝得实在有点多。我眼神恍惚地在地毯中间站了几分钟，累得根本不想动。你知道清晨宿醉醒来时那种糟糕透顶的感觉。那种感觉主要集中在双腿上，比任何言语都更加清楚地在质问着你："为什么你还要这样喝下去呢？别再喝下去了，老家伙！你这样做跟把头伸进煤气炉里有什么分别！"

　　我把假牙放回嘴里，走到床边。又是一个明媚的六月天，太阳正开始斜照过屋顶，落在街道另一边的屋前。窗台上粉红色的天竺葵看上去蛮漂亮的。虽然现在才八点半，而且这里只是集市旁边的一条小巷，外面已经有很多人在走动了。一排看上去像是文员的人穿着黑西装，拎着公文包，正匆匆忙忙地朝着同一个方向赶路，似乎这里是伦敦的郊区，他们正快步赶着去搭地铁。上学的孩童正三三两两地朝集市走去。我的感觉和前天看到那排吞没了查姆福特山的红色房屋时一模一样。该死的外来人口！两万个不速之客，甚至不知道我的名字，在这里挤来拥去地过着新生活，而我就在这里，一个又老又穷的胖子，戴着假牙，站在窗前看着他们，嘴里嘟囔着三四十年前发生的事情，而人们根本不想听。上帝啊！我心想，我以为自己看到了幽灵，其实我错了。我自己就是幽灵。我已经死了，而他们还活着。

但吃完早餐后——黑线鳕鱼、烤鸡肾、吐司面包加橘子酱和一壶咖啡——我感觉好了一些。那位冷若冰霜的夫人没有来餐厅吃早餐。空气中有一种愉悦的盛夏的感觉，我老是觉得穿上这身蓝色法兰绒西装的自己看上去像个上流绅士。我在心里想，上帝啊！如果我是一具幽灵，那就由他去吧！我要四处走走，我要去旧时的地方撒野。或许我可以捉弄那些抢走我的故乡的人一把。

我走了出去，但还没走过集市就被意想不到的一幕吓住了。一队约有五十人的学童正排成四列纵队在街道上走着——看上去很像当兵的——有个神情冷酷的女人走在他们旁边，像个军曹一样。最前面的四个孩子扛着一面红白蓝三色镶边的旗帜，上面写着大大的字"英国同胞做好准备"。街角的理发师走到门道上看热闹。我和他搭话。他黑色的头发梳得油光水亮，神情有点阴郁。

"这些孩子在干什么？"

"是这里的空袭演习。"他平淡地回答，"这里的空袭演习，类似于军事训练。那位是托杰斯小姐。"

我应该猜得到她就是托杰斯小姐。从她的眼睛里你就可以看出她是那种管理女童军、在基督教女青年会旅社或其它地方上班的可怕的老女人，头发花白了，脸长得像腌鱼一样。她穿着一件大衣和裙子，看上去像是一套军装，让你心里油然而生一种感觉，仿佛她正斜挂着武装带，尽管事实上她并没有。我知道她这种类型的女人：一战时参加过妇女拥军团，从那以后再未有过一天的快乐。她对这种战备训练甘之如饴。那群孩子走过去的时候我听到她就像一位真正的军曹一样朝他们训话："莫尼卡！把脚抬高！"我看到最后面的四个孩子扛着另一面红白蓝三色镶边的旗子，中间写着：

"我们准备好了，你呢？"

"他们这么走来走去在干什么？"我问那个理发师。

"不知道。我猜是在进行宣传吧。"

我就知道是这样。让这些孩子了解战争。让我们所有人都觉得无处可逃。和圣诞节一样，轰炸机肯定会降临到我们头上，所以你就乖乖地躲在地窖里吧，不许争辩。来自沃尔顿的两架黑色轰炸机正从小镇的东边飞来。上帝啊！我心想，如果战争真的开始了，我们都不会感到惊讶，就当是在下雨。我们似乎听到了第一颗炸弹的声音。那个理发师继续对我说多亏了托杰斯小姐的努力，学校的孩子们才分到了防毒面罩了。

我逛起了小镇。我花了两天时间，只是到那些我认得出的旧地标转悠。这段时间我没有遇到一个认识我的人。我就像一个游魂野鬼，似乎没有人看得见我，这就是我的感觉。

那是一种奇怪而难以言状的感觉。你读过赫伯特·乔治·威尔斯的一则故事吗？故事讲述一个家伙同时身处两地，他人在自己的家里，但他有臆想症，以为自己身处海底。他在自己的家里走动着，但他看到的并不是桌椅，而是飘拂的水草，巨大的螃蟹和乌贼朝他游来。就是那种感觉。连续几个小时我走在一个并不存在的世界里。我在人行道上走着的时候会度量步数，在心里说："是的，这里就是某某人家的田。篱笆横穿街道，并贯穿那间房子。那个汽油站以前是棵榆树。这里是菜园的田基。这条街（我记得这是一条萧条的街道，建了一排半独立屋，名叫康柏里奇路）就是我们以前常常和凯蒂·西蒙斯一起散步的那条两边长着坚果灌木丛的小路。"当然，具体的距离我算得不准，但大体上的方位是对的。我相信那些不是在这里出世的人绝对不会相信这里的街道二十年前都是田野。似乎整个乡村被城市远郊类似火山爆发的喷射物掩埋了。旧酿酒厂整块地几乎都被市政公屋住宅区吞没了。米尔农场不见了，我钓到第一条鱼的那口喂牛的池塘被抽干填土，上面建了房子，所以我说不清以前它确切的位置。现在到处都是房子、房子，几乎一模一样的红色的小砖房，种了水蜡树树篱和通往门口的沥青小道。在市政公屋住宅区后面，房子稀疏了一些，但偷工减料的建筑商们并没有放过这里。到处都散落着一小间一小间的房子，建在任何一处被人买下的小地块上，总会有一条临时的小路通往那些房子，空地上摆着建筑商的招牌，还有几块荒弃的土地，上面堆满了瓶瓶罐罐，长出了刺蓟。

另一方面，老镇中心变化并不是很大，我指的是建筑。许多商店还在经营相同的生意，只是名字变了。莉莉怀特仍是布匹店，但看起来生意不怎么样。以前屠夫格拉菲特的肉店现在变成了卖收音机零部件的商店。威勒太太的糖果店的小橱窗被砖头封了起来。格里米特的店还是杂货店，但已经被国际连锁超市收购了。你会觉得这些大公司势力之大，可以把像格里米特这样一个精明的老吝啬鬼生吞活剥了。不过，就我所知他的为人——还有教堂墓地里那块耸立的墓碑——我猜他一定趁着生意还好的时候就把店盘了出去，带着一万到一万五英镑上天堂去了。唯一没有易手的商店是萨拉金的商店，就是摧毁了父亲生意的那帮人。店面扩张了许多，而且在新镇开了一间很大的分店。但他们的业务变成了综合商店，卖家具、药品、五金设备和以前那些园艺工具。

这两天来大部分时间我只是到处闲逛，没有真的在抱怨或大发脾气，但有时候真的想这么做。而且我酗酒无度。一来到下宾菲尔德我就开始喝酒，我觉得酒馆似乎都很晚才开门营业，而在此之前的半个小时我总是垂涎三尺。

告诉你吧，我可不是一直都是怀着同样的心情。有时候我觉得就算下宾菲尔德被毁灭了我也根本不在乎。说到底，我来这里只是为了逃避家庭而已。有什么理由不让我去做我想要做的事情呢？如果我愿意的话，我甚至可以去钓鱼。星期六下午我甚至跑到高街的钓具店，买了一根分段式钓竿（童年的时候我总是渴望能拥有一根分段式钓竿——要比绿心木鱼竿稍贵一些）、鱼钩、肠线等东西。店里的气氛让我觉得精神为之一振。无论发生了什么改变，钓鱼竿可没有变——因为鱼也没有变。那个店员并不觉得一个中年胖子买一根钓鱼竿是一件稀奇的事情。恰恰相反，我们聊起了在泰晤士河里钓鱼，前年有个家伙用黑面包、蜂蜜和剁碎的兔子肉做成团子，钓到了一条大白鲑。我甚至买了店里最坚韧的钓三文鱼的鱼线和几个 5 号斜齿鳊鱼钩，一心想着去钓宾菲尔德馆的那些大鲤鱼，假如那些鱼还在的话——但我没有告诉那个店员，甚至几乎不敢对自己承认这一想法。

星期天上午大部分时间里我在脑海里进行着挣扎——我要去钓鱼吗？不去钓鱼吗？一会儿我想为什么不去钓鱼呢？过了一会儿我又觉得钓鱼不过是那些你心向往之，但从来不会去做的事情中的一件罢了。但到了下午，我把车开了出去，一直开到伯福德堰。我想就去看一看河里的情况，明天如果天气好的话，或许我会带上新的钓鱼竿，穿上旧大衣，带上我放在行李箱里的灰色法兰绒包好好去钓鱼。如果我喜欢的话，一连钓上个三四天。

我开到查姆福特山。在山底下公路改变了方向，与纤道平行。我下了车，开始散步。啊！路边有一排红白相间的平房。我当然应该事先想象得到会是这么一番情景。这里似乎停放着很多汽车。接近河边的时候，我听到了什么声音——是的，叮叮咚咚—叮叮咚咚！——是的，就是留声机的声音。

我拐过弯，见到了纤道。天哪！又把我吓了一跳。这个地方黑压压的满是人。以前原本是沼泽草甸的地方，现在尽是茶馆、一便士售卖机、糖果店、卖和路雪牌冰激凌的小贩，就像在马盖特一样。我记得那条纤道。你可以沿着它走上几英里，除了守水闸的人和在马后面慢悠悠走着的驳船船员之外，你不会遇到一个人。我们去钓鱼的时候整个地方似乎就只有我们。我经常一坐就是一个下午。离岸边五十码远，一只鹭鸶正站在浅水处，一连三四个小时没有人会过来把它给吓跑。我以前怎么会以为成年人就不钓鱼呢？举目望去，我看到河流的上下游左右两边都坐着一排男人在钓鱼，彼此相隔只有五码。我在心里纳闷这些人怎么跑到这儿来了，然后我突然间想了起来：他们一定是某个钓鱼俱乐部的成员。河里挤满了船——划桨的船、独木舟、平底船，还有摩托艇，上面坐满了年轻人，几乎赤身裸体，都在大声叫嚷着，许多船上还放着留声机。那些想钓鱼的人的船被摩托艇的浪冲刷得上下摇晃不停。

我走了一小段路。虽然天气很好，但水脏兮兮的，而且翻腾着波浪。没有人钓到鱼，连鲫鱼也没有。我不知道他们指望钓到什么。有一群这么吵的人，鱼都给吓跑了。事实上，当我看着小舟在冰激凌盒和纸袋之间上下摇摆时，我不知道这里到底还能不能钓到鱼。泰晤士河里还有鱼吗？我想肯定还会有鱼。但我可以发誓泰晤士河的河水和以前不一样了。河水的颜色变了。当然，你会以为那只是我的幻觉，但我可以告诉你这并不是幻觉。我知道水质变了。我记得以前泰晤士河是什么样子：河水是绿色透明的，你可以看到很深的地方，看见一群群鲦鱼围着芦苇在游弋。现在你看不到水里三英寸深的地方。水又黑又脏，摩托艇开过的地方漂着一层油迹，而且尽是烟头和纸袋。

过了一会儿我折了回去。我再也受不了留声机的噪音了。当然，今天是星期天，我想工作日的情况不至于如此糟糕。但我知道我不会再回来了。上帝会惩罚他们的，让他们守着那条该死的河流吧。去哪儿钓鱼我都绝对不会去泰晤士河。

人群簇拥着经过我的身边。这帮该死的异乡人，几乎都是年轻人。男男女女成双成对地嬉闹着。一群女孩走了过来，穿着喇叭裤，戴着美国水兵式的白帽子，上面印着标语。其中一个女孩大概才十七岁，帽子上的标语是"请吻我吧"。这我倒是很乐意呢。突然间我一时冲动，跑到路边一部那种投一便士就可以称体重的机器上，称了称自己的重量。机器里冒出咔咔咔的声音——你知道那些算命机器兼体重机器都是这副德性——一张打印好了的卡片滑了出来。

"你拥有出众的才华。"我读着上面的内容，"但因为过于谦虚你从未获得赏识，能力也得不到身边众人的承认。你总是站在一边，让别人抢走你的功劳。你是个敏感而有爱心的人，对朋友总是非常忠诚。你对异性很有吸引力，最大的缺点就是慷慨。坚持下去，你会有平步青云的一天！体重：十四英石又十一磅。"

我发现过去这三天我重了四磅，一定是因为喝了酒的缘故。

第四章

　　我开车回到乔治酒店，把车放在停车处，喝了一杯晚茶。因为今天是星期天，酒吧得再等一两个小时才营业。趁着傍晚的凉意我出去散步，朝教堂的方向走去。

　　经过集市的时候我发现有一个女人走在我前面。我看着她，心里有一种很奇怪的感觉，以前我一定在哪儿见过她。你知道那种感觉。当然，我看不见她的脸，看她的背影我认不出她是谁，但我可以发誓我认识她。

　　她沿着高街走着，向右拐进一条巷子里，以西结伯伯以前就在这条巷子里开店。我跟在后面。我不知道为什么会这么做——或许是出于好奇，或许是出于某种预感。我的第一个想法是，我终于遇到了一个以前在下宾菲尔德认识的熟人了，但几乎是在同一时间，我又觉得她可能是从西布勒切利来的。要是那样的话我可得小心了，因为要是被她发现我在这里的话，她可能会向希尔达告密。因此，我跟得很谨慎，保持着安全的距离，端详着她的背影。没什么特别的。她是个高大肥胖的女人，或许得有四五十岁了，穿着一条寒酸的黑裙子。她没有戴帽子，似乎只是出家门一会儿，她走路的方式让你觉得她的鞋跟就快掉了。大体上，她看上去有点像一个懒妇。但我还是认不出她是谁，只是模糊地觉得我以前见过她。或许是因为她的动作的缘故。她来到一间卖糖果纸张的小店，这种小店星期天也总是营业。看店的女人站在门口，正在摆弄放明信片的架子。我跟踪的那个女人停了下来，流连了一会儿。

我也停了下来，立刻站在一间店铺的橱窗前，假装在看着里面。那是一间水管和室内装修五金店，摆满了墙纸、浴室配件等东西的样品。我离那两个女人只有不到十五码远，可以听到两人说话的声音，说的尽是一些女人打发时间的无谓闲聊。"是啊，就是这样。确实就是这样。我自己对他说，我说：'那你还想怎么着？'我说。这种事似乎不是很对劲，不是吗？但又有什么用，这是在对牛弹琴。真是丢脸！"等等等等。我开始有点了解情况了。显然，我跟踪的女人和另一个女人一样，是某位小店主的妻子。正当我觉得她可能不是我在下宾菲尔德认识的人时，她转过身，几乎面朝着我，我看到了她四分之三的脸。上帝啊！她是埃尔丝！

是的，她就是埃尔丝！绝对没错，埃尔丝！这个肥婆！

告诉你吧，让我如此惊讶的不是看到埃尔丝，而是看到她变成了如今这副模样——有那么一刻，我的眼前天旋地转。铜水龙头、球状止阀、陶瓷水槽等东西似乎消失在远方，在我的眼前若隐若现。而且有那么一刻我吓得要死，担心她会认出我来。但她看着我的脸，没有露出任何迹象。然后她转过头，继续往前走。我继续跟着她。这很危险。她可能会发现我在跟踪她，让她开始怀疑我到底是谁，但我想再看她一眼，事实上，她对我施加了一种魔法。可以这么说吧，我以前看过她，但现在我看着她的时候，那种感觉很不一样。

看着她的背影我觉得心里很害怕，又觉得好像是在做科学研究。二十四年能将一个女人变成这样，真是让人触目惊心。才过了二十四年，那个我认识的女孩，那个肌肤胜雪金发红唇的女孩，变成了这个腰圆膀阔的肥婆，拖着扭歪的鞋跟，走起路来脚步蹒跚。我很庆幸自己是个男人。男人不会像那样身材完全走形。告诉你吧，我很胖，如果你喜欢的话，你可以说我身材不好。但至少我是 A 字形的身材。埃尔丝算不上特别胖，但她的身材全走样了。她的臀部变得无比丑陋，她的腰身消失了，她的身材变成了水桶形，就像一袋面粉。

我跟了她很长一段路，出了老镇，穿过许多条我不认识的肮脏小巷。最后她拐进了另一间商店的门道里。看她进去的架势，那应该就是她自家的小店。我在窗外停了一会儿。"库克森，糖果店和烟店"。也就是说，埃尔丝是库克森太太了。那是一间肮脏的小店，看上去和刚才她稍作停留的小店差不多，但要小一些，而且苍蝇卵更多一些。里面似乎除了香烟和最廉价的糖果之外就没有别的东西了。我在想能买点什么东西消磨个一两分钟，然后我看到橱窗里有一个架子，摆着廉价烟斗，于是我走进店里。进去之前我鼓起心中的勇气，因为要是她依稀认得我的话，我得撒几句谎。

她走进了店面后的房间里，但我一敲柜台她就走了出来。我们面对面看着对方。啊！没有迹象。她没有认出我，只是以小店主看待客人的方式看着我，你知道那种看人的方式——完全意兴索然的样子。

那是我第一次看着她整张脸，虽然在心里已经有所预料，但还是像刚刚认出她时那样觉得十分诧异。我猜当你看到一张年轻人或孩子的脸庞时，你或许可以预见得到那张脸老了的时候会是什么模样，这完全取决于骨架的形状。但如果让我在二十岁而埃尔丝二十二岁的时候想象她到了四十七岁时会是什么样子，我绝对不会想象得到她会变成这样。她整张脸都下垂了，似乎被什么拉着往下坠。你知道那种脸长得像斗牛犬的中年女人吗？下颌突出的大嘴，嘴角下垂，眼睛凹了下去，下面眼袋很重，和一只斗牛犬别无二致。但这确实就是在成百万人中我认识的一张脸。她的头发还没有完全变得灰白，而是呈现出一种脏兮兮的颜色，而且比起以前稀疏了许多。她完全认不出我，我只是一个陌生的顾客，一个无趣的胖子。多了一两寸肥肉而已，真是奇怪。我猜想是不是我的改变比她还大，又或者说，她根本没有想到会见到我，又或者——这是最有可能的——她已经忘记我的存在了。

"晚上好。"她说话就像那些女店主一样无精打采的。

"我要买支烟斗。"我说道，"石楠烟斗。"

"一支烟斗。让我想想。我知道我们有烟斗的，我放哪儿去了呢——啊！在这儿呢！"

她从柜台下拿出一个纸箱，里面放满了烟斗。她的口音怎么这么难听！或者说那只是我的想象，因为我的标准改变了？但不是这样，她以前说话的口音"很高雅"，莉莉怀特店里的女店员说起话来都"很高雅"。她曾是牧师组织的读书会的成员。我敢发誓她以前咬字绝对不带土腔。这些女人一结了婚就彻底堕落了，真是奇怪。我在那堆烟斗里挑挑拣拣了一会儿，假装在审视着它们。最后我说我想要一支带琥珀咬嘴的。

"琥珀咬嘴？我不知道我们有没有——"她对着店面后面喊了一句，"乔治！"

原来她老公的名字也叫乔治。后面传来了"嗯"的一声。

"乔—治—！你把另外那箱烟斗放哪儿了？"

乔治进来了。他是个矮小结实的秃子，只穿着衬衣，蓄着姜黄色的浓密的胡须。他的嘴里像是在咀嚼着什么。显然，他正吃着茶点，却被打断了。两人开始翻箱倒柜地找另外一箱烟斗。过了五分钟他们总算在几瓶糖果后面找到了。真是奇怪，这种肮脏的小店的人总是堆着这么多垃圾，而全部存货的价值大概也就值个五十英镑。

我看到老埃尔丝在一堆杂物里翻寻着，自言自语地嘟囔着。你知道一个青春不再的老女人耸着肩膀缓慢的行动吗？我无法向你形容内心的感受。那是一种冰冷而绝望的感觉。除非你亲眼目睹，否则你无法想象得到。我只能说，如果二十五年前有一个你很在乎的女孩子，现在去看看她，或许你就会了解我的感受。

但事实上，我心里想的是，事情的变化和你心中的想法是多么不同。我曾经和埃尔丝度过何等甜蜜的时光！七月的夜晚在栗子树下的旖旎风光！难道你不认为这一幕会让人难以忘怀吗？谁会想到有那么一天我们俩会形同陌路呢？我就在这里，她也在这里，我们的身躯相距只有一码远，而我们就像是从未谋面的陌生人。她甚至没有认出我来，如果我告诉她我是谁，她很有可能记不起来了。就算她记得起来，她会有什么感觉吗？没有感觉。或许甚至不会因为我抛弃了她而觉得生气。整件事情就像没有发生过一样。

话又说回来，谁能预见得到埃尔丝的结局会是这样？她似乎是那种一定会走向堕落与毁灭的女孩子。我知道在我遇到她之前她有过不止一个男人，很有可能在我和另一个乔治之间她还有过别的男人。要是我知道她总共跟十几个男人好过我可不会觉得惊讶。确实，我对她不好，很多时候想到这一点我就会黯然神伤一会儿。我总是想到她最后会流落街头，或把头钻进煤气炉里自杀。有时候我觉得自己实在是太混账了，但有时候我会想就算不是我也会是别人甩了她（这倒是真的）。但你知道事情总会以枯燥无聊的形式发生。有多少女人最后真的会流落街头？沦落为洗衣女工倒是更常见。她既没有遭受厄运，也没有交上好运，只是落得和其他人一样的结局，变成了一个老肥婆，在经营一间肮脏的小店，和一个蓄着姜黄色胡须、名叫乔治的男人厮守。或许她还生下了一群孩子。乔治·库克森太太。活着的时候受人尊敬，死去的时候有人为之哀悼——要是运气好的话，或许会在上破产法庭之前就死去。

他们找到了那箱烟斗。当然，里面没有哪支烟斗有琥珀咬嘴。

"先生，恐怕现在我们没有带琥珀咬嘴的烟斗。我们有上好的硫化橡胶咬嘴的烟斗。"

"我要带琥珀咬嘴的。"我说道。

"我们这儿的烟斗都很好。"她拿出一支烟斗，"这支就挺不错的，半个克朗，这根好。"

我接过烟斗。我们的手指碰了一下。没有悸动，没有反应。她的身体遗忘了我。我猜你会以为我买下了这支烟斗，以此缅怀旧情，让埃尔丝挣这半个克朗。根本不是这样。我不想买这东西，我不抽烟斗。我只是找个理由走进店里。我把烟斗放在手里掂了一下，然后放在柜台上。

"算了，这东西我不买了。给我包运动员牌香烟，小的。"

带来了这么多麻烦，我总得买点东西。另外一个乔治，或许是第三、第四个乔治，拿出一包运动员牌香烟，胡子下面的嘴仍在咀嚼着。我看得出他很生气，因为我在他吃茶点的时候把他叫了过来，却做不成买卖。但浪费半个克朗实在是太傻帽了。我走出店外，那是我最后一次见到埃尔丝。

我回到乔治酒店，吃了晚餐。然后我去了外面，想上电影院看电影，如果它们开了的话。但我走进了新镇一间热闹的酒吧里。在那里我碰到了几个从斯塔福德郡来的五金用品旅行推销员。我们聊起了生意行情，一起玩飞镖，喝吉尼斯黑啤。关门的时候那两人都喝得酩酊大醉，我只能搀扶着他们上了一辆出租车送他们回去。我自己也喝高了，第二天早上醒来时头疼得更厉害了。

第五章

但我得去看看宾菲尔德馆那口池塘。

那天早上我感觉糟透了。事实上，自从来到下宾菲尔德，我几乎是从酒吧开始营业一直喝到酒吧关门为止。直到这时我才想到原因：这里实在是没有什么事情可做。我这三天的假期可以用一个词概括——酗酒无度。

和前天早晨一样，我走到窗边，看着那些戴圆礼帽和校帽的人穿梭不停。我的敌人，我在心里想。这帮人洗劫了这座小镇，在废墟上丢满了烟屁股和纸袋。我不知道为什么我会在乎。我敢说，你觉得我之所以为下宾菲尔德变成了类似达格南的地方而感到震惊，只是因为我不喜欢看到地球越来越挤和乡村的城镇化。但事情并非如此。我不介意城镇发展，只要它们确实在发展，而不只是像洒在桌布上的肉汤渍那样一圈圈扩散开去。我知道人们总得有地方居住，如果工厂不设在这里，它也会在别的地方出现。至于那些伪乡村风格，橡木墙面、锡镴盘子和红铜炭炉什么的，那只是让我觉得恶心。我们以前可没有什么田园风光。母亲对温迪在我们家里布置的东西可不会不感冒。她不喜欢活动脚的桌子——她说它们"老是磕脚"。至于锡镴制品，她绝对不会摆在家里，她称之为"脏兮兮油腻腻的东西"。然而，随你怎么说都行，那时候我们所拥有的一些东西是现在所没有的，是在放着收音机的流线型的奶吧里所没有的。我回来就是为了寻找它，但没有找到。我还没有把假牙装

上，我的肚子咕咕咕地叫，想喝一杯茶，吃上一片阿司匹林，但就算现在，我仍然没有完全放弃对它的信念，

而这让我又想起了宾菲尔德馆那口池塘。看到他们把小镇变成这样，我心里的感觉只能用害怕加以形容，我不敢去看那口池塘还在不在。但是它可能还在，谁也说不准。小镇到处是红砖房子，令人觉得十分压抑。我家的房子堆满了温迪的垃圾。泰晤士河被汽油和纸袋污染了。但或许那口池塘还在那儿，黑色的大鱼还在游动。或许池塘还隐藏在树林里，从那天直到现在没有人发现它的存在。这并非不可能的事情，那是一片很茂密的树林，长满了荆棘和腐烂的灌木（在那里橡树取代了山毛榉树，使得树下的灌木更加茂密），大多数人不会想进去里面。比这更奇怪的事情也不是没发生过。

直到下午很晚的时候我才动身出发。大约四点半的时候我开车来到上宾菲尔德路。开到半山腰的时候房子开始渐渐稀少，然后没有了，取而代之的是山毛榉树林。道路分岔了，我拐往右边，想绕过树林，然后回路边的宾菲尔德馆。但没走一会儿我就停了下来，看一眼我正开车穿过的矮树林。山毛榉树林似乎还和从前一样。上帝啊，它们还是和以前一样！我把车倒到路边草地的一堆白垩上，出了车子步行。还是和以前一样。一样那么安静，一样是一大片窸窣作响的落叶，似乎堆积了多年，却没有腐烂。除了几只树上视线之外的小鸟之外，没有其它动物的动静。很难相信那个喧嚣的城镇就在不到三英里之外。我开始穿过这片矮树林，朝宾菲尔德馆走去。我依稀记得这里的小路通往那里。上帝啊！是的！这就是黑手帮曾经来过的白垩洞穴，他们在这里玩弹弓，席德·拉沃格罗夫告诉我们小孩子是如何生出来的，那天我钓到了第一条鱼，那已经是

差不多四十年前的事情了！

树木又渐渐稀疏，你可以看到另一条马路和宾菲尔德馆的高墙。当然，破旧腐朽的木篱笆不见了，他们修建了一堵高高的砖墙，上面安了尖刺，在疯人院你就知道会看到这些。我想了一会儿，不知找什么理由进去宾菲尔德馆，突然我想到我可以告诉他们我老婆疯了，我正在找地方安置她。这样的话他们应该会带我参观这个地方。我穿着新西装，应该像个能让老婆住进私立疯人院的有钱人。我站在大门口的时候才想到不知道那口池塘还在不在这块地里面。

我猜以前宾菲尔德馆占地约五十英亩，而这座疯人院占地应该在五到十英亩之间。他们可不想有一口大池塘，让那些疯子淹死在里头。以前老霍奇斯住的那间小屋还在，但黄色的砖墙和几扇大铁门都是新的。从门口望去我可看不出这是座疯人院。沙砾小径、花床、草坪，几个眼神恍惚的人在游荡——我想他们就是疯子。我信步沿着小路走到右边。那口池塘——我经常钓鱼的那口池塘——就在房子后面几百码远的地方。走到墙角时我大概走了有一百码远，所以池塘应该在外面。树木似乎稀疏了许多。我可以听到孩子们的声音。天哪！池塘就在那儿。

我站了一会儿，想象着到底发生了什么事情。然后我看到了那是怎么一回事——疯人院外面的树都不见了。这里看上去光秃秃的很不一样了。事实上，这里看上去就像肯辛顿花园①的大圆池。孩子们在四周玩耍，荡桨划船，几个挺大的孩子正

---

① 肯辛顿花园(Kensington Gardens)，位于伦敦市中心，西连海德公园，占地 111 英亩。

驾着那种脚踏式独木舟在水上穿梭。左边原来是一片芦苇和那间腐烂的旧船屋，现在是一座凉亭和一个卖糖果的小摊，还有一块大大的白色告示牌，上面写着："上宾菲尔德模型游艇俱乐部"。

我看着右边。到处都是房子、房子、房子。我似乎来到了城郊。池塘那头原本长着茂密如热带丛林的树木，如今全被铲平了。只有几处树丛围绕着房子。那都是些附庸风雅的房子，就像第一天我在查姆福特山上看到的那些山寨都铎式的住宅区一样，只是更为夸张。我还以为这片树林会和以前一样，真是太傻帽了！我知道这是怎么一回事。只有一小块大约五六亩的矮树林没有被砍伐掉，我走过来的时候碰巧从中穿过。上宾菲尔德以前只是一个名字，而如今已经变成了高档住宅区。事实上，它只是下宾菲尔德的外围延伸而已。

我绕着池塘散步。孩子们正在嬉水，发出刺耳的尖叫声。这里似乎有好几群孩子。池塘的水看上去一片死寂，现在里面没有鱼了。有一个人站在那儿看着孩子们。他是个秃顶的老头，只剩下几绺白发，戴着夹鼻眼镜，脸被太阳晒得通红。他的外表有点奇怪。我注意到他穿着短裤、凉鞋和一件那种开领的纤烷丝衬衣。但让我感到惊讶的是他那双眼睛，他长着一双湛蓝的眼睛，在眼镜后面朝着你闪烁着。我看得出他是那种从未成熟的老人。他们要么是追求健康饮食的怪人，要么和童子军有某种联系——无论是哪种人，他们都喜欢大自然，喜欢置身于露天的户外。他正看着我，似乎想和我聊一聊。

"上宾菲尔德扩张了许多。"我说道。

他朝我眨了眨眼睛。

"扩张！我亲爱的先生，我们可不允许上宾菲尔德扩张。

身为住在这里的特别人士，我们感到很骄傲，你知道的。我们是一个自成天地的小社区，不欢迎不速之客——呵呵呵！"

"我是说，和战争之前相比较而言。"我说道，"我小时候就住在这里。"

"噢，那倒是。当然，那是我来之前的事情了。但上宾菲尔德的房地产可不是普通的房地产，你知道的。它是一个自我的小天地。全部都是由建筑师小爱德华·沃特金设计的。你应该听说过他。我们住在这里，与自然为伴。和下面的城镇没有往来。"他朝下宾菲尔德的方向扬了扬手——"那个黑暗的地狱——呵呵呵！"

他笑起来很和蔼，整张脸都皱了起来，活像一只兔子。没等我问话，他就立刻滔滔不绝地说起了上宾菲尔德庄园和那位对都铎时代情有独钟的建筑师小爱德华·沃特金。他到旧的农舍里找到真正的伊丽莎白时期的横梁，出高价买了下来。他是一个非常有趣的年轻人，是裸体派对的灵魂人物。他重复了好几遍说住在上宾菲尔德的人都是有身份的人物，与下宾菲尔德的人不可同日而语。他们充实丰富了乡村生活，而不是破坏了乡村生活（我用的是他的原话），而且这里没有市政局的公屋。

"他们标榜自己是花园城市，而我们则称上宾菲尔德为林中之城——呵呵呵！自然风光！"他朝剩下的那些树木挥了挥手，"原始森林就与我们为伴。我们的下一代就在美丽的大自然中成长。我们这里所有人当然都受过良好教育。你知道吗，这里有四分之三的人是素食主义者。这里的屠夫可不喜欢我们——呵呵呵！这里住着一些杰出人士。赫丽娜·瑟洛小姐是个小说家——你当然听说过她。还有伍尔德教授，通灵研究专家。多么诗情画意的一个人！他总是到树林里漫步，吃饭的时候家人找不到他。他说他与精灵们同行。你相信有精灵吗？我承认——呵呵呵——我自己是不太相信啦，但他的照片很有说服力。"

我开始怀疑他是不是从宾菲尔德馆逃出来的疯子。但不是，他是个很理智的人。我知道这种人：奉行素食主义，生活简朴，诗情画意，崇尚自然，吃早餐前会在露珠里打个滚。几年前在伊林我遇到过几个这样的人。他开始带着我在庄园周围参观。树林已经全都不见了。只有房子、房子——都是些什么房子啊！你知道那些山寨都铎风格的房子吗？修了波浪形的屋顶、没有支撑任何东西的扶壁、带混凝土鸟澡盆的岩石庭院和花店里可以买到的红色石膏精灵像。你可以想象出住在这里的那些可怕的——一年挣一千英镑、有食物怪癖的精灵捕猎者，奉行简单的生活方式。连步道看上去也十分怪异。我没有让他带我走很远。有的房子让我希望口袋里揣了一颗手榴弹。我想挫挫他的威风，于是问他介不介意住的地方和疯人院这么接近，但没有多大的效果。最后我停下脚步，说道：

"以前那口大池塘旁边还有一个池塘。离这里不是很远。"

"还有一个池塘？噢，没有这回事。我想这里没有别的池塘了。"

"或许他们把它抽干了。"我说道，"那口池塘挺深的。应该会留下一口大坑。"

他第一次看上去有点不自在。他揉了揉鼻子。

"噢—啊，当然，你知道的，我们这里的生活挺原始的。你知道的，简单的生活嘛。我们喜欢这样的生活。当然，离镇里那么远的确有不便之处。我们有些卫生设施不是很尽如人意。我想垃圾车一个月才来一趟。"

"你是说，他们把那口池塘变成了垃圾堆？"

"嗯，确实是这么一回事——"他回避了垃圾堆这个词，"我们总得处理瓶瓶罐罐什么的。就在那儿，在那丛树木后面。"

我们走到那儿。他们留下了几棵树作为遮掩。但是，它的确就在那儿。它就是我的池塘，没错。他们把水抽干了，留下一个大大的圆坑，像是一口大井，约有二三十英尺深。里面已经被瓶瓶罐罐堆得半满了。

我站在那儿看着那些瓶瓶罐罐。

"真可惜，他们把池塘抽干了。"我说道，"以前这里有很多大鱼的。"

"鱼？哦，我可没听说过什么鱼。当然，我们不能在房子附近留一口池塘。你知道，会生蚊子的。但那是我来之前的事情了。"

"我想这些房子已经建了很久了吧？"我问道。

"噢——我想大概有十到十五年了吧。"

"我知道这里在战争之前是什么样子。那时候到处是树林，除了宾菲尔德馆之外没有其它房子。但那边的矮树林没怎么变。我是穿过树林到这儿来的。"

"啊，那片树林！那是神圣不可侵犯的。我们决定不在那里修建房屋。那是年轻人的圣地。大自然，你懂的。"他朝我眨了眨眼睛，眼神有点淘气，似乎在和我分享一个小秘密，"我们称之为精灵幽谷。"

精灵幽谷。我和他道别，回到车上，开车下山回下宾菲尔德。精灵幽谷。他们把我的池塘抽干用来填埋瓶瓶罐罐。这帮天杀的！随你怎么说都行——说我傻气、幼稚，什么都行——

但看看他们对英国所做的事情，在原来是一片山毛榉林的地方修建了什么鸟澡盆、石膏精灵像、精灵幽谷和罐头填埋堆，难道你不觉得恶心吗？

你说我这是感情用事？反社会情绪？我不应该把树看得比人还重要？我认为这得看什么样的树和什么样的人。除了希望他们头顶生疮脚底流脓之外，我对此无能为力。

开车下山的时候我想起了一件事：回到过去这个想法是彻底没戏了。重回童年故地有什么意义呢？它们已经不复存在。上来透口气！但哪里有空气呢？我们身处的垃圾桶已经够到同流层了。但我并不是很在乎。我想终究我还有三天的假期。我得到了片刻的平静和安宁，不要再为他们对宾菲尔德做了些什么而烦恼了。至于我想去钓鱼的念头——那当然已经消失了。钓鱼！我这把年纪！希尔达确实没说错。

我把车放在乔治酒店的停车处，走进大堂。六点钟了，有人打开了无线收音机，里面正在播放新闻节目。我走进大门的时候刚好听到一则紧急广播找人的最后几个字。我承认，这则消息让我吓了一跳，因为我听到的最后几个字是："……而他的妻子，希尔达·博林身染重病。"

接着，那个甜润的声音继续说道："下面是另一则紧急广播找人。威尔·帕西沃尔·楚特，他为人所知的最后行踪是在……"但我没有继续听下去。我只是继续向前走。后来我回想起这件事，觉得很自豪的是，当我听到喇叭里播放这则紧急广播找人时，我连眉毛也没有动一下。我没有停下脚步，让人知道我就是乔治·博林，他的妻子重病在身。老板娘在大堂，她知道我姓博林，她一定看过登记册了。除此之外大厅里只有几个住在这里的客人，他们根本不知道我是谁。但我保持着平静，没有向任何人透露出蛛丝马迹。我只是走进刚刚开始营业的私人酒吧，和往常一样，叫了一品脱啤酒。

我得好好想一想。喝下半品脱啤酒后我开始弄清楚了情况。首先，希尔达不可能生病了，无论是大病还是小病。我知道离开的时候她很健康，现在又不是流感季节。她是在装病。为什么？

显然，这又是她的把戏。我知道怎么回事。她不知从哪儿听到了风声——相信希尔达的能力！——知道我其实不在伯明翰，而这只是她骗我回家的伎俩。想象我和其他女人在一起，她会妒火中烧的。她一定是以为我和一个女人在一起。她想不出别的动机。她也一定以为当我听到她得病的消息就会立刻赶回家里去。

我一边喝完那一品脱啤酒一边在心里对自己说，你可想错了。我可没有那么容易上当。我记得她以前耍过这一招，她会大费周章地想把我逮住。我甚至知道有一次我去出差，她对我起了疑心，于是，校对了一份火车时刻表和地图，看看我对她所说的行踪是否属实。还有一次她一路跟踪到了科尔切斯特，然后在滕普伦斯酒店突然把我逮个正着。不幸的是，那一次她猜对了——其实她没有猜对，但当时的情况让她觉得自己猜对了。我才不信她病了呢。事实上，我知道她没病，但我不知道该如何描述我怎么知道她没病。

我又喝了一品脱啤酒，觉得心情好多了。当然，等我回到家会和她大吵一架，但不管怎样我们总是要吵架的。我心想，我还有三天逍遥快活的日子。说来也怪，现在我过来寻找的事物已经不复存在了，度假的念头却更加吸引着我。离开家庭——真是太美妙了。正如那首赞美诗所唱的，安宁，完美的安宁，心爱的人在远方。突然间我决定去找个女人，既然希尔达的想法这么肮脏，那就成全她吧，而且被人怀疑偷腥，却没有风流快活，未免太没有意思了吧？

随着两品脱啤酒的酒力在体内发作，我开始觉得这件事很好笑。我没有上圈套，但这一招真他妈聪明。我纳闷她是怎么发出这条紧急广播找人。我不知道该怎么办。你得有医生的证明吗？还是说你只需要报上自己的名字？我很肯定是那个威勒太太唆使她这么做的。这一招可真狡猾。

不管怎样，这实在是太歹毒了！女人做事还真是过分！有时候你不得不佩服她们。

第六章

吃完早饭后我散步到了集市。早上天气晴朗，有点凉意，没有起风，淡黄色的阳光像白葡萄酒一样洒在万物之上，清新的空气夹杂着我那雪茄的味道。但房子后面传来一阵由远及近的噪音。突然间一队轰炸机呼啸着飞了过来。我抬头望着它们，它们似乎就在头顶掠过。

接着我听到了什么声音。与此同时，如果你也在场的话，你会看到有趣的一幕，我相信那就是条件反射，因为我所听到的声音——绝对错不了——就是炸弹的呼啸声。我已经有二十年没听到过这个声音了，但我不需要别人告诉我就知道那是什么声音。我不假思索地作出正确的举动，脸朝下扑倒在地。

我很庆幸你没看到我的模样。我知道自己很狼狈。我像一只钻进门缝的老鼠一样平躺在人行道上。没有人的动作能有我的一半快。在炸弹呼啸而下的千钧一发之际我动作非常敏捷，我甚至有时间担心一切只是一个误会，我平白无故地让自己看上去像个傻瓜。

但下一刻——嗖！砰！

那就像审判日的巨响，接着又传来了似乎一吨煤炭砸在铁皮上的巨响。那是掉落的砖头。我似乎整个人瘫在人行道上。"开始了。"我心想，"我就知道！希特勒可不会浪费时间。在毫无警示的情况下他派遣轰炸机过来了。"

但是这时出了一件怪事。即使在当时那震耳欲聋的可怕巨响声中，我似乎从头到脚都吓得僵住了，但我还有时间去想这么大一颗炸弹爆炸真是太壮观了。这声巨响像什么呢？很难以言语描述，因为你所听到的与你心中的恐惧交织在一起。在你脑海中浮出的画面主要是爆裂的金属。你似乎看到几张大大的铁皮爆裂开来。但那种突然间被推搡到现实中的感觉是最古怪的。那种感觉就像你被人用一盆冷水当头淋醒，又像突然间被金属炸开的哐当一声从梦境中被拉了出来。太恐怖了，太真实了。

周围响起了尖叫声和呐喊声，还有汽车突然间刹车的声音。我所等候的第二颗炸弹没有掉下来。我微微抬起头。人们似乎在尖叫着到处乱跑。一辆汽车侧滑着斜穿马路。我听到一个女人尖叫着，"德国人！德国人！"我隐约看见右边有一个男人苍白的圆脸，就像一个皱巴巴的纸袋，正低着头看着我。他的身体似乎在颤抖。

"那是什么？发生什么事了？他们在干什么？"

"开始了。"我说道，"那是一颗炸弹。快趴下。"

但第二颗炸弹没有落下来。等了大约十五秒我又抬起头。有的人仍在到处乱跑，其他人站在那儿，似乎被粘在地上了。从房子后面的某处冒起一片巨大的尘霾，尘霾的中间一道黑烟扶摇直上。接着我看到了离奇的一幕。在集市的另一头，高街隆起了一点点。在这座小丘下面有一群猪正在奔跑，是一大群长着猪脸的生物。当然，接下来我看清楚了那些到底是什么。那些根本不是猪，而是一群戴着防毒面罩的小学生。我猜他们正奔往接受空袭演习时被告知的防空洞。在他们后面我甚至看到一只个头高一点儿的猪，那或许就是托杰斯小姐。但我可以告诉你，他们乍看上去真的很像一群猪。

我站起身，走过集市。人们已经开始镇静下来，有好几个人开始朝炸弹掉落的地方跑去。

噢，是的，你果然说对了。这不是德国的轰炸机。战争还没有爆发。这只是一次事故。那些飞机正在进行轰炸演习——它们真的载了炸弹——某个家伙不小心按错了开关。我希望他因为这件事被记大过。邮政所长给伦敦打了电话，询问战争是否爆发了，那边说战争没有爆发。大家都知道原来这只是一次事故。但有那么一刻，大约是在一分钟到五分钟之间，数以千计的人以为我们开始打仗了。这场误会没有持续下去，真是太走运了。不然，再过个一刻钟我们就要私刑处决第一个间谍了。

我跟在人群后面。炸弹落在了高街旁边一条小巷里，以西结伯伯以前就在那儿经营他的小店。爆炸的地点离小店不到五十码远。拐过街角时我听到喃喃的声音"噢—噢！"——声音充满了畏惧，似乎他们被吓得魂飞魄散。幸运的是，我比救护车和消防车早到了几分钟，虽然现场聚集了大约五十人，但我还是看到了一切。

乍一眼看上去似乎天空刚刚下过一阵砖头雨和蔬菜雨，到处都是卷心菜的叶子。炸弹把一间蔬菜商的店给炸没了。右边的房子一部分屋顶也给炸掉了，而且横梁着火了。周围所有的房子或多或少都有损坏，窗户都被轰碎了。但大家都在看着左边的房子——与蔬菜商毗邻的那堵墙被齐刷刷地夷平了，似乎有人用刀子将它割掉了一样。最神奇的是，楼上的房间一切如常，看上去就像一座玩具屋一样。五斗柜、卧室的椅子、褪色的墙纸、还没做好的床、床底下摆着一个夜壶——所有的摆设就像平时住人时一样，只是一堵墙不见了。但楼下的房间承受了爆炸的冲击力，被炸得一片狼藉，砖头、石膏板、椅脚、刷了油漆的碗柜的碎片、桌布的碎片、破碎的碗碟、洗碗槽的碎片到处都是。一罐橘子酱滚过地板，后面留下长长一条橘子酱的痕迹，旁边是一道血痕。但是，在零落的碎片中躺着一条腿。只是一条腿，上面还穿着裤子，穿着一只黑色的靴子，打了伍德-米尔恩牌的橡胶鞋跟。人们就看着这条断腿"噢噢啊啊"地惊叹着。

我仔细地观察着那条断腿，把这一幕印在心里。那摊血开始和果酱混杂在一起。救火车抵达的时候我走出人群，回到乔治酒店打点行装。

我想就这样和下宾菲尔德道别吧。我得回家了。但事实上，我并没有毅然决然地拔腿就走。当类似这样的事情发生时没有人会这么做。人们总是会站在一旁，一连谈论几个小时。当天，下宾菲尔德的老区人们无心工作，每个人都在谈论着那颗炸弹，爆炸时的声音和他们听到爆炸声时心里的想法。乔治酒店的吧女说她被吓得全身打颤，说她再也没办法睡得踏实了，你还能怎么样，你不知道这些炸弹什么时候会落下来。一个女人把自己的舌头给咬掉了，因为爆炸的时候她着实吓了一跳。后来我们得知，我们这一头的镇里每个人都以为是德国的空袭，而镇子的另一头大家都以为是丝袜厂发生了爆炸。然后（我是从报纸上了解到的）空军部门派来了一个人视察破坏的情形，并提交了一份报告，说轰炸的效果"令人失望"。事实上，只有三个人被炸死——名叫佩罗特的蔬菜贩子和住在隔壁的一对老夫妇。妻子没有被炸得七零八落，而他们根据那只靴子认出了丈夫。但他们没有找到佩罗特的一片残肢。连一颗供举行葬礼时使用的裤子纽扣都没能找到。

下午我结了账，然后逃之夭夭。付了账单之后我的钱只剩下三英镑多一点。这些装修得花里胡哨的乡村酒店知道怎么宰客，再加上酒钱和其它杂七杂八的，我真可谓是花钱如流水。我把新的钓鱼竿和其它钓具留在房间里。送给他们吧。对我来说没有用了。权当是浪费了一英镑给自己上了一课。而这一课给我的教训就是：四十五岁的胖子可不能去钓鱼。那种事情不会再发生了，那只是一个梦想，在我有生之年再也不会去钓鱼了。

这种事情渐渐地侵蚀你的心灵的方式真是奇怪。当炸弹爆炸时我有什么感觉？当然，在那个时候我被吓得魂飞魄散。当我看到被炸毁的房子和那个老人的断腿时，我只是感觉微微一惊，就像你看到马路事故一样。当然，那是令人恶心的一幕，足以让我不再想度过这个所谓的假期了。但它并没有给我留下特别深刻的印象。

但当我开出下宾菲尔德的郊外，掉头往东开去时，心里五味杂陈。你知道那种独自在车子里的感觉。或许是飞驶而过的篱笆，或许是引擎的震动，你的思绪陷入了某种节奏。当你坐火车的时候偶尔你会有同样的感觉。你觉得似乎能比平时更好地看待事情。原来那些我仍存有怀疑的事情现在已经弄清楚了。首先，我心里面带着一个疑问来到下宾菲尔德。我们会有怎样的前景？游戏真的玩完了吗？我们还能不能回到以前的生活？还是说，以前的生活已经一去不复返了？我得到答案了。以前的生活已经结束了，就算你回到下宾菲尔德也无法让约拿回到鲸鱼的肚子里去。我知道了答案，虽然我不能让你明白我的思绪。真是奇怪，我居然会回来。这么多年来，下宾菲尔德一直被藏在脑海的某个安静的角落里，当我想念家乡的时候就可以回去；最后，我回到了家乡，却发现它已不复存在。我往自己的梦里塞了一个手榴弹，为了不出岔子，皇家空军还载着五百磅的 TNT 炸药跟了过来。

战争就要来临了。1941 年。他们都这么说。到了那个时候遍地将是瓶瓶罐罐的碎片，小小的房子就像行李箱一样被轰开，那些注册会计师的职员的五脏六腑掉落在分期付款买来的钢琴上。但那样的事情又有什么要紧呢？我会告诉你我在下宾菲尔德住的那几天领悟到的东西：事情总是会发生的。所有你抛诸脑后的事情、所有你害怕的事情、所有你告诉自己那只是梦魇或者只会发生在外国的事情、炸弹、购买食物的长队、橡胶警棍、铁丝网、迷彩服、口号、海报上巨大的面孔、从卧室窗口伸出来的机关枪等，这些事情总是会发生的。我知道会是这样——至少，在当时我是这么想的。我们无路可逃。如果你愿意的话，你可以进行抗争，或者可以看着别处，假装不以为意，或拿起你的扳手冲出去和其他人一起砸烂敌人的脸。但我们无路可逃。该发生的始终都会发生。

我踩下油门，这辆旧车呼啸着在山丘之间上上下下，奶牛、榆树、麦田飞驰而过，直到引擎变得火烫不已。我的心情就像一月份那天走在斯特朗大街上一样，就是我装了新假牙的当天。我感觉似乎拥有了预见未来的能力。我觉得似乎可以看到整个英国、所有的国民，以及所有将会发生在他们身上的事情。当然，有时候，即使是在当时，我也会感到疑惑。当你开车的时候你会觉得世界是如此的广阔，这让你觉得有点安心。想想当你开车经过一个英国乡村时那片广袤的土地。这里就像是西伯利亚。田野、山毛榉林、农舍、教堂、有小杂货店和教区礼堂的小村庄，一群鸭子横穿过绿地。这片地方难道不是大得无法改变吗？而且一直都会是这样。很快我驶入了伦敦郊区，顺着厄斯布里奇鲁一直到绍索尔，延绵好几英里的都是丑陋的房子，住在里面的人们过着体面而无趣的生活。在这后面，伦敦占地广袤，道路、广场、后街小巷、出租屋、公寓楼、酒馆、干鱼店、电影院等等延绵足有二十英里远，还有这里的八百万人口，每个人都过着自己不愿被改变的小日子。炸弹是不可能将这里夷为平地的。这里的生活是那么的忙碌！这些人的生活是多么的私密。约翰·史密斯正在裁剪足球彩票。比尔·威廉姆斯正在理发店里吹牛。琼斯太太正拿着餐酒回到家里。八百万人哪！无论有没有轰炸，他们还是一定会坚持已经习惯的生活方式，难道不是吗？

这是幻觉！这是胡扯！无论他们有多少人都不打紧，他们全都逃不掉的。艰难的时局就要来临了，流线型的人类也要来临了。之后会有什么来临我就不知道了，也对此不感兴趣。我只知道如果你有什么在乎的事物，最好现在就和它道别，因为你所知道的每件事物都会沉沦到泥沼里，机关枪无时无刻不在哒哒哒地扫射。

但当我回到郊区时，我的心情突然一下子变了。

我突然想到——直到这时这个念头才在脑海里闪过——希尔达可能真的病了。

你可以看出，这是由于环境的影响。在下宾菲尔德我一心认定她根本没病，只是在装病想让我回家。当时这么想似乎理所当然，我不知道为什么会这样。但当我开车进入西布勒切利后，和平时一样，金苹果家园就像红色的监狱砖墙一样包围着我，这时候习惯性的想法回来了。星期一早上我总会有这种感觉，一切事情似乎单调而合理。我知道自己过去这五天来干了一桩该死的蠢事。偷偷溜到下宾菲尔德，以为可以旧梦重温，然后开着车回到家里，想着一堆对未来乱七八糟的预测。未来！未来与你我这样的家伙又有何干？保住我们的工作——那就是我们的未来。至于希尔达，就算炸弹真的掉下来她也会在想着黄油涨价了。

突然间我觉得自己是一个大傻瓜，以为她会做出那么一桩事情。那则紧急广播找人当然不是捏造的！她怎么会有这么好的想象力！那只是真相。她根本没有骗人，她真的病了。天哪！我想这个时候她可能躺在某个地方忍受着剧烈的疼痛，甚至可能死了。这个想法让我吓了一大跳，心里瓦凉瓦凉的。我以几乎四十英里的时速沿着埃尔斯米尔路呼啸直去，我没有像往常一样把车子停在车库里，而是停在房子外面，然后跳出车外。

你会说，我终究还是爱希尔达的！我不知道你所说的爱是什么意思。你爱自己的脸吗？或许不爱，但你不能想象没有脸会怎么样。那是你的一部分。而那就是我对希尔达的感觉。没什么事情的时候我不想见到她，但当想到她可能死掉了或在忍受病痛的时候，我会觉得心里凉冰冰的。

我笨手笨脚地掏出钥匙打开房门，那股熟悉的旧橡胶布的味道迎面而来。

"希尔达！"我叫嚷着，"希尔达！"

没有回答。我一直朝着寂静的房子高喊着"希尔达！希尔达！"我的背后开始冒出冷汗。或许他们已经把她送到了医院——或许在这间空房子的楼上已经躺着一具尸体了。

我正要冲到楼上，这时两个孩子穿着睡袍从楼道两边他们的房间里走了出来。我猜现在大概是八九点钟——天色刚刚开始暗下来。洛娜抓着楼梯的栏杆。

"噢噢，是爹地！噢噢，是爹地！你怎么今天回来呢？妈咪说你得星期五才回来的。"

"你妈妈呢？"我问道。

"妈咪出去了。她和威勒太太出去了。你怎么今天回来了，爹地？"

"你妈妈没有生病吗？"

"没有。谁说她生病了？爹地！你去了伯明翰吗？"

"去了。回去睡觉吧。你会着凉的。"

"但我们的礼物呢，爹地？"

"什么礼物？"

"你从伯明翰买给我们的礼物啊。"

"明天早上你就会看到的。"我说道。

"噢，爹地！我们今晚上不能看吗？"

"不行。住嘴。回床上去，我会把你们俩狠狠揍一顿。"

也就是说她其实没病。她是在撒谎。我不知道应该觉得高兴还是难过。我转身对着前门，我刚才忘了关门了，就在那儿，真的就在眼前，希尔达正顺着花园小径走过来。

我看着她在最后一缕暮光中朝我走来。真是有趣，不到三分钟之前我还一副气急败坏的样子，想到她可能死掉了，背上还冒出了冷汗。她没有死，还是和以前一样。老希尔达还是那副瘦削的肩膀和那张忧愁的脸，想着煤气账单和学费，还有这股橡胶布的味道和星期一的办公室——所有这些你回来后一定会遇到的铁板钉钉的事实，用老波特斯的话讲，是永恒的真理。我看得出希尔达的心情不是很好。她匆匆看了我一眼，就像有时候她在想事情的眼神一样，好像一只小动物，比方说一只鼬鼠，在看着你。但是，看到我回来了，她似乎不觉得很惊讶。

"噢，你回来了？"她说道。

我回来了这不明摆着嘛。我没有答话。她没有走过来和我亲吻。

"晚饭没做你的份。"她继续快言快语地说道。这就是希尔达的风格，你一踏进屋子她就总是会说点什么打击你。"我没想到你会回来。你只能吃面包加奶酪——不过我想家里没奶酪了。"

我跟着她走进屋里，闻着那股橡胶布的味道。我们走进起居室，我关上门，打开电灯。我想先开口为强，我知道如果从一开始我就言辞强硬的话将会占得上风。

我说道："好了，你到底在玩什么把戏？"

她把皮包放在收音机上面，有那么一会儿，她看上去真的很吃惊。

"什么把戏？你在说什么？"

"发那则紧急通知！"

"什么紧急通知？你在说些什么，乔治？"

"你是在告诉我你没有让他们发出那则紧急启事，说你病得很严重吗？"

"我当然没有！我怎么会这么做？我又没病。我怎么可能做出这样的事情？"

我开始解释，但还没等我开口我就明白到底发生了什么事情。这全都是一场误会。我只听到了紧急通知的最后几个字，显然，那是另外一位希尔达·博林。我猜想如果你翻开电话簿，上面会有十几个希尔达·博林。这种最无聊愚笨的误会总是会发生。希尔达可没有我所想的那么有想象力。整件事唯一的有趣之处在于，当我以为她死掉了的那五分钟里，我发现我还是挺在乎她的。但那已经是过去的事情了。在我解释的时候她一直盯着我。从她的眼里我可以看出，麻烦的事情就要来了。然后她开始以我称之为"第三级"的嗓门质问我，那种声音不是你所想象的愤怒和挑剔，而是很平静，又很警觉。

"你是在伯明翰的酒店里听到这则紧急启事的吗？"

"是的，昨晚上在全国广播新闻里听到的。"

"那你什么时候离开伯明翰呢？"

"当然是今天早上。"（我已经在脑海里规划好了路线图，以防万一我得撒谎。十点钟的时候动身出发，在考文垂吃午饭，在贝德福德吃茶点——这些我都想好了。）

"也就是说昨晚你就知道我病得很厉害，却直到今天早上才出发？"

"但我不是告诉过你吗，我觉得你没有病。我不是解释过了吗？我觉得那只是你的把戏。听起来真像那么一回事。"

"那我倒是挺惊讶你终究还是回来了！"她的语气酸溜溜的，我知道还有更严重的事情在后头。但她平静了许多，继续问道："也就是说，你是今天早上动身出发的了，是吗？"

"是的。我十点钟出发，在考文垂吃了午饭……"

"那这个你怎么解释？"突然间她冲我吼了一句，同时拉开她的包，拿出一张纸，动作就好像那是一张伪造支票什么的。

我感觉似乎被人狠狠地抽了一巴掌。我本该事先就知道的！她终究还是揭穿了我。这就是证据，铁证如山不容抵赖。我只知道那是证明我和一个女人鬼混的证据，除此之外一无所知。我一下子像被抽干了。刚才我还在斥责她，假装生气，因为我从伯明翰赶回来，却什么事情也没有发生，而现在她突然反客为主，倒将了我一军。你不用告诉我在那个时候我看上去是什么模样。我知道。我的脸上大大地写了"有罪"两个字——我知道。其实我根本没有犯错！但那是一种习惯。我总是错的那一方。就算给我一百英镑我也掩饰不住声音里的内疚。我问道：

"你什么意思？你拿着的到底是什么东西？"

"你自己看，你会知道那是什么。"

我接过那张纸。那是一封信，似乎是律师事务所寄来的，我注意到，上面的地址与罗伯顿酒店一模一样。

"亲爱的夫人，"我读道，"关于您 18 号寄来的信函，我们认为肯定是什么地方弄错了。罗伯顿酒店已于两年前结业并被改建为办公大楼。我们没有见过长相与尊夫相似的人。或许——"

我没有继续读下去。当然，我一下子全都明白了。我太自作聪明了，走错了一步棋。我还有一丝希望——或许桑德斯忘了寄出那封信，那封我写了罗伯顿酒店地址的信。如果是这样的话我还有可能厚着脸皮瞒天过海。但希尔达很快就打消了我这个幻想。

"好了，乔治，你看到信上面说什么了吗？你离开的当天我就给罗伯顿酒店写了信——噢，只是一封短信，询问他们你到了那里没。你看到我收到什么回信！根本没有罗伯顿酒店这个地方。而就在同一天，同一家邮局，我收到了你的信，说你住进酒店里了。我猜你一定是找了某个人帮你寄信。你去伯明翰出什么差啊！"

"听我说，希尔达！你想错了。事情根本不是如你所想的那么一回事。你不明白。"

"噢，我明白得很，乔治。我知道得一清二楚。"

"听我说，希尔达……"

当然，这根本没有用。这一次被她逮个正着了。我甚至不敢直视她的眼睛。我转过身，想朝门口走去。

"我得把车子挪到车库里去。"我说道。

"噢，不，乔治！你不能就这么出去。给我呆在这儿，我有话对你说。"

"但是，该死的！我得把灯打开，不是吗？已经过了亮灯时间了。你不是想我们被罚款吧？"

听到我这么说她放行了。我走到外面，把车子的灯打开，但当我回去的时候她仍然站在那儿，像是末日审判的法官。那两封信，我的信和律师行的信就摆在她身前的桌上。我鼓起一点勇气，再次尝试解释道："听我说，希尔达。你把这件事情想错了。我可以把整件事解释清楚。"

"我知道你什么事都能解释清楚，乔治。问题是，我相不相信你。"

"但你这是在妄下结论！到底是什么原因促使你给酒店写信呢？"

"是威勒太太的主意。结果证明确实是个好主意。"

"噢，威勒太太，是吗？也就是说你不介意那个八婆介入我们的家事？"

"这件事可不能怪她。是她提醒了我这个星期你不大对劲。她说她觉得有什么事情不对劲。真被她说中了。她很了解你，乔治。她以前的丈夫跟你一个德性。"

"但是，希尔达……"

我看着她。她的脸变得苍白，当她以为我与别的女人在一起时脸色就会变得这样。和一个女人有染。要真是这样就好了！

天哪！我看到了以后会是什么情形！你知道那会是怎样一番情形。连续几个星期可怕的絮絮叨叨和闹别扭，你以为事情已经过去了，但还是得忍受刻薄的冷嘲热讽，连吃饭也总是没个准点。孩子们想知道到底发生了什么事情。但真正让我觉得心灰意冷的是那种肮脏龌龊的想法，在这种氛围下我回下宾菲尔德的真正原因甚至成了不可想象的事情。这就是当时对我打击最大的一件事情。就算我花上一个星期的时间向希尔达解释为什么我会去下宾菲尔德，她也绝对不会明白的。住在埃尔斯米尔路的这些人又有谁会明白呢？天哪！我自己能明白吗？整件事情似乎从我的脑海中渐渐遗忘。我为什么去了下宾菲尔德呢？我去过那里吗？在这样的氛围里，这件事似乎毫无意义。在埃尔斯米尔路，除了煤气账单、学费、煮卷心菜和星期一上班之外，没有什么事情是真实的。

我又尝试着解释道：

"听我说，希尔达！我知道你在想什么。但你完全想错了。我向你发誓，你想错了。"

"噢，不，乔治。如果是我想错了，为什么你要撒谎呢？"

当然，你是解释不清楚的。

我来回踱着步子。那股旧橡胶布的味道非常浓烈。我为什么要像那样子跑开？我为什么要为未来和过去的事情烦心，明知道未来和过去其实并不重要？无论我当时怀着什么样的动机，现在我已经记不起来了。下宾菲尔德旧时的生活、战争、战争之后的情形、希特勒、斯大林、炸弹、机关枪、购买食物的长队、橡胶警棍——这些都在渐渐褪色，一切都在渐渐褪色。除了在旧橡胶布的味道里进行了一场低俗的口角外，什么也没有保留下来。

我最后尝试着解释：

"希尔达！请听我一分钟。听我说，你不知道这个星期我去了哪儿，是吗？"

"我不想知道你去了哪儿。我知道你做了什么。这对我来说已经够了。"

"但是，该死的——"

当然没有用。她认定我有罪，现在她准备告诉我她认为我做了些什么。这番话可能得说上几个小时。而且此后会麻烦不断，因为很快她就会猜疑我怎么会有钱去风流快活，然后她就会发现我一直向她隐瞒那十七英镑的事情。这一架得吵到凌晨三点才能告一段落。扮演无辜蒙冤的角色是没有用的。我想要做的是进行最小程度的抵抗。我在脑海里掂量着三种可能：

其一，告诉她真相，想方设法让她相信我。

其二，玩失忆的老把戏。

其三，就让她继续认定事情是为了一个女人，咽下这个苦果。

该死！我知道自己只能怎么做。

作品题解

背景信息：

奥威尔童年时生活在泰晤士河谷的施普雷克和亨里。他的父亲是一位驻印度的民政官，当时仍然在印度任职，他和母亲与两个姐姐过着还算宽裕的生活，先是在伊斯特本的一间寄宿学校上学，后来获得奖学金入读著名的伊顿公学。童年时埃里克（奥威尔本名）的姐姐玛尤丽经常带着他和她的伙伴们一同外出游玩，河谷的优美风光和孩子们无拘无束的嬉戏玩乐为奥威尔留下了美好的印象，而小镇淳朴民情则塑造了奥威尔重视英国传统价值观的品格和情怀。

1937年奥威尔参加西班牙内战，被法西斯军队的狙击手击中喉部，到了1938年伤情复发，引发严重肺炎。友人迈尔斯资助三百英镑让他与妻子到北非法属摩洛哥的马拉喀什疗养，从1938年9月一直呆到1939年3月，《上来透口气》就是在这段时间里完稿的。和之前的作品一样，由维克多·戈兰兹出版社在1939年6月出版，但该书里面关于左翼书社的演讲的描写令戈兰兹深感不悦，但是他并没有要求对内容进行修改就出版了这本书，但自此奥威尔与戈兰兹心生芥蒂。

情节梗概：

《上来透口气》的主人公乔治·博林是个四十五岁的胖子，在保险公司担任地区巡检员，事业高不成低不就，有妻子和两个孩子需要养活，终日为账单、学费等开支问题所苦。偶然间，一张海报让他回忆起泰晤士河畔的家乡和那时的童年生活。

博林的童年多姿多彩，父亲是一个经营种子和谷物的小店主，母亲是家庭主妇，哥哥乔伊愚笨粗鲁，而他却天资聪颖，被家人寄以厚望。下宾菲尔德是英国维多利亚时期安详宁静的小镇，到处一派田园风光。镇里的一帮小孩子逃学摘野果、掏鸟窝、骂脏话、打架，而最令博林感到兴奋的就是去钓鱼，甚至付出第一天去钓鱼就被哥哥、看池塘的老头和母亲打了三顿的代价也觉得很值得，因为他钓到一条小鱼。在机缘巧合之下，博林得知附近的宾菲尔德馆有一口隐秘的大鱼塘，里面有许多大鲤鱼，但随后他就为了帮补家计而辍学工作。忙碌的生活和青春期的恋爱让他无暇去钓鱼。一战爆发后，博林参军奔赴前线，但战争让他体验到了生命的残酷和英国政府的无能。派驻法国的时候他和战友差一点就可以在休整的时候去钓鱼，但未能成行。后来他被提拔为委任军官，跟随约瑟夫爵士，却鬼使神差地被调到所谓的"西海岸防卫部队"后勤部，守着只有十一个罐头的十二里库军需站长达两年。战争结束后，博林没有回家乡从事小时候的理想职业——开一家小杂货店，而是选择了当挣佣金的推销员，希望在商界立足。无巧不成书，有一次他与约瑟夫爵士偶遇，被推荐进入一家保险公司上班，成为居住在伦敦市郊的小白领，娶了老婆，生了孩子，当了房奴。

博林的妻子希尔达为图便宜（可以享受折扣价买书）加入了左翼书社，夫妻俩一起去听"反法西斯主义"的讲座，演讲者煽动刻骨仇恨的态度勾起了博林的恐惧和忧愁，为了排解心情，他找老朋友波特斯聊天，但代表经院知识分子的波特斯僵化呆板的学究气让博林感到彻底失望。当晚他回到家里，黯淡的前景使他彻夜未眠。

博林决定用他那赌马赢来的十七英镑私房钱偷偷回下宾菲尔德，重温童年故梦。他瞒骗希尔达说是出差，并串通同事给希尔达寄信，自以为计划天衣无缝。来到下宾菲尔德时，他发现故乡已发生了翻天覆地的变化。工业化和城市扩张将旧的小镇淹没，农田和水塘变成了宅基地和墓地，房屋和小店被重新整改装修。他遇到了故人贝特顿牧师和前女友埃尔丝，却不敢与他们相认。重温故梦这个希望的破灭让博林自暴自弃，酗酒无度，甚至试图勾引寡妇但未能得手。最后他来到期盼已久的宾菲尔德馆，发现那里已经变成了疯人院和上流社会的住宅区，而那口曾经游弋着大鱼的池塘变成了垃圾填埋坑。面对此情此景，博林割舍了钓鱼的愿望。回到酒店，博林听到广播中报道"希尔达得了重病"，但他认定这是妻子骗他回去的伎俩，决定继续呆在下宾菲尔德。次日，英国皇家空军发生了飞行事故，一枚炸弹炸中了下宾菲尔德，博林目睹轰炸的惨状，发现自己其实很在乎希尔达，觉得她真的患病在身，连忙赶回家里。结果，这只是一场误会。但希尔达已经掌握了博林对她撒谎的证据，两人开始了一番争吵，全书到此结束。

作品评论：

《上来透口气》是奥威尔的小说作品中相对评价较高的一本，据统计，《上来透口气》销售了近三千本，初步奠定了奥威尔作为左翼优秀作家的地位。《奥威尔传》的作者迈克尔·谢尔顿表示该书"有许多田园牧歌般的美妙描写，抒发了奥威尔的诗人情怀"。有书评家认为《上来透口气》在创作时或多或少受到了奥威尔在同一时期阅读的亨利·米勒的作品的影响

（奥威尔评论亨利·米勒作品的杂文《葬身鲸腹》发表于 1940 年 3 月），他借书中的主人公乔治·博林道出：任何逃避现实的形式（寄情古典文化、回归田园故土、妖魔化敌人和煽动仇恨）都无助于改善惨淡绝望的现实。

《上来透口气》中所描写的乔治·博林的童年在很大程度上正是奥威尔的童年：他的童年消遣，内向敏感的性格而招致的在小伙伴中不受待见，他对文学的钟爱等等。他细致地刻画了英国社会在一战前后的鲜明对比，大规模生产营销对传统作坊和小店的摧残，机器文明对故土家园的破坏，以及自由放任的资本主义面对法西斯主义威胁时的无助与没落。在情节安排上，采用双线描述，一条主线展示了英国从一战前到二战前以工业化和城市化为特征的社会变迁对传统小镇的冲击和影响，另一条主线带出了社会各个阶层应对世界大战这一危机时各自的反应和行动。博林从事过杂货店员到征募士兵到委任军官到旅行推销员到保险经纪到保险公司地区小主管等工作，从渴望自立门户的小商人之子到变成一个唯唯诺诺意气消沉的都市白领，现代商业就这么将一个年轻人的活力和创造力消磨殆尽。面对法西斯主义和轴心国的威胁，博林的反应是惊恐和逃避；希尔达的反应是全然漠不关心；左翼人士的反应是激起民众的仇恨，"拿着扳手去砸烂敌人的脸"；经院派知识分子代表波特斯的反应是像希特勒这样的人"蜉蝣朝生而暮死"，不足为患；曾参加过一战的托杰斯小姐的反应是积极备战；下宾菲尔德的吧女的反应是"我吓得天天晚上睡不着觉"。靠这些人能够抵挡得住法西斯主义的黑衫军、宣传攻势、军事扩张、橡胶警棍和机关枪吗？

奥威尔的耿直品行在第三部第一章对左翼书社主持讲座的

那一幕描写中表现得淋漓尽致。那个讲座就是《一九八四》中"两分钟仇恨仪式"和"仇恨周"高潮的演讲的杂糅：对基于意识形态差异的仇恨的露骨张扬的宣传。尽管奥威尔深知这一段描写将会令他的同志（左翼社会主义人士）深感不快，但他敏锐的政治头脑对英国社会主义运动的种种偏差——脱离群众、牢骚满腹、宣扬仇恨和依附苏俄——感到深深的担忧。

在《上来透口气》中，奥威尔没有谈及英国政府应对法西斯主义的内政外交策略（首相张伯伦试图祸水东引，力促慕尼黑会议召开，并出卖捷克斯洛伐克的利益，签署割让苏台德地区的《慕尼黑协定》），也没有看到全世界范围内反法西斯的抗争（中国抗日、波兰抗德、北非抗意等）。对上层建筑的轻蔑和骨子里的悲观主义色彩（许多文学评论家都认为奥威尔作品的悲剧色彩与他一直负伤生病的身体状况有关）让奥威尔只看到了知识分子和小市民阶层面对危机的无力感，以手术刀般锐利的思辨能力剖开他们的脑袋，却只看到一团囊肿。